佐崎一路
Illustration
まりも
吸血姫《プリンセス》は
ラグナロク・ワールド
薔薇色の夢をみる4

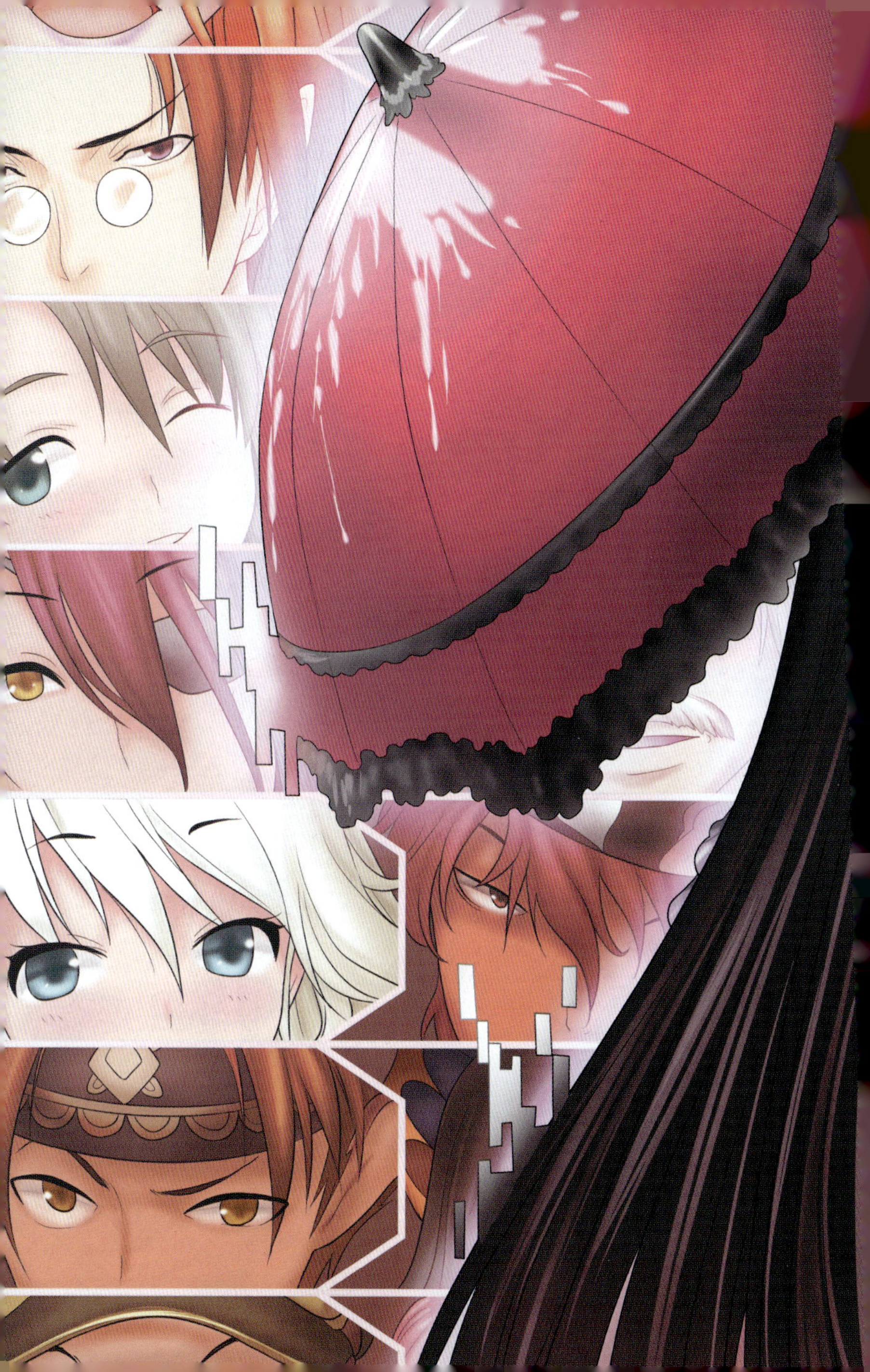

ジョーイ
緋雪 Hiyuki

吸血姫《プリンセス》は薔薇色の夢《ラグナロク・ワールド》をみる4

佐崎一路

Illustration
まりも

Contents

【第一章】北海の海賊

港湾都市……8
海賊襲来……31
魔導帆船……53
海賊決闘……69

【第二章】混迷の大地

聖都消失……98
幻想皇帝……120
天星地花……138

【第三章】堕神の聖都

姫君決意……150
万白一紅……164
千年神都……183

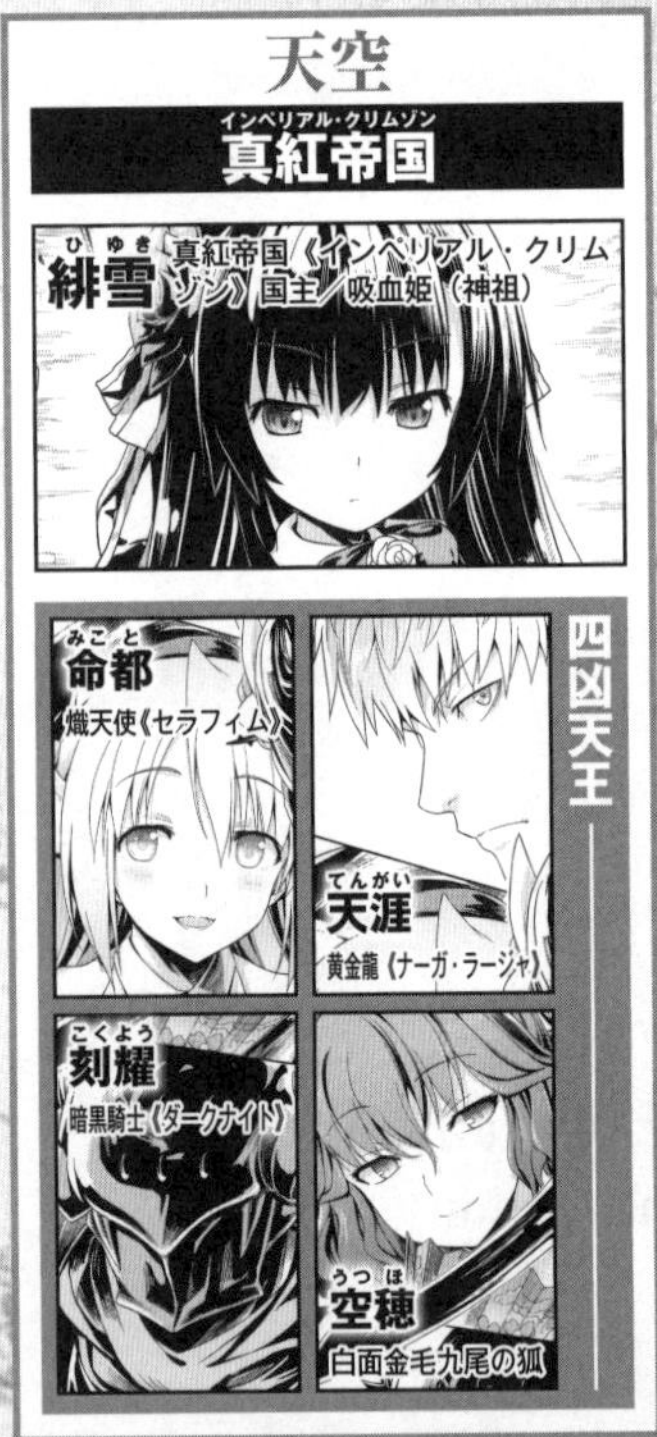

これまでの物語

突然の事故で命を落とした「ボク」は、生前プレイしてい MMO RPG「エターナル・ホライゾン・オンライン」（通称：エタホラ）の世界に転生。なぜか自キャラの吸血姫・緋雪《ひゆき》の姿になっていた！　四凶天王ら強烈な個性を持つ魔物たちに内心怯えながら、巨大魔帝国〈真紅帝国〉での生活をスタートさせる。なりゆきから人間や獣人が暮らす地上の「アミティア共和国」「クレス自由同盟国」を傘下に収め、オリアーナ皇女とも交流するようになると、だんだんとこの世界に愛着を持つように。だが「エタホラ」の有名プレーヤーたちが現れ、攻撃を仕かけてきた。その背後には「イーオン聖王国」の思惑が……？

【第四章】夢幻の終焉

吸血聖母……206
緋蒼神戦……231
死中求活……251
夢薔薇色……271

終章……306

【第一章】北海の海賊

❀港湾都市

海――生命はかつて海から生まれたという。母なる羊水にして、果てしなく広がる命の故郷。時に豊穣の恵みをもたらす生命のゆりかごであり、時に人間のちっぽけな命など、泡沫《うたかた》のように呑み込む峻厳なる大自然の象徴である海。

人間は常に海に寄り添い、海に挑んできた。

空と水平線の彼方に、人は見果てぬフロンティアを夢見る。無限の夢と希望が広がる――それが海なのである。


……ま、それはそれとして。


真っ白い砂浜が続く広大なプライベートビーチ。

とんでもなく透明度の高いオーシャンブルーの水が、ゆったりと足元に寄せては返している。

遠浅の海はどこまでも透き通っていて、このまま歩いて水平線の彼方まで行けそうなくらいゆるやかだった。

くすぐったいような生暖かな南国の海はどこまでも穏やかで、不純物の一切ない自然な景観がそこにはあった。

「いやー、やっぱ海はいいなー。まったく、海って最高だぜ！」

……まあ、一部汚点のようなモノが、我が物顔でクロールだのバタフライだのしながら、玩具を与えられた犬の子みたいに入り江の中を行ったり来たりしているけど。

どんだけ無駄に体力があるんだって感じで、ジョーイがもう一時間以上も休みなしで全開で泳ぎまくっていた。

と、波打ち際に屈み込んで蟹と戯れているボクに気付いたみたいで、ぐいぐい泳いで近付いてくると、「よっ…と」と、一気に立ち上がって目の前まで来た。

「なー、ヒユキ。泳がないのか？」

なぜかこの世界では男女とも普通に水着が普及しているので、ジョーイも黒のトランクスタイプの水着を着用している。

当然上半身は裸なので、服の上から感じられる普段の印象――なんか頼りなくて貧弱な坊や――とは違って、細身でもしっかりと鍛えられた体つきがダイレクトに目に飛び込んでくる。

ボクはなんとなく落ち着かない気持ちで視線を逸《そ》らせた。

別に初心《うぶ》な乙女のように照れてるわけじゃない。こういうのを見るとコンプレックスが刺激されるんだよね。なんといっても生前のボクは成長期の栄養失調が原因で、女子より細くて腕力がなかったからねぇ……。

オフ会のときに参加していた女性陣（上はアラフォーのおねーさまから、下はＪＣまで）全員に腕相撲で負けたのは、いまだにちょっとしたトラウマだよ。

「ああ、私はこのあたりで海を十二分に満喫しているので、君は勝手に泳ぎでも、素潜りでも、エラ呼吸でも、鰤《ブリ》の養殖でも、なんでもいいから存分に楽しんでいればいいさ。なにせ、せっかくの元王家のプライベートビーチなんだからね」

ちらりと浜辺を見ると、椰子《やし》の木陰に厳重にビーチパラソルを広げ、タンクトップの上にパーカを着込んだ元所有者の稀人《まろうど》が、サングラス越しにちらりとボクを見て、ビーチソファに横になったまま冷えたシャンパン片手に軽く手を振ってきた。

見た感じヴァケーションを楽しんでいる風だけど、日光に耐性があるとはいえ吸血鬼。さすがに南国特有の直射日光はキツイらしく、ああして木陰で涼を取るのが一番楽とのことだった。

まあ、ボクも日焼け止めを塗っているとはいえ、この日差しはかなりキツイんだけどね（肌が白くて薄いので、小麦色に日焼けした吸血姫なんぞという矛盾したシロモノにはならないけど）。

ちなみに競泳水着を着た天涯《てんがい》たちは、ボクが教えたビーチバレーに夢中になって、守備範囲が五百メルトのアストロビーチバレーで、異次元の戦いを繰り広げていたりする。

「いや、ひとりで結構泳いだしさ、一緒に泳ごうぜ。ヒユキも泳ぐつもりで来たんだろう？」

怪訝な顔でボクの格好――レースフリルのスカート付きビキニ（当然、ローズ柄）――を確認するジョーイ。ちなみに水着は『エターナル・ホライゾン・オンライン《ETERNAL HOLIZON ONLINE》』の装備品なので、こう見えても防御に多少のプラス補正が付く。

「……えーと。別に泳ぐのが目的じゃなくて、仕事――そう、仕事で来たんだよ！　だから遊び呆けている場合では」

「ひょっとして泳げないのか？」

喋っている途中で、ジョーイがずばり核心を突いてきた。

「……そうそう、吸血姫は『流れ水を渡れない』ので、種族的に水に入れないんだよ」

「ウソつけ。単に泳げないことの言い訳だろう」

ジョーイが間髪を容れず、真っ向から否定する。

――なんで普段は鈍いくせに、こういうことだけは鋭いんだろうねぇ。

「泳げなくても別に珍しくもないだろう。だいたい海辺の村でも泳げない男も結構いるし、女が泳げないのは普通だし……。せっかくこんな遠浅の海岸を丸ごと使えるんだから、ちょっと練習してみたらどうだ？」

そう言いながら、ジョーイが水際から五メルトほど離れた場所まで移動したけど、なるほどそこでもまだ膝までの深さもない。

で、猫の子でも呼ぶかのように手招きするのがなんかシャクに障ったので、なるべく平然とした顔でそこまで歩いていった。

「すげえ、無茶苦茶不自然に手足が同時に出て、全身から汗流して……そんなに苦手、いや水が怖いのか？」

「へへん、なーにをいってるのかなきみは、わたしにこわいものなんてあるわきゃないってーの、べらぼーめ」

「口調も変になってるなあ……」

「さ、これでいいでしょう。海は満喫したので、戻るからね！」

さっさとこの場を離れようとしたところで、ジョーイに腕を掴まれた。

「いや、まだ一分も経ってないし。せめてバタ足くらい覚えたほうがいいんじゃないか？　――とりあえず、もうちょっと沖まで行こうか」

バタ足……つまり全身を水に浸けて、うつ伏せになって、足で水を打つ、と。

「だ、大丈夫！　いざとなれば私、脚力だけで水の上を走ることができるし！」

だから泳げなくても平気！

「だから泳げなくても平気なわけないだろう。いざというときのために、最低限バタ足――できれば犬掻きで二十メルトか、立ち泳ぎで十五分が目安だな」

そのまま沖のほうまで引っ張っていこうとするジョーイと綱引き状態になる――けど本気を出したボクに、ＳＴＲ（腕力）値で勝てるわけがない。

「――むっ」

強引に振り払おうとしたところで、ジョーイにひょいと両手で抱え上げられた。いわゆる、お姫様だっこである。

「こ、こら、ジョーイ！　なにすんの！」

慌てて離れようとしたら、耳元で「暴れると、頭から水に落ちるぞ」と囁かれて、反射的にピタリと固まった。

「じゃあ、もうちょっと深いところで練習しようか」

ジョーイはそのままジャブジャブと波を掻き分けて、ボクを強引に沖合いまで連れていく。

「う〜〜〜っ」

涙目で睨むけど、ジョーイは気にした風もなく、妙にうきうきと弾む足取りで止まる気配はない。

天涯たちへ救いを求めようとして見れば、白熱したビーチバレーはいよいよ肉弾戦に突入して、猛烈な砂煙が上がって気が付く様子もない。最後の頼みの綱である稀人は、ついに日射病で倒れたらしく、血相を変えたメイドたちによって担架に乗せられ、運ばれていくところだった。

「このあたりでいいかな――」

気が付けば、ジョーイの胸元あたりまである深さの沖合いまで連れてこられていた。これ絶対ボクだと顔まで水に浸かるよね！

「じゃあ俺が掴んでるから、まずは水面に顔を浸けて目を開けるところから始めようか」

「無理！」

「大丈夫だって。すぐに慣れるから」

「無理、無理、絶対無理！」

「やってみれば、意外と簡単だって」

「男はみんなそう言うのよッ！」

「……また、なんかおかしくなっているなァ。――ま、いいか。いくぞ」

一方的に宣言するなり、その場で中腰になるジョーイ。

「ふきゃあっ——‼」

当然、ボクの顔は水の中へと沈み込んだ。

「さーて、しっかり泳ぎをマスターさせてやるぞーっ」

普段の鬱憤を晴らすかのように、自分のホームグラウンドで生き生きと目を輝かせるジョーイ。

お、覚えてろよ！　陸に上がったら目にもの見せてくれるからっ！　という台詞も泡と消え、ボクはみっともなく手足をばたつかせるのだった。


さて。別にボクたちは海辺のリゾートを楽しみにきたわけではない。

そんな風に見えるのは気のせいというか、現在生死の境を彷徨《さまよ》っているので、軽く走馬灯《フラッシュバック》で流してみれば、パーレンの騒動も一段落ついた、ほんの数日前に遡る——。


「海賊船ねえ」

漫画か冒険小説の世界に登場する単語を耳にして、ボクはイマイチぴんとこないまま首を捻った。

一連の騒動も鎮まり、すっかり修復が済んだ空中庭園【虚空紅玉城】の貴賓室。

集まっているのは、アミティア共和国のコラード国王と、クレス自由同盟国の盟主（仮）レヴァンというういつもの面子《メンツ》に加えて、今回初めてお忍びで来訪したグラウィオール帝国次期帝位継承者オリアーナ皇女という豪華なものだった。

まるで旧知の間柄のような態度で穏やかに雑談をしているオリアーナ皇女だけど、今回顔を出したのは完全なプライベートであり、公式には郊外の別荘で静養しているという筋書きらしい。で、実際はこのたび帝都に開設された、大使館に該当する【真紅帝国《インペリアル・クリムゾン》駐在代表館】に設置した『転移門《テレポーター》』（転移装置を研究して開発された移動装置）を使って、直接移動してきた。

最初はさすがのオリアーナ皇女とその随員たちも、初めて見る【虚空紅玉城】の規模と壮麗さに絶句していたけれど、ボク自身は普段の調子で相手をして、同席したコラード国王もそのあたりを十分弁《わきま》えたうえで如才なくこなす才覚の持ち主であり、レヴァンもまたもともと貴族制度とは無縁の獣人族出身で、なおかつ気心の知れた皇女様相手ということもあって自然体を保っていた。

そんなわけで、普段は窮屈な宮殿暮らしを余儀なくされ、四六時中『皇女』というアイコンやら仮面やらを被っているオリアーナも、周囲のざっくばらんな雰囲気にすっかり寛いだ様子で、年相応の可愛らしい素顔を覗かせるようになった。

そんな感じで場の雰囲気がほどよく砕けてきたところへ、話題に出たのが先の『海賊船』である。

「ええ、ここのところ活動が活発になって、輸送船や沿岸部の村々にかなりの被害が出ています」

憂慮してます、と書いた紙を貼り付けたような顔で、コラード国王がため息をついた。

「いまのところ海上での被害は、中型から小型の商船、運搬船が主で、さすがに大型船や魔導帆船などは被害を免れていますが、遠からず標的になるのは確かでしょうし、そうなった場合の人的・物的被害はこれまでの比ではないでしょうね」

「へえ～っ、大変だねえ。同情を禁じ得ないよ」

紅茶を飲みながら適当に合いの手を入れる。

ぐっと文句の言葉を呑み込んだコラード国王が、思いっきりあてつけがましいため息をつきながら、さりげなく眼鏡のブリッジを押し上げて話を続けた。

「対策としまして、海上の要所に要塞を設置、また海上貿易の要衝であるキトーの駐留軍の増援、そして、我が国には現在、海軍と呼べる規模の海上戦力がありませんので、これの整備を推し進める所存です」

なるほど、コラード国王らしい手堅い布石だね——と感心しながらも、ふと気になって訊ねた。

「けど、どれも予算が大変そうだねぇ」

「そうなんですよ〜〜〜っ」

途端、情けない顔でがっくりと肩を落とすコラード国王。

「麦や米の収穫前、夏場のこの時期に増税はできませんし、前王朝の後始末のため国庫もほとんど空《から》の状態ですし、このままではいつまで経っても結婚式が挙げられません」

「それは残念だったね。とりあえずモゲろとは思うけど。で、なに、本国《うち》のほうに貸付でも申し込みにきたわけ？」

「金銭的な負担をお願いすると、あとあと大変そうなので、現在思案中です」

「そうですわね。いかに属国とはいえ……いえ、ならばこそ、無償援助を施せば、自助努力を阻害する悪癖にもなり兼ねませんから。それに見合う担保か、返済期間を設けての貸付という形にするのが妥当でしょうね」

瞬時に問題点と対策を述べるオリアーナ皇女の才覚に驚嘆するとともに、経験不足の少女と甘く見ていた自分を戒めつつ、うんうん頷くコラード国王。

「なので、現在、対案を検討しているのですが、どちらにせよ海賊相手に後手に回るばかりでして」

と、そこへレヴァンが挙手する。

「あの姫陛下。うちのときの転移装置みたいに、金銭ではなくてなんらか、問題点を一掃するような代案はないんでしょうか？　こう言ってはなんですけど、本国の皆さんなら海賊如き物の数ではないと思うんですけど」

「難しいかなー。港や海、領空に四六時中モンスターを跋扈《ばっこ》させたら、周辺住人や生態系にも影響がありそうだし、被害が出てからおっとり刀で駆け付けても、結局は後手になるしねぇ」

第一、ウチの住人に海賊とそれ以外の船との区別がつくのかな？　下手したら手当たり次第沈めまくるんじゃないだろうか？

「もっと抜本的な対策を講じねばなりませんね」

コラード国王も同意し、レヴァンは悄然とため息をついた。

「それにしても海賊ですか。言われてみれば我《が》グラウィオール帝国《ほう》でも、最近その手の被害が増加傾向にあると報告にありますわね」

オリアーナ皇女の言葉に、全員の注目が集まる。

「特にここ数年は顕著ですけれど、天候不順や戦争被害を差し引いても、頻度、規模とも確実に増えています。ですが各個の連携や統制の様子は窺えませんので、あくまで偶然の産物かと思っていたのですが」

「ふむ。興味深いですね。大陸の西と東とで、同じように海賊の行動が活発化しているとは……。ひょっとすると裏で手引きをしている者がいるかも知れませんね」

まあ、あくまで可能性ですが、とコラード国王は続ける。

「ですが万が一その懸念が当たり、海賊被害が今後ますます増えるとなると、こちらとしても本格的に海軍の増強を考えねばなりませんわ。先のユース大公国への出兵でも国庫の四分の一を費したというのに」

「その代わり復興はクレス《うち》で負担してますけどね」

皇女の慨嘆に対して、なんとなく不満そうな顔で口を挟むレヴァン。

結局、領土交渉において、荒廃したユース大公国を押し付けられた形で妥協せざるを得なかった彼としては、文句のひとつも言いたいところなのだろう。

ちなみに、より旨みの多いケンスルーナ国は、帝国に割譲された。

「あら、条約に調印なされたいまになってご不満ですか？　旧ケンスルーナ領をほぼ等分する形での妥結ですので、帝国としてもかなりの譲歩だと思いますけど」

悪戯《いたずら》っぽく微笑むオリアーナ。

実際は、領土の拡張路線に限界が見えたため、インフラの整ったケンスルーナ国を配下に治めて、手間と金のかかりそうなそのほかの僻地《へきち》をクレス自由同盟国に押し付けただけなのはみえみえなのだけど、交渉の席上でさんざんやり合って最終的にやり込められた立場のレヴァンとしては、それを引き合いに出されては黙り込むしかないようだった。

この話題を蒸し返しても不毛なので、とりあえず脱線しかけている話をもとに戻すことにした。

「それにしても海賊ねえ。いまいちイメージが掴めないけど、どんなもんなのかな？」

「さて、私も報告書を読んだだけですので。——あとで詳しい資料はお渡ししますが？」

「う〜〜ん」

そもそもこの世界の地理や産業、社会形態に不慣れな立場のボクとしては、紙に書かれた報告書を読んでもチンプンカンプンな気がするんだけどねえ。

と、壁際に立っていた仮面の剣士——稀人が口を開いた。

「なんなら一度、港にでも行って直接船主や被害者に話を聞いてみるのはいかがですか？　確か貿易港キトーの傍に、王家……いえ、元王家の別荘地があったはずですが？」

視線で水を向けられたコラード国王は、頷いて補足する。

「ええ、現在は閉鎖中ですが管理はされていますし、将来的にはプライベートビーチともどもリゾートホテルとして売却予定ですね」

「——ふむ。なら我が国で直接購入するというのはいかがでしょうか、姫？」

ボクが座る椅子の背後に控えていた天涯が、飴玉でも買う気安さで回答を求めてきた。

「海……ビーチ付きの別荘ねぇ……」

思わず額に手を当てて呻吟《しんぎん》する。

「まあ、購入されるかどうかはさておき、使用されるのであれば明日にも使えるはずですので、準備させます。それと現地に詳しい冒険者などもガイドとして用意させますので」

至れり尽くせりのコラード国王の言葉に、ボクは再度「う～～ん」と考え込んで、周囲を不審がらせてしまっていた。

◆◆◆

「それは、チャンスですな」

影郎《かげろう》さんが訳知り顔で頷いた。

実り多い――かどうかはさておき、オリアーナは随分とウチの国を気に入ったみたいで、もっと頻繁に訪問したいとか、いっそ帝都にある王宮の別館にも『転移門《テレポーター》』を設置したいとか、わりと本気で言い出して随員を慌てさせる一幕もあったけれど、交歓会は始終和やかなうちに幕を閉じた。

もっとも『転移門《テレポーター》』は、もとからこの世界にある『転移魔法陣《シフトポーター》』と違って、いちいち個人登録しなくても目的地へ移動できるオーバーテクノロジーなので、さすがにホイホイ希望通りとはいかない。いつかお互いの国同士が手を取り合えるときが来れば……と、願うばかりだ。

で、国王、元首代行、皇女様の各国首長三人が帰ったあとで、ひょっこり顔を覗かせたのが――本人曰く、「あの坊ちゃんや皇女様の前に顔を出すとイロイロ面倒なうえに、知らなくてもいいことまで知らせることになるので」と、密かに『隠身《ステルス》』で話を盗み聞きしていた――影郎さんだった。

空いたソファに腰を下ろして、オリアーナにも好評だったお茶菓子の苺のタルトとカタラーナを頬張りながら、先の台詞を口に出した。

「チャンスってなにが？」

「そりゃ勿論《もちろん》、デブのところに攻め込むチャンスですな。――いや、美味《うま》いですわ、これ！」

デブというのは元最大ギルド、デアボリック騎士団団長だったＤＩＶＥ《デイブ》さんの『エターナル・ホライゾン・オンライン』時代の通称だったりする。……ま、オフ会で会った実物も、実際にかなり肥満体だったのは確かだけどさ。

「なんで海賊とデブさんが関連するわけ？　なんかあるの？」

名探偵に推理を訊く、トンマな助手になった気分で訊いてみた。

「おおありです。そもそもお嬢さんは、アイツのいる聖都ファクシミレへ、どうやって潜入するつもりなんですか？　――あと、お代わりいただけますか？」

「普通に変装して、一般人に化けて……」

「無理ですなぁ」にべもなく却下された。

「軍事統制下の独裁国家で、なおかつ国民全員が狂信者みたいなもんですから、どうしたって余所者《よそもの》は目立ちます。他国からの巡礼者もいないことはありませんけど、信者なら当然覚えている聖典の暗唱や祈り、挨拶だけでもとんでもない数ですから、付け焼刃ではとてもとても誤魔化《ごまか》せるものではありません」

う～～む。聖教の影響下にある大陸中央諸国は、他国人や他種族に厳しいと聞いてはいるけれど、どうやらイーオン聖王国本国の排他性は、厳しいどころではないらしい。

「ちなみに自分らはもっぱら『転移魔法陣《シフトポーター》』で直接アイツんとこに行ってたんですけど、自分の『転移魔法陣《シフトポーター》』はすでに破棄されていて使えません」

命都《みこと》が持ってきたお代わりに手を付けながら、握っていたスプーンとフォークとでバツ印を作る影郎さん。

「そうなると、ほかの連中が使っている『転移魔法陣《シフトポーター》』か『転移門《テレポーター》』を利用することになりますが、らぽっくとタメゴローの両番頭さんは、基本、拠点を持たずに帰還魔法《リターン》と個人用の転移石を使ってたのでアテにはできません」

転移石も帰還魔法《リターン》も、定められたホームかバインドポイントに戻るものなので、どちらも第三者が使用することはできない。

「では、ほかに心当たりがないかというと……実はあるんですな。各ギルドホームに確実に固定『転移門《テレポーター》』があるはずで、現在、残されているのは亜茶《あちゃ》さんの【花椿宮殿《ラ・フルール・ド・カメリア》】と、ももんがいの旦那の万能戦艦【壊艇鷹《かいていおう》】のみ」

「あのふたりまでいたの……⁉」

初めて明かされた事実に唖然とするボクを、なぜか微妙な表情で見る影郎さん。

「まあ、敵としては、らぽっくの番頭さんや、脳筋の兄丸《あにまる》さんほど脅威ではないので、あまり深刻に考えることはないと思いますけど——それはさておきまして、先日確認したところ、亜茶さんの【花椿宮殿《ラ・フルール・ド・カメリア》】はなぜか跡形もなく消失してました」

「位置を変えたってこと？」

「……。……なら、まだいいんですが」

歯切れ悪く言葉を濁しながら、デザートを口に運ぶ影郎さん。

「まあ、こちらは現時点では棚上げしておきまして、そうなると残る心当たりは【壊艇鷹《かいていおう》】内の『転移門《テレポーター》』ですな。これを押さえれば、敵さんの喉元へ楽々喰らいつけるってわけですわ」

「なるほどねえ……。で、【壊艇鷹《かいていおう》】の現在地がどこなのか、影郎さんはわかっているの？」

「わかりませんなあ」

影郎さんは食後の紅茶を飲み干しながら、あっけらかんと答えた。

「意味ないじゃない！」

「ですから、ここで先の海賊騒動です」

「……？」

「おや、ご存じない？　ももんがいの兄さんの座右の銘は『七つの海は俺の海』『海賊帝王に俺はなる！』ですよ」

あの人、いい年こいて十四歳くらいでかかるそんな難儀な病気を発症していたのか。あんまし喋ったことがないから気が付かなかったけど……。

「つまり、今回の海賊騒動はももんがいさんが裏で手引きしているってこと？」

「そのものズバリ関わってるか、一枚噛んでいる程度かは不明ですが、可能性は高いと思いますよ。迂遠なようですけど、確認する価値はあると思いますな」

う～ん……。まあ仮に関係なかったとしても、海賊騒動はなんとかしないといけないし、やっぱり海に行かないと駄目か。

正直、水に関わる場所にはあんまり行きたくないんだけど、そうも言ってられないか。

「わかったよ。天涯、コラード国王に連絡して、キトーの別荘の使用と、現地の案内人を手配するよう頼んでおいて」

「はっ。承知いたしました。現地へ同行する従者は、いつものように私めで選定いたしますが、よろしいでしょうか？」

天涯の問いかけに少し考えて注文を付けた。

なにしろ、今回は事によると、勢いで敵の本拠地まで乗り込むことになりそうなので、考え得る最強布陣を用意したほうがいいだろう。

そう言うと、空穂《うつほ》がどこか好戦的に微笑んだ。

「では、円卓の魔将級全員での出陣ということでございますなあ」

その言葉に同調して、周囲にいた魔将たちがいろめきだった。

彼らの武者震いだけで城全体が震え、立ち籠める闘気だけで窓が割れる。

「そういうことだ。神を詐称する愚か者に、姫が鉄槌《てっつい》を下す！　諸君、これは戦《いくさ》ではない、制裁であるッッ‼」

天涯が一同に言い渡すと、それに応じて魔将たちから地鳴りのような鬨《とき》の声が上がり、衝撃でボクは椅子ごとひっくり返った。

——早まったかも知れない。プレーヤー二〜三人に対して、影郎さんも合わせてカンストプレーヤーふたりと、大規模戦闘《レイド》級従魔が二十体以上とか、おもいっこそオーバーキルなんだけど！

「なんかもう最初からクライマックスですなあ」

ガクブルしているボクの向かいでは、影郎さんが相変わらずのんびりと、手ずから紅茶のお代わりをカップに注いでいた。

❖❖❖

ということで、準備が整ったボクたちは、港湾都市キトーの傍にある元王家の別荘へと赴いたわけなんだけど……。

「なんで、君が案内人なのかなぁ？」

午前中、死ぬほどガッツリ泳ぎの特訓を受けて、ビート板に掴まればどうにか五メルトほど泳げるようになったボクは、案内人のジョーイに連れられて午後は街のほうへ出てみることにした。

さすがにいつもの黒のドレスは見た目も暑いし鬱陶しいので、パニエの上に、胸元にフリルが付いて下がティアードスカートになっている白のサマードレス、白の鍔広の帽子に、同じく白のレースリボンのサマーシューズという、思いっきり夏仕様の衣装にしている。

「そりゃあ、俺がこのあたりの出身だからだろ」

当たり前の顔で、当たり前のようにボクの手を取って歩きながら、ジョーイが端的に答えた。

なんでも、ここからもう少し山のほうへ行ったところの僻村《へきそん》が生まれ故郷で、村の中で賄えないものや、祭り、農閑期の小遣い稼ぎなんかがあったときには、子供ながらにここまでほぼ半日がかりで足を延ばしたらしい。

「なるほどねぇ。――そういえば、今回はフィオレが一緒じゃないんだね」

「ああ、フィオレはなんか来週、国家四級の魔術師試験があるとかで、しばらく冒険者活動は休むそうだ。今回は結構、自信があるって言ってたな」

「へえ、頑張ってるんだね。上手《うま》く合格してくれればいいけど」

「そうだな」

あれ、でもフィオレが国家試験に合格したら、冒険者は続けるんだろうか？　もともとそっちで挫折したから冒険者になったって言ってたし、本道に戻るのかなぁ……？　そうなったらジョーイとのコンビも解消じゃないの？

心配になったけど、パートナーのジョーイが特になにも考えていないようなので、あまり根掘り葉掘り聞くのもどうかと思って、話題を変えることにした。

「そうそう故郷が近くなら、せっかくだし、この案内が終わったときにでも、そっちに顔を出したらいいんじゃないの？」

「……そうだな。考えておくよ」

数呼吸の間を置いて、ジョーイがどことなくほろ苦い笑みとともに、そう答えた。

そういえば、以前、家が貧しいから食い扶持を減らすために家を出て、アーラで冒険者を始めたとか言っていた気がする。

故郷といっても単純によい思い出があるとは限らないだろうに、迂闊《うかつ》な話題を振ったかも知れない。申し訳ない気持ちで俯いたボクの顔を怪訝そうに覗き込んだジョーイは、首を傾げ……天頂付近で輝いている太陽を見て、なにか得心がいった顔でポンと手を叩いた。

「そっか、もう昼すぎだもんな。その辺で飯にしようぜ」

なんか勝手に気を回して、落ち込んでたのが馬鹿らしくなった。

そんなわけでジョーイに手を引っ張られて、適当に目に留まった小さな食堂に入ったんだけど、お昼どきをすぎていたせいか、ほかに理由があるのか、ボクら以外にお客さんはいなかった。で、座った途端になんか女将《おかみ》さんにやたら気に入られ、「どこのお姫様さ⁉」「なんて綺麗なんだい！」「まるで月の女神アルテ様みたいだね〜っ」「あたしの若い頃を思い出すよ！」とさんざん持ち上げられて、注文してない料理までどんどんテーブルに並べられた。

ちなみに最後の台詞に被せて、奥から旦那さんの「出鱈目《でたらめ》言うな、このオカチメンコが」という悪態が聞こえてきて、ニコニコ笑っていた女将さんが一瞬にして修羅と化した。

「言ったね、このロクデナシが！」

「それがどうした、くそババア！」

そして始まる夫婦喧嘩《バトル》。

家族関係に疎く、こういう局面に慣れていないボクが仲裁しようかどうしようかオロオロしているのを尻目に、ジョーイは完全に無視して、テーブルの上の料理に手を伸ばしはじめた。

「ほっとけよ、ヒユキ。夫婦喧嘩なんて、関わるとろくなことにならないんだから」

達観したような口調には、こういう場面に慣れきった大人の風格さえあった。

促されてボクも席に着く。

「新鮮だから、結構いけるぞ」

と、言われるまま名物という魚料理を食べてみるけど、奥で掴み合いの喧嘩をしている食堂で悠々と食事のできるジョーイとは反対に、ボクのほうはなにを食べても味なんて感じなかった。

「……なんか、慣れた様子だねぇ」

なんのことを指しているのかすぐにわかったのだろう。自嘲するような笑みを浮かべるジョーイ。

「まあ、うちも毎日似たような状況だったからな。俺は長男だったから弟妹を守って仲裁に入って、ぶん殴られたり蹴られたり、家の外に放り出されたりだったから……」

う〜〜む。なんか、聞けば聞くほどあまり嬉しい帰省ではなかったみたいだね。

これ以上ツッコまないようにして話題を変えた。

「そういえばさ。さっき、女将さんに『月の女神アルテ様みたい』って言われて思い出したんだけど、君と初めて会ったときにも『月の女神様だ』って言われたよね」

途端、ジョーイは飲んでいた海鮮スープを喉に詰まらせ、目を白黒させながらゲホゲホむせる。

「ゲホゲホ……お……お前……ゲホ、そんなの、まだ覚えて……」

呼吸が苦しかったせいか、耳まで赤くなっているジョーイ。

「なかなか詩的な表現だったからねぇ。ま、ぜんぜん女神でもなんでもないのがわかって、失望させただろうけど。――にしても、月の女神アルテってのは土着の信仰かなにかかい？」

明後日《あさって》のほうを向いて、いや、そんなことないぞ、俺にとってお前はずっと女神様でお姫様で……とか、なんか口の中でブツブツ言っているジョーイに代わって、ドスドスと足音荒く奥から女将さんが戻ってきた。

旦那さんの姿が見えないところを見ると、どうやらこちらが勝利を収めたらしい。

「月の女神アルテ様は船乗りが崇める女神様さ」

言いながら勝手に空いている椅子に腰を下ろす。

「海神様と夜女神様との娘さんで星々を統《す》べる女神様ってことで、船乗りにとっちゃ、どれも同じくらい崇める対象さね」

なるほど。目印のない航海では、月や星が重要な目安だからね。神格化されているのだろう。

「この街にも祠《ほこら》があるんだけど、最近は海賊の被害が多いので船乗りがよくお参りに来ているよ」

なにげなく世間話をしている女将さんだけど、『海賊』という単語に、少しだけ背筋が伸びる。

「へえ、海賊ってそんなに増えてるんですか？」

「増えてるねえ。まったくひどいもんさ」

厚い唇を歪める女将さん。

なんでも、海賊は最近活発になってきたアミティアとクレスの貿易航路に出没するようになったらしい。いまのところ大型船や魔導帆船は武装も整っているので大きな被害はないけれど、時を経るごとに海賊の規模は大きくなり数は増え、またこの海域にも慣れてきたようなので、遠からず被害に遭うのじゃないか、というのが船乗りたちの一致した見解だそうだ。

「それじゃあ、やっぱり国のほうでしっかり守ってもらわないと駄目ですね」

なるべく世間知らずのお嬢様を装って、意見してみる。

「あんな連中アテにならないね。所詮は陸の軍隊だしねぇ。返り討ちに遭うのが関の山さ」

女将さんの声には、露骨な侮蔑と諦観が交じっていた。

「そう……ですか。それにしても、どうして急に海賊が増えたんでしょうね」

「ふむ……」

女将さんは太い腕を組んで、眉をひそめた。

「あくまで噂だけどね。ここら辺にいる海賊は、もともともっと北のほうにいた連中で、あっちでの縄張り争いに負けて逃げ込んできた負け犬連中って話だよ」

この話は初耳なので、思わずまじまじと女将さんの顔を確認する。

「それって本当なんですか？」

「噂だよ噂。なんでも、赤い帆をかけた見たこともない魔導船に乗った海賊が、北のほうで縄張りを広げているとか。そいつが真っ白い化物魚を操っているとか……ま、与太話みたいなものさね」

「「へーっ」」

半信半疑どころか、ほとんど信じていない口調の女将さんの話に、ジョーイと揃って相槌を打ちながら、思いがけない収穫にボクは内心ほくそ笑んだ。

❋海賊襲来

アミティア共和国最大の貿易港である港湾都市キトーは賑わっていた。

大小さまざまな船――商船らしい大型帆船から、運搬用のガレー船、船体のあちこちを鉄板で補強してあるのは軍艦だろうか――がひしめき、出入りする船が立てる飛沫《しぶき》の音、飛び交う海鳥の鳴き声、帆を上げ下げする帆柱《マスト》の軋みが、澄んだ青空に心地よく響いている。

着岸した中型船に板の渡しをかけ、その上を荷物運びの海の男たちが行き交う。また、港に入りきれない大型船には、小型船が接舷《せつげん》して荷物や客の運搬を行っている。交わされる挨拶と威勢のいいかけ声。それら港の賑わいは海風に乗ってキトー市全体に伝わり、生き生きとした鼓動を刻んでいるようだった。


そんな港にほど近い一角にある小さな食堂。

そこはいま戦場と化していた――。

「ヒユちゃん、三番さん平目の白ワイン蒸し追加ね！」

「はいはい、この青魚のチーズ焼きが焼き上がったら調理にかかります」

狭い店内を飛び回りながらの女将さんの声に、使い込まれたフライパンを振り回しながら返事をするボク。

「――あの、女将さん、まだまだ外にいっぱい並んでいて、材料が足りなくなりそうなんですけど」

エプロンをかけたジョーイが恐る恐る女将さんの背中に声をかけると、女将さんは途端に不機嫌そうな顔になって振り返った。

「だったらさっさと市場に買いにいきな！　まったく男ってのは、うちの亭主と同じで気が利かないんだから」

「……えーと、なにを買ってくればいいんでしょうか？」

「んなもん、あたしがわかるわけないだろう！　ヒユちゃんに聞きな、ヒユちゃんに」

かなり理不尽な女将さんの要求に、ジョーイが雨に打たれた子犬みたいな目で、こっちに訴えかけてくる。

「じゃあとりあえず、白身魚……えーと、平目と、あと淡白な身の大型魚があればいいかな。季節がら香草焼きにしてもいいと思うから香草を。それから種類はなんでもいいから海老、それと貝類もお願い」

「わかった。何匹くらいあればいいんだ？」

「なんのためにアンタが人数確認したんだいスカポンタン⁉　それくらい自分で判断しな！　あとワインと火酒も足りなくなりそうだし、そっちも追加だよ」

「いや……あの、市場はともかく、酒屋とかわかんないんですけど」

「あんたの頭は帽子の台かい？　その口は飾りかい⁉　わかんなきゃ聞きゃいいだろう！」

持っていた木製のお盆で、ジョーイの頭をスパーンと叩く女将さん。

それからポケットに手を入れて、ジャラジャラと何枚か硬貨を出し、ジョーイに握らせる。

「――あいたっ。……わ、わかりました。じゃあ行ってきます！」

「はい、いってらっしゃい」

「道草喰うんじゃないよ。これから夕方の書き入れ時なんだからね！」

小走りに走り出すジョーイの背中を見送って、腕まくりしたボクは料理の続きに取りかかる。

三人しかいないので休む暇もないけど、まだまだこれから忙しくなるので頑張らないといけない。

ボクは気合も新たに握った包丁で、下ごしらえのために魚の鱗を黙々と取るのだった。

下ごしらえをした切り身にパン粉をまぶして、油の温度を加減しながらフライにする。

その傍ら、フライパンにオリーブオイルを入れ、平目を焼いてさらに裏返して、火から離して余熱で焼いて……。

「あれぇ？　なんで私、ここで料理してるんだろう……？」

ふと、いまさらながら疑問を感じて首を捻ったところへ、

「ヒユちゃん！　ホロロ貝のパスタ、注文が入ったよ！　あと、さっきの三番さん平目の白ワイン蒸しできてるかい⁉」

「あ、はい。いまできました」

勢いに押されてでき上がったばかりの料理をお皿にのせて、厨房から顔を出して女将さんに渡す。

『うおおおおおおおっ‼‼』

顔を出した瞬間、店内及び出入り口に並んで様子を見ていた、いずれも日に焼けた男たちが、なぜか一斉に歓声みたいな声を張り上げたけど、忙しいのでこっちはそれどころではない。

そんなわけで、ボクは一瞬前に感じた疑問はさっさと放り投げて、再び厨房へと戻ったのだった。

ということで、夜になり店じまいした店内で、ジョーイともども疲れきった体をテーブルと椅子に投げ出したまま、いまさらながら冷静になって今日の出来事を振り返ってみた。

「……ヒユキ、生きてるかー？」

「いちおう……HP《ヒットポイント》は残ってるねぇ」

「不思議なんだけどさ。なんで俺らが、食堂の仕事を手伝わないといけなかったんだ？」

「奇遇だね。私も疑問に思ってたところだよ……」

お互いに、のっそりと体を起こして向かい合う。

自然とその視線が店の奥――ホクホク顔で、今日の売り上げを数えている女将さんに向かった。

「確か、飯を食い終えて出ようとしたところで、女将さんの金切り声がして、慌てて戻ったんだよな」

「うん。そうしたら、女将さんが旦那さんを背負って、奥から突進してきて」

地鳴りのような音と、切羽詰まった女将さんの形相と巨体に押されて、反射的に道を譲ったところへ、

「うちの旦那が腰を痛めたから、ちょいとかかり付けの薬師んとこに行ってくるっ。あんたら少しの間、店を見てておくれ！」

と一方的に言われて、返事をする間もなく、土煙を上げて去っていく女将さんを見送るしかなかっ

た。

　で、しょうがない、どうせお客さんなんて来ないだろうと、密かに周囲を固めている隠密部隊や親衛隊に断りを入れて、ジョーイとふたりでお店に戻ったんだけど、なぜか遠目に見ていた通行人がゾロゾロとついてきて、そのままテーブルやカウンターに座って注文を始めた。

　まあ、厨房に材料はあったので、目に付いたエプロンをかけたボクが適当にあり合わせの料理を作り、冒険者初心者の頃、この手のお店で手伝いをしていた経験のあるジョーイが給仕役をやって、女将さんが帰ってくるのを待つことにした。

　だけどなかなか戻ってこないうえに、さらにお客さんが増えててんてこ舞い。

　ふたりともほとんど忘我の境地でお店を回していたところへ、やっと女将さんが戻ってきたので、やれやれこれで一安心……と思ったら、店の繁盛具合に目を丸くした女将さんの顔が、次の瞬間、にやりと悪どいものに変わり、「あんたら、まさか途中で投げ出すつもりじゃないだろうね⁉」というドスの利いた声とともに、揃って襟首を掴まれて店に戻された。

　――そして、現在に至る。

「……なんで夫婦喧嘩のとばっちりで、私たちがお店の手伝いとかしなきゃいけないわけ」

「諦めろ。それが夫婦喧嘩ってもんだ。――てゆーかさ、いまふと思ったんだけど」

　同時にため息をついたところで、ジョーイが小首を傾げた。

「うん？」

「旦那さんの腰、その場でお前が治せば、問題なかったんじゃないのか？」

「……あー……」

後悔っていうのは「後から悔いる」から後悔って書くんだよ。

思わず頭を抱えたところで、暖簾をしまった店の扉が、乱暴に表から開けられた。

「悪いけど、今日はもう店じまいだよ！」

顔を上げた女将さんが断るが、

「おう、ここだここだ！　なんでもえらい別嬪《べっぴん》がいるらしいぞ」

まるっきり無視して、四～五人の男たちが店の中に入ってきた。

まだ宵の口だというのに、すでにかなりの酒が入っているようで全員の顔が赤い。まだ若くて、身なりもそれなりに立派なものだけれど、どことなく着崩したような、荒《すさ》んだ雰囲気があった。

「――こいつら堅気じゃないな」

男たちが入ってきたのと同時に、ボクと一緒に椅子から立ち上がったジョーイが、軽く眉をひそめて呟いた。そのままボクを背中で隠すように前に出る。うん男の子だね。ちょっとときめいた。

「おっ！　こりゃ凄え、確かにこんな上玉見たことないぜ。おい、女、俺たちの席に着いて酌をしろ！――いや、こんな小汚い店じゃなくて、もっといいところに連れていってやる。ついてこい！」

下種《げす》な笑いを浮かべながら、最初に入ってきた男がボクに手を伸ばしてくるのを見て、「うちの子になにするんだい！」と女将さんが声を荒らげ、ジョーイは無言のまま無造作にその手を払い除けた。

「この餓鬼っ。その女を渡せ！」

堂に入った恫喝の声に、女将さんが顔を強張《こわば》らせ、ジョーイは「嫌なこった」と答えた。

「餓鬼が粋がるな！　つまんねえ格好つけると、痛い目に遭うぞ！」

怒鳴り声とともに酒で赤くなった顔をさらに赤黒くさせ、男は腰に下げていた片手長剣《ハンガー》（船乗りが使用する武器。短めのものは『カトラス』と呼ぶ）を抜いた。

「おい、店の中で剣なんて抜くなよ。危ないだろう」

うんざりした顔で忠告するジョーイの余裕ある態度に、馬鹿にされたと思ったのか、有無を言わせず男が斬りかかってきた。

「うるせえ！」

これが堅気の相手なら、男の形相と向けられた真剣に気圧され、萎縮していたかも知れないけれど、ジョーイもこの道の玄人《プロ》である冒険者。軽く舌打ちして、男の無駄の多い動きを悠々と目で見て躱しながら、手刀で男の手首を叩き、剣を落とした。

慌てて床に落ちた剣を拾おうと、反射的に屈み込んだ男の顔面に膝蹴りを入れる。

「ぎゃあああっ！」

戸口から外へ吹っ飛んだ男の進路上にいた、仲間らしき人相の悪い連中が慌てて避ける。

「あんたら仲間だろう。受け止めてやればいいのに」

そう言いながら男が落とした片手長剣《ハンガー》を拾って、具合を確認するジョーイ。愛用の魔剣は給仕の邪魔になるので厨房の奥に立てかけてある。戻って取ってくる暇もないので、代用で使うことにしたのだろう。

「こいつ。舐めた真似しやがって！」

男の仲間が一斉に武器を抜いた。

「勝手に突っかかってきたのはそっちだろう？　つーか、俺のオンナに手を出したハエを追い払っただけだけど」

ジョーイも言うようになったねえ。あと方便だろうけど、彼女扱いされた身としては面映《おもは》ゆいというか、落ち着かないというか……。

「ほざくな！　死ねっ‼」

ひとりが斬りかかってきたが、やはり剣を力任せに振り回すだけで、技と呼べるものはなかった。

「――ゴブリンのほうがマシだな」

空《くう》を切り裂く剣先を避けながら、ジョーイは端的に評すると、カウンターで片手長剣《ハンガー》を弾き返し、思わずよろめいた男の脇腹に蹴りを入れて、先ほどの男同様、店の外に叩き出した。

「この野郎っ！」

「ただじゃおかねえ！」

「ぶっ殺してやる！」

店内の椅子やテーブルを蹴り倒しながら、いきり立った男たちが一斉に襲いかかってきた。

「手伝う？」

背中越しにいちおう聞いてみたけれど、「大丈夫。こいつら隙だらけだ。つまんねぇ」とジョーイは面白くもなさそうに答えた。

それじゃあお言葉に甘えて、しばらく剣士に守られるお姫様役をすることにして、邪魔にならないようにジョーイから離れた。

これだけの騒ぎになっているのだから、野次馬も相当いるのかと思ったけれど、店の外はとっぷり暮れた闇の中に沈んで、人っ子ひとり覗き見している気配すらなかった。

――誰かが、なんかやってるね。

おそらく過保護な保護者たちがなにかして、この場から余計な人間を排除したのだろう。心当たりを探るうちに、またひとり人相の悪い男がジョーイに叩きのめされて、店の外へと転がっていく。

同時に、叩き出された男の周囲に闇がまとわり付き、『コリコリコリコリ』となにかが硬い煎餅を齧るような音が、微かに聞こえてきた。

「……ねえ、ジョーイ、悪いんだけど、聞きたいことがあるんでひとりは残しておいてくれるかな？」

外に叩き出した三人に関しては、もう尋問するのは無理だろう。

残ったふたりを相手にしていたジョーイは、怪訝な顔をしながらも、「わかった」と軽く請け負って、瞬《またた》く間にひとりを蹴り倒し外へ放り投げ、最後に残った男の剣を叩き落とした。

「これでいいか？」

すっかり酔いが醒めた顔で、だらだらと脂汗を流している男の首筋に剣先を当て、気負いのない調子でジョーイが訊いてきた。

「はい、お見事でした」

軽く拍手をしてその健闘を讃える。

「――て、手前《てめえ》、俺たちにこんなことをしてただで済むと思ってるのか？　俺たちゃ、泣く子も黙る海山猫団《シーリンクス》の団員だぞ！」

この期に及んでふてぶてしく開き直る男。

どうだと言わんばかりの態度に、ジョーイとふたり、思わず顔を見合わせる。

「……『だぞ』って言われても、聞いたこともないしな」

「……というか、ウミネコなのかヤマネコなのかどっちなわけ？」

なんか、海のものとも山のものともつかないんだけど。

はかばかしくないボクたちの反応に焦れた様子で、男がさらに喚く。

「てめーら、ど素人だろう！　海山猫団《シーリンクス》っていえば、北方のコルヌあたりじゃ、知らない者はいない海賊様だ！」

「「海賊⁉」」

女将さんも合わせた全員の声が唱和する。

「じょ、冗談じゃない！　ヒユちゃん、これ以上騒ぎを大きくさせないでおくれ！」

血相を変えた女将さんが、ジョーイの魔剣を持って奥から出てきた。そのまま放り投げるようにジョーイに剣を返す。

「――海賊に目を付けられたら商売上がったりだ。悪いけどすぐに出ていっておくれ！」

そのまま力づくでも追い出しそうな女将さんの懇願に、海賊の男はしてやったりの表情を浮かべる。

「……わかりました。私たちはこちらのお店とは無関係の余所者ですから、なにかあればそれで通してください。また、それでも困ったことがあれば、当市の衛兵や役人にでもご相談ください。けして悪いようにはしないよう、確実に命令しておきますので」

「はあ……？　衛兵や役人に命令って……ヒユちゃん、あんたいったい……？」

大きく目を見開く女将さんに一礼をして、

「先ほどは『うちの子になにをするんだい』と庇ってくださりありがとうございました。嬉しかったです」

外したエプロンをテーブルの上に置き、海賊の男を後ろ手に締め上げたジョーイともども、お店をあとにした。

ちらりと振り返ると、なにか言いたげな顔の女将さんが、入り口のところまで出てきて、こちらを見ているのが見えた。

「お、おい！　聞いてるのか。俺の背後には海山猫団《シーリンクス》一家が控えてるんだぞ。さっさと放せ！」

「うん。君にはそのあたりを詳しく聞かせてもらうよ」

ため息をついて、相変わらず喚いている男の顔を見上げる。

少しだけイラついた気持ちが表に出ていたのか、その途端、男の顔が強張った。

「……まあ、心配することはないさ。ほかの仲間に比べれば、まだしも君は幸運だったと思うから」

冷笑を浮かべたボクの言葉に、大きく唾を呑み込んだ男がみるみる青ざめ、今度こそ大人しくなった。

「とりあえず別荘に連れていけばいいだろう。行こうぜ、ヒユキ」

さっさと先に立って進むジョーイ――ひょっとして気を遣ってくれてるのかな――のあとに続く形で、小走りに追いかける。

相変わらず周りでなにかしているのか、まだまだ宵の口だっていうのに周囲には闇があるだけで、細い通りには猫の子一匹いなかった。

「そうだね。チャッチャと済ませないとね」

同意しながら、ふと見上げた空には大きな満月が浮かんでいた。

◆◆◆

「――癒着ですか」

ボクの話を聞いたコラード国王が、苦々しい顔で呻き声を上げた。

「そっ。結構前からズブズブだったみたいだよ。海賊とキトーの役人の間では」

軽く肩をすくめてのボクの言葉に、コラード国王の眉間の皺がより深くなる。

それからより詳細に、あの日、海賊の一味の男から聞き出した尋問の中身を話して聞かせた。

あ、別に拷問とかしたわけではなく、魔眼《イービル・アイ》を使って自発的に喋ってもらっただけなので悪しからず。……まあ、影郎さんや一部愛好者が嬉々として、謎の器具――『ファラリスの雄牛』とか『十露盤板《そろばん》』とか『鉄の処女』『苦悩の梨』『審問椅子』『ユダのゆりかご』『ワニのペンチ』など

――を取り揃えて待機してたけど。

まず『海山猫団《シーリンクス》』とかいう珍妙な名前の海賊だけど、これはもともと西部域北部にあるコルヌ国を根城にしていた、大型船一隻を中核として、そのほか船足の速い中小型船数隻から成る、結構大規模な海賊集団（ま、ボクが捕まえたのはその末端だったけど）だった。

で、こいつらのやり方が狡猾で、単純に商船や運搬船を襲うのではなく、地元のほとんどの役人に鼻薬を嗅がせ行動の自由を得ていた。――要するに役人は被害者からの訴えを握り潰し、国に対して海賊の被害を過少申告することで、儲けに応じて海賊から定期的に高額な袖の下をもらい、懐に入れていたのだ。

さらに役人と海賊は、豪商や網元などに「決まった分の金額を納めれば、商船や村を襲わないでやる」と持ちかけて金品を供出させていたらしい。

そんな関係が長年続いていたけれど、ここにきて風向きが変わったそうだ。

第一に、アミティアとクレスがともに真紅帝国《インペリアル・クリムソン》の傘下に収まり、交易そのものが活発化したことで、旧来のキトー市に所属する船以外の外国船籍の船が爆発的に増加したため、いままでは身内で隠蔽していた海賊被害が表沙汰になり出したこと。

第二に、例の『赤い帆を張った魔導船』に乗った海賊の台頭で、北部域の縄張りを追い出された海賊が流れてきて飽和状態になり、統制が取れなくなったこと。この二点が原因らしい。

「それにしても許せませんね。率先して法を守るべき役人が、よりによって海賊と裏取引をして賄賂をもらってたなんて！」

レヴァンが右手の拳を、パシッと左掌に当てて憤慨した。

「まったくです。これもひとえに私の不徳のいたすところ。――陛下、まことに申し訳ございません」

苦渋の表情で立ち上がって、頭を下げるコラード国王。

「あ、いや！　別にオレはコラード国王の責任を言ったわけじゃ……」

慌てて両手を振るレヴァンに併せて、ボクも『気にしないで』という意味でヒラヒラ手を振った。

「そうだね。誰が一番悪いかで言えば、海賊と現場の人間だし。だいたい、管理者責任とかになれば、最終的には私のところまでブーメランが戻るわけだからねぇ」

「とはいえ、至急、キトーには監査の手を入れ、関係した者どもを徹底的に厳罰に処さねばなりません」

一礼したコラード国王が再び席に着いて、断固たる口調で言いきった。

「そうだね。ああ……あと、騒ぎのあった夜のうちに『海山猫団《シーリンクス》』のアジトと海賊船は潰して、連中が集めていた財宝も没収したので、可能な限り被害者の救済に使ってね」

なお、海賊の親玉とか幹部連中はどうにか生け捕りにして、キトーの別荘になぜかあった地下牢でもって、ウチの好き者連中が趣味の実践中だと思うので、詳細についてはそちらで確認してもらうことにした。

「まっ、いくら賠償しても死んだ人の命には代えられないけどさ」

喉の渇きを感じたので、グラスに注いであった鮮血を飲み干すと、すかさず天涯がお代わりを注ぎ足した。

「……姫陛下、いつになくお腹立ちのご様子に見受けられますが、なにかございましたか？」

事後報告会だというのに、またもや時間を作って顔を出したオリアーナが、今日のお茶菓子のシュトゥルーデルとザッハトルテをフォークで切り分けながら、こちらの目を覗き込むようにして訊ねてきた。

鋭いね、さすがに。

惚けようかとも思ったけれど、三人の視線に促されて、しぶしぶボクは口を開いた。

「腹立ちというか……自分の馬鹿さ加減、いや見通しの甘さにつくづく嫌気が差したってところかな」

「どういうことでしょう？」

ザッハトルテを一口食べて……途端、目を輝かせてパクパク口に運びながら、疑問を重ねるオリアーナ。

君は本気で聞く気があるのかね……？

「さっき話に出ていた食堂だけどね、今回の騒ぎで悪い噂やグルになった役人からの嫌がらせがあったみたいで、結局、お店は二～三日後に閉店して、経営者夫婦は行方不明らしい。――ま、そこから今回の役人との癒着が芋づる式に判明したんだけどさ、保護をする側の役人が海賊と同じ穴の狢《むじな》だったんだから、そうなるよねぇ」

「……それはまた、なんともやりきれない話ですね」

と、顔を曇らせたのはレヴァン。

「いや、まあ……又聞きだけど、女将さんと旦那さんが家財道具一切合財を積んだ荷車を引っ張って夜逃げするのを見たって人もいるみたいだから、最悪のケースではない——と信じたいところだけど」

「こちらでも捜索して、保護しますか？」

そう言ってくれるコラード国王の厚意はありがたいけど、ボクは首を横に振った。

「いや、確かに私の不手際もあったけど、他人の人生に無闇矢鱈と干渉するつもりはないよ。彼らには彼らの考えや生活があるんだしね」

「そうですわね。わたしたち為政者は国民の安寧と平和を庇護する責任がありますが、それは国家という枠組みで執り行うものですから。特定の一個人のために権力を乱用すれば、それがたとえ善意からの行動であろうと、逆に差別ということになります。冷たいようですが、個人の人生は本来、その個人が責任を負うべきものです」

オリアーナらしい割り切った物言いに、レヴァンが噛み付く。

「そう一概に言ってのけられるのは、恵まれた暮らしをしている人間族の傲慢に思えますけどね。地を這い明日の食べ物を案じて暮らす辛さがわからないから、そんな風に上から見下ろした視線でものが言えるんですよ」

「それこそ傲慢な考えでしょう」

オリアーナはお茶菓子を食べ終え、フォークをケーキプレートに置いた。

「あなたは自国の国民ひとりひとりの人生に責任を持てるのですか？　市井の人々も、日々嘆いて人生を送っていても、それでも生きている。なぜならばそれは、明日はよいことがあるのではという希望を持っているからです。そうした希望の灯を絶やさないよう努めるのが、わたしたちの使命でしょう！」

このふたりのいがみ合いに、なんとなく毒気を抜かれて、コラード国王の顔を見た。

彼も『やれやれ』という顔で苦笑いしていた。見解の相違はあるけれど、どちらも正論なだけに、片方の肩を持つわけにもいかないところだね。

「まあ、所詮は神ならぬ身だからね。全能にはなれないけど、それでも私たちは無能というわけでもない。なら、多少なりともできることをするだけだね」

「その通りですね」

険悪になりかけた場の空気を変えるため、話を総括したボクの言葉に、コラード国王が同意してくれて、なんとなく話は綺麗にまとまった。

それにしても、どこの世界でも人間は変わらないものだねぇ。

デブさんもどうせ『神』を自称するなら、楽園のような世界を作ればいいものを……。

と、しみじみ慨嘆していたところへ、白髪にベールを被った美青年――十三魔将軍筆頭の斑鳩《いかるが》（分身体である《ウムル・アト＝タウィル》）が、きびきびした足取りでやってきた。

「ご歓談中、失礼いたします」

「どうした斑鳩、急ぎの用件か？」

天涯の問いかけに、軽く頷く斑鳩。

「はい、例の海賊どもについてですが、影……もとい、担当官の指導の下に行われた拷も……いえ、我々の熱心な質問に答えて、連中は実に興味深い供述を行いました」

とりあえずツッコミは入れないで、報告の中身を聞くことにした。

「まず、官憲との癒着構造についてですが、これは例の『紅帆海賊団《こうはんかいぞくだん》』――まあ、自称ではなく、ほかの海賊が呼ぶ他称のようですが――が行っている手口の模倣、それも質の悪い猿真似のようです」

「ということは、本家の『紅帆海賊団』とやらは、もっと大規模に行っているわけ？」

ボクの疑問に、「然り」と同意する斑鳩。

「ほとんど国家を丸ごと乗っ取って、さらに人口一万人前後の群小国を侵略し、これを周辺国へと右から左へ売り払っている模様です」

さすがにそこまでスケールの大きな話になるとは思わずに、国家元首級四人が揃いも揃って、半信半疑という顔で斑鳩の妖艶とも言える整った顔をマジマジと凝視する。

「国ごと転売とは、また途方もなくスケールの大きな海賊だねぇ」

「それにしても、わざわざ手に入れた国家をそのまま売り払うとか、随分ともったいない話に思えますけど？」

首を捻るレヴァンに向かって、「いや」とコラード国王が推測を述べた。

「もともと海賊に国家経営の意欲はないのでしょう。買い手がいればさっさと売ってしまうほうが確実でしょうから合理的です。万一さらに好条件の買い手が出てくれば、そこを再度攻め落として売り払ってもいいでしょうしね」

「なるほど、基本的にわたしども国家が大義名分をつけて他国を侵略するのを、非合法に行っているようなものですわね。つまり、国家並みの戦力があると仮定する必要がありますわね、その海賊は」

確かにね。やっぱり、その海賊って、ももんがいさんなのかな。

「ちなみに、その『紅帆海賊団』とやらが本拠地にしている傀儡国家ですが――」

斑鳩の視線が、ちらりとオリアーナに向けられた。

「グラウィオール帝国の北西部域植民国家インユリアとのことです」

期せずして息を呑んだ全員の視線が、オリアーナに集中した。

「……まさか、そんな馬鹿なことが⁉」

目を大きく見開いたオリアーナが呻いた。

❖❖❖

「旦那様、お帰りなさいませ」

扇情的な格好をしたバニーガール――もともと奴隷として売られるところを略奪した、天然の兎耳が頭の上で揺れる兎人族のなかなかの美少女――が、騎獣（一トレ……千キルグーラを超えるトドに似た角の生えた海獣）に乗って船に戻ってきた『紅帆海賊団』の船長に頭を下げる。

挨拶された彼――癖のある赤毛にターバンを巻き、銀色の刺青が彫られた褐色の肌の上半身に、赤いチョッキを纏っただけの目付きの鋭い青年は、手に持っていた硬い樫の木の箱を床に置いた。

「ほらよ、欲しがっていた南方の香辛料《スパイス》だ。これだけでも船が一艘買える値段だっていうんだから、ちっとは感謝して俺様を敬えよ」

やれやれと肩を揉みながら、恩着せがましく胸を張る青年に対して、バニーガールの少女が微妙に棒読みの口調で、

「おお～っ、こんなにたくさんの種類を用意されるとは、さすがです旦那様。なんだかんだ言ってもマメですねー」

ぱちぱちと拍手をしながら、賞賛《ヨイシヨす》の言葉を贈る。

その騒ぎを聞きつけたのか、船内からぞろぞろと三十人ほどの船員たちが甲板に出てきた。

なぜか全員十代後半から二十代半ば頃までの、オヘソ丸出しや腰までスリットの入ったスカートなど、いずれも独特な格好をした美女・美少女ばかりである。てんでんばらばらの支度ながら、全員がスカーフやバンダナなどに赤い布を使っているのが唯一の共通点である。

香辛料《スパイス》のほかにも貴金属類や外国の衣装など、積み上げられた略奪品の数々に鼻息も荒く、群がっては吟味し合っている仲間（?）たちから若干離れ――なんとなく娘たちにリビングを占領されて、居場所のない父親のような哀愁を背中に漂わせたまま――青年は船縁に腰を下ろして、遠い目で水平線の彼方を眺めた。

「なんで海賊サマの船員が、俺以外全員女なんだ。あり得ねえだろう、普通」

呟いた自分の声に、苦味が混じるのを青年は抑えられなかった。

「それはやはり、『世界の海は俺の海。世界の女は全部俺のもの！　野郎はいらねえぜ！』と常日頃公言なされているのが原因なのでは？」

いつの間にか傍に来ていたバニーガールの少女の言葉に、青年は頭を掻き毟《むし》った。

「そりゃそうだけどよぉ、なんか違うだろ。プライベートじゃ女にモテまくり、だけど仕事のときには片目にアイパッチを着けたハゲ頭の副官とか、片脚に義足を着けた好漢とかが脇を固めて、『よし！　野郎ども、出撃だ！』とかやるのが海賊だろうに！　なんだこの女子高の担任ポジションは?!」

「またまた、そんな心にもないことを」

獣人族という種族の属性なのか、やたら馴れ馴れしい口調で、青年の魂の叫びを一笑に付す少女。

「『ハーレムは男の夢！　今度こそ目指せリア充！　ハーレム王に俺はなるっ!!』って、あたしを『海山猫団《シーリンクス》』から助けてくれたときに、絶叫してたじゃないですか」

「……若気の至りだ。いまは反省している」

「口ではなんと言っても、昨晩もベッドに機関長を――」

「なっ、なぜ知っている?!」

「そりゃ狭い船内ですからね」

がっくりうな垂れる青年に追い討ちをかける少女。

「あ、そろそろ避妊薬も切れてきた頃合なので、準備しておいたほうがいいですよ。まあ身を固められる決心をされたなら、それはそれで……正妻を決めていただければ問題ありませんけど」

「――ぐっ。誰が結婚なんぞ……つーか、亜茶子の一件以来ろくなことがねーな。あれのせいで女難かも知れん。次に陸に上がったら、海神にでもお参りしといたほうがいいかな」

口では勝てないと悟って話題を変えようとした青年だが、その言葉に少女はぽんと膝を叩いた。

「そうそう、占い師のドナが言ってましたけど、近々旦那様は『月の女神様に刺される』ので注意したほうがいいそうです。行くなら月の女神様のほうがいいんじゃないですか？」

「なんじゃ、そりゃ？」

「さあ？　どっかで騙した女に後ろから刺されるって隠喩じゃないですか？」

そう言われても心当たりが……ありすぎて後ろめたさ満載の青年は、思わず視線を逸らした。

「ま、せいぜいそのときには誠心誠意謝罪することですね」

最後に一言念を押して、少女は仲間たちがたむろする集団へと戻っていった。

やっと解放された青年は、辟易した顔で再び水平線を眺めながら不機嫌そうに呟く。

「――月の女神ねえ」

神を自称する男なら知っているけど……まあ、所詮は占いだろう。

気にしないことにして、船内へと戻っていった。

❋魔導帆船

白波を掻き分けて白塗りの魔導帆船〈ベルーガ号〉が、勇躍針路を西にとり、グラウィオール帝国の大陸北西部域植民国家インユリアを目指して、ひた走っていた。

甲板では屈強な海軍の兵士たちが、お互いに声をかけ合いながら、キビキビと無駄なく動き回っている。

――素人が甲板なんかに立っていたら、邪魔になるんじゃないかな。

そう不安に思っていたところ《こんなところ》へ、グラウィオール帝国海軍用の白い軍服を着た、切れ長の目に彫りが深い顔立ちをした――若い頃はさぞかし社交界で浮名を流したろう（それとも現在進行形かも？）――気品のある壮年のオジサマと、副官らしいいくらか若い船員が、連れ立ってやってきた。

「こちらにいらしたのですか、姫陛下。いかがですかな、我が帝国の誇る魔導帆船〈ベルーガ号〉の乗り心地は？」

慣れた仕草でその場で胸に片手を当て、左膝を立て右膝をつけて一礼をするふたり。

「ええ、とても快適な船旅を満喫していますわ、エストラダ大公」

船に乗るんだから、いっそセーラー服でも着てこようかと思ったんだけど、周囲の反対が強かったため（男の世界である船で、ミニスカートとか露出の多い服は目の保養……もとい、目の毒だと言われた）、普段着のビスチェドレスの、シャーリングを絞り込んだデザインのスカートを抓んで、カーテシーを返した。

「それは重畳《ちょうじょう》でございます。それと、できれば艦の上では『大公』ではなく『提督』とお呼びください」

立ち上がってそう悪戯っぽくウインクをする、グラウィオール帝国大公にして帝位継承権三位というVIP、フェルナンド・イザイア・ゾフ・エストラダ（自称）提督。

「『提督』……ですか。確か帝国元帥の位をお持ちと伺っておりますけれど？」

ちなみに提督は艦隊の司令官や、海軍の将官一般を指すので、それより上の元帥号を持っているなら『元帥』と呼び習わすのが普通だと思うんだけど……。

「いやいや『元帥』なんて称号は七光りもいいところですよ。どうにも落ち着かないですし、どういうわけか海軍士官学校時代からあだ名で呼ばれていた『提督』のほうがよほどしっくりきますので、いまでも全員にそう呼ばせています」

この社交的な人格と海軍を後ろ盾にした軍事力から、兄である現皇帝よりもよほど帝位に向いているのでは？　というのが、表立っては言えないけれど、周囲のほぼ一致した見解らしい……皇弟にして、大公であるエストラダ提督が、その身分にそぐわない気さくな調子で朗らかに笑う。

ちなみに帝位ウンヌンについては、呆れたことに現皇帝まで認めていて、さっさと渡して隠遁したいと常々口に出しているとかで、「賢弟愚兄を当人が放言しているのですから、呆れますわ」とオリアーナがため息交じりに話していた。

実際、ちょっと彼がその気になれば、血で血を洗うお家騒動もあり得たのだろうけど、皇帝派と宰相派が争いを始めた早々に、兄を支持することを公言し、ごたごたの内紛を未然に防いだばかりか、当時ほとんど陸軍を掌握していた宰相派に対抗して、大義名分、そして『武』という形で協力してくれた大恩人であるらしい。

「叔父上がその気であるなら、わたしは甘んじて次期帝位をお渡しする所存です」

と、あの現実主義者のオリアーナをして言わしめるほどの人物なので、よほどの聖人君子かと思ってたんだけど、なんかアレだね……単純に船が好きなだけで裏表のない好人物に思えるね。

「この旗艦〈ベルーガ号〉は排水量・魔導機関・積載量・砲門ともに帝国随一――いえ、大陸最高峰の魔導帆船ですし、さらに今回は七隻の軍用艦を伴っての艦隊戦を想定しておりますので、海賊如きにはむざむざ後れを取ることなどない……と自負しておりますが、なにやら今回の敵は定石に囚われない異様な力を持った輩《やから》とか」

「………」

「もとより軍人は全力を尽くすのが本分ですが、力足らずしてお客様である姫陛下に万一のことがあれば皇帝陛下や皇女の信頼を損なうことになりますので、その際は我々のことは捨て駒と考えて御身のご安全を第一にお考えください」

これはまたできた人間だねぇ！　脳筋の軍人なら負けることなんて考えないものだけど、不確定要素を勘案して負けた場合の優先順位をきちんと明言できるなんて、確かにオリアーナが信頼するだけのことはあるよ。

「職務上、航行中は私自身はあまり顔を出せませんが、代わりに、この副長であるベーコン卿――帝国伯爵でもありますが、海の上では准将の肩書きを信じていただいて結構です――に様子を見にこさせますので、もしもなにか不都合な点など生じましたら、ご遠慮なくお申し付けください。よろしいでしょうか？」

ちらりと隣に控える命都と七夕《たなばた》を見る。

「いいでしょう。この航海に際して直奏並びに拝謁の許可を与えます」

命都が鷹揚に頷いた。

「ありがとうございます。実は本日、私の息子を案内役として随行させる予定でしたが……」

微妙な表情で苦笑いするエストラダ提督。

「姫陛下とは年の頃も近いですし、親の欲目なしになかなか優秀なのですが、士官学校の学生とはいえ候補生を正式な軍事作戦に従軍させるわけにもいきませんので」

それからなぜか意味ありげな視線をこちらに向けてくる。

「この航海が無事に終わったあと、帝都においでいただくことがあればご紹介したいので、ぜひ末永くお付き合い願えれば幸いですな」

「提督のご子息であれば、さぞかし美男子なのでしょうね、楽しみですわ」

まあ、お互いの国益のためにも関係を密にしておいて困ることはないだろう。

私の半ば社交辞令――ま、実際にこの人の息子ならさぞかし美少年なんだろうと、純粋に興味もあるけど――に破顔するエストラダ提督と、そんな上司に追従の笑みを向けるベーコン准将。

「なるほど素晴らしいお話ですね。提督のご長男であるクリストフ公子は文武両道、眉目秀麗。まさに貴公子の名に恥じない帝国男子ですので、姫陛下と並ばれるとさぞやお似合いなことでしょう」

「ははは。とはいえ……誰に似たのか妙に堅物で、十四歳にもなるというのに浮いた話ひとつないので、肝心な場面で姫陛下をきちんとエスコートできるのか心配だな」

「公子は生真面目ですからね」

ちらちらとボクの反応を窺いながら笑うベーコン准将と、面映ゆい表情で苦笑するエストラダ提督。

そんなふたりを、なぜか命都が半眼で値踏みするように見据え、七夕は「あらあら」と近所のお節介焼きのような調子で目じりを下げて、口元を柔らかく曲げていた。

――はて？　なにかこの世間話に問題でもあるんだろうか？

ちらっと周りを見てみると、遠巻きにこちらを眺めている下士官たちは、わかってます的な眼差しで上司たちに無言の声援を送っているし、反対にちょっと離れたところで待機しているジョーイは、なんとなく不機嫌な様子で提督の端正な顔を睨んでいた。

――なにかが進行している。ボクの与《あずか》り知らないところで重大ななにかが！

「そういえば、属国であるアミティア共和国のコラード国王陛下が、獣人族の女性と近々ご結婚あそばすそうで、実におめでたいお話ですな。実際、障害は多いとは思いますが、種族や身分を超えた純愛ということで、吟遊詩人が歌うロマンスにご婦人方はもとより、宮中でも多くの貴族たちが感慨に浸っております。個人的な見解としてはぜひあやかりたいものですな」

どことなく芝居がかった仕草で、エストラダ提督が両手を広げた。

ここで遅ればせながら一連のやり取りの意味が理解できた。

「……ああ、なるほど、そういうことね」

大陸最大国家の帝位継承権を持つ大公の一子と、それに次ぐ大国の国主である未婚のお姫様。お付き合いするとなれば、けして悪い話ではないだろう。

まあ、普通なら所在不明な魔物の国のお姫様で人外なんぞという、得体の知れないものは敬遠するのが当たり前かと思うんだけれど、偉い人間の鷹揚さなのか、オリアーナ皇女同様にそういうことは気にしないみたいだしね。

とはいっても、初対面の相手の見たこともない息子さんとのお付き合いウンヌンとか、ボクとしてはいまのところまったくの埒外だけど、今後もこの世界で生きていくんだったら、将来的には考慮に入れないとマズイのかも知れないねぇ。婚姻とか可愛いお嫁さんとか……。

「──か、姫陛下。どうかなされましたか？」

「姫様。ご気分が優れないようでしたら船室で休まれてはいかがでしょうか？」

おっと、いつの間にか考えに耽っていたみたいで、エストラダ提督と命都が、心配そうにこっちを見ていた。

「ああ。いえ、少々今後の予定──インユリア国での海賊対策について、思案しておりました」

と、適当に答える。

「なるほど。ですが先ほども申し上げましたが、相手が海賊であろうが《大海魔《クラーケン》》であろうが、我がグラウィオール帝国海軍の誇る魔導帆船艦隊八隻が、おめおめと後れを取ることなどございません。文字通り大船に乗った気で、この船旅をお楽しみください」

自信満々に断言するエストラダ提督だけど、確か聖堂十字軍《カテドラル・クルセイダーツ》もこんな感じで、全滅フラグを踏んだんだよねぇ。

すっごい不安。まして、今回は海の上だし。落ちたら洒落抜きで死ぬかも知れない。

『久遠《くおん》、いざとなったら救助お願いね！』

ボクは従魔合身中の《神魚《バハムート》》久遠に念を押した。

今回は海上――ひょっとして海中も含めて――での戦が想定されるので、水中戦においては無類の強さと、全従魔中最大の体躯を誇る久遠に出陣してもらったんだけど――。

『…………』

『久遠！　ちょっと、聞いてるの、久遠ーっ⁉』

『………は？』

『……いま、寝てなかった？』

『いやいや、起きてましたぞ、姫様』

ウソだ。絶対にウソだ。

『ご心配召されるな。この儂がついている限り、大船に乗った気で構えていてくだされ』

こいつもか！

「それでは、私は自分の持ち場に戻りますので、なにかあればいつでもお呼びください」

「ええ、ありがとうございます」

敬礼をするエストラダ提督とベーコン准将に軽く会釈して、艦内に戻るのを見送ったところで、ジョーイが肩の力を抜いて、大きくため息をついた。

「はあああ……。まったく、どうなることかとヒヤヒヤしたぜ」

「おや？　ひょっとして嫉妬かい？」

振り返ってからかい混じりにそう言うと、覿面《てきめん》に顔を赤くしたジョーイがそっぽを向く。

「なっ――!?　なに言ってんだ。俺は……その……変なこと言われたヒユキが、怒って暴れるんじゃないかと、そう心配して見てただけだ！　へ、変なこと言うなよ」

「別にあれくらいで暴れたりしないけど。――だいたい船の上で船長相手に喧嘩を売る馬鹿はいないだろう？」

「……まあな。船の上では船長が法律だし、下手なことをしたら放り出されるからなー。そうなったら大変だぞ。お前、まだ犬掻きで十メルトも泳げないだろう？　だから俺もついてきたんだけどさ」

別についてきてくれと頼んだわけでもないのに、「まだ泳げないうちに放り出すなんて、無責任なことはできない！」とか言って、強引にこの航海にまで便乗してきたジョーイが、まるで保護者のような顔で腕組みしながらそんなことを言う。

「………」

このお気楽極楽能天気男に半人前扱いされると、なにげにむかっ腹が立つねえ。

そんなボクの内心を斟酌《しんしゃく》することなく、腕組みを解いたジョーイは、なんとなく偉そうに、

「だからしっかりと海の上では俺が守ってやるから安心しろって。まずは適当に船の中を見て回ろ

うぜ。自慢じゃないけど、魔導帆船なら前に乗ったこともあるし、結構詳しいんだ、俺。――まずは救命ボートの位置からかな」

言葉通り慣れた足取りで先導する。

その余裕綽々《しゃくしゃく》の態度にかなりムカつきながらも、救命ボートとかいざというとき命に関わるので、黙ってついていった。

❖❖❖

轟音を響かせて、魔導機関を構成する巨大なピストンが上下し、クランクが回転している。

手の空いていた機関員の説明によれば、蓄えられた魔力を変換して、船体に取り付けられた外輪を回して加速する仕組みらしい。

ちょっと驚いた。まだスクリュー・プロペラの発明までには至っていないけれど、初期の蒸気帆船並みの技術力があるってことだからね。正直、この世界の文明を中世程度に見積もっていたボクとしては予想外の技術力だった。

「〝魔導帆船〟なんていうから、てっきり船底にゴーレムの漕ぎ手でも配置して一斉にオールを漕ぐか、張られた帆に向かって風の魔法でも放つのかと思ってたよ」

巨大な装置が絶え間なく動いているのを、まんま男の子の顔で見入っているジョーイに向かって、ボクは軽く肩をすくめながら、『魔導帆船』って聞いて思い浮かんだ想像を口に出していた。

「ンなわけないだろう。そりゃ馬代わりにゴーレムで引っ張る魔導馬車があるから、そういうカラクリを考えた奴もいたそうだけど、無駄に場所を取ったり、途中で術者が魔力切れでひっくり返ったりして使い物にならなかったそうだ」

ギルドの講義で習った聞きかじりの知識だとは思うけど、案外博識なところを見せるジョーイ。

意外だ。というか教育って偉大だと感心した。

ちなみに命都と七夕のふたりは、ちょっと離れたところでこちらの様子を窺っている。

「んで、試行錯誤の末にアミティア《ウチの国》の隣にあるコンコルディア国の偉い賢者だか錬金術師だかが、いまの魔導帆船の原型を作った——らしい」

「ふーん。確かコンコルディア国って大陸西部最大の大国だったよね。そうすると文化・文明的には西部のほうが発達しているのかな」

まあ、大国とはいっても人口二百万〜三百万人程度。面積はともかく、前世でいえば◯◯地方最大の政令指定都市といった感じなんだけどね（いちおうアミティアも人口百五十万人は突破しているらしいけど、詳細については今後の調査に期待……というところ。あとクレスに関しては完全に野放し状態なうえに、しょっちゅう生まれたり死んだりしているので、手の付けようがないとレヴァンがお手上げしていた）。

「それにしても、ジョーイ。君って案外いろいろ知ってるんだね。驚いたよ」

「ああ、……まあ船とか航海のことは、ちょっと興味があって調べたんだ」

はにかんでそう答えるジョーイの瞳に、羨望とも憧憬ともつかない色が浮かぶ。

「船乗りになりたいの？」

「――いや。そうじゃなくて、どうせ冒険者をやるなら誰も行かないような、遠い場所に行ってみたいと思っていてさ。知ってるか？　この海の向こうには諸島連合があって、そのずっと先には海の断崖があって、それを越えた先には未踏大陸って呼ばれる場所があるんだって」

大切な宝物をこっそり見せてくれる子供のような、キラキラした目で夢を語るジョーイ。

「へえ。面白そうだね。未踏大陸か。機会があれば足を延ばしてみるのもいいかも知れないねー」

「だ、だったら、一緒に行ってみないか？　ヒユキと一緒だったらどんなところにでも――」

その先の台詞は聞き取れなかった。なぜなら、いきなり足元から突き上げるような振動がきて、〈ベルーガ号〉の船体が大きく跳ね上がったからだ。

「きゃっ！」

完全に油断していたせいで体勢を崩し、倒れそうになる。

「――っと。大丈夫か、ヒユキ⁉」

覚悟していた衝撃はなく、代わりに耳元でジョーイの声がした。

倒れそうになったところを、咄嗟に抱き止めてくれたらしい。意外と広くて鍛えられた胸の感触になぜかドギマギしながら、ボクは体を離して礼を言った。

「あ、ありがとう。お陰で助かったよ。――でも、いまの衝撃はいったい？」

「さ、さあな。岩礁にでも乗り上げたのかな」

お互いに照れて言葉を交わす。そんなボクらの疑問に答えるように、どこからともなく乗組員たちの切迫した叫びが聞こえてきた。

「海賊だ！　海賊の襲撃だ！　各員配置につけっ‼」

「例の報告にあった『紅帆海賊団』だ！　魔導機関全速！」

思わずジョーイと顔を見合わせた。


「帝国海軍だかなんだか知らねえが、俺の海域《シマ》ででかい面《つら》はさせねえぞ」

にやりと獰猛な面構えで嗤う『紅帆海賊団』の暫定旗艦『テスタロッタ』船長――ももんがい。

事実上、彼の傀儡と化しているグラウィオール帝国の植民国家インユリア。

その総統府宛に届いた極秘文書の中身――緊急査察の名目で、帝国海軍の精鋭魔導艦隊が訪問予定との報を、ほぼトップアップで筒抜けに受け取った彼は、勇躍配下の海賊船団を引き連れて、岩礁と海流が複雑に交わるこの場所での奇襲を仕かけたのだった。

「旦那様、疑問なのですが」

甲板上の操舵輪を上機嫌に操作するももんがいに向かって、背後に立つ兎人族の少女が訊ねた。

「わざわざ『テスタロッタ』や、旧式の船団を引き連れて奇襲をかけなくても、【壊艇鷹《かいていおう》】を使えば、いかに最新の魔導帆船といえども一撃なのでは？」

最強の剣と鎧を持っているのに、わざわざ相手の土俵に合わせて、素手で殴り合いをするが如き行動に、不可解な表情で首を捻る少女とは対照的に、ももんがいは苦虫をまとめて噛み潰したような顔で、激しく首を振った。

「かあぁ〜〜〜っ！　嫌だねぇ、これだから女にゃ男の浪漫が理解できねえんだよ。そんな約束された出来レースみたいな勝利になんの意味がある!?　お互いに五分と五分、知恵と勇気と根性で渡り合ってこそ、海の男ってもんじゃねえか！」

「はあ、そうですか？　相手の情報を掠め取って、前もって機雷を設置して奇襲を仕かけた段階で、公平さに欠ける気もしますけど……」

少女のもっともな疑問に対して、ももんがいは悪びれた様子もなく胸を張る。

「いいんだよ、そりゃ。そこら辺も含めての駆け引きなんだから、条件は同じだ、同じ。ナイフ一丁で渡り合う『海賊式決闘《パイレーツ・デュエル》』みたいなもんだ。知ってるか『海賊式決闘《パイレーツ・デュエル》』？　左手の手首同士を革紐で繋いで、右手に持ったナイフだけで戦う決闘だ。どちらかが死ぬか、屈服するまで続ける――これぞ海賊！　これぞ男の戦いだねぇ」

熱く語る主人を冷ややかに見詰める少女。んな阿呆なことは普通の海賊はしないわ、とその目が語っていた。

その間にも接近した両艦隊の間で、戦いの火蓋が切って落とされていた。

まずは飛び道具――艦砲、弩《いしゆみ》、弓矢など――の応酬が行われる。

火矢が飛び、火砲が唸り、魔術の炎や氷の塊が宙を駆け、海面を鮮やかに彩った。

「――味方『春一番』大破しました。乗組員は絶望と思われます。同じく『木枯らし一号』中破、乗組員の安否は不明です」

次々に飛び込んでくる味方の不甲斐ない戦況に、ももんがいがターバン越しに収まりの悪い頭を掻き毟る。

「一方的じゃねえか。なにやってやがる、あいつら⁉」

「まあ、もともと旦那様の下で甘い汁を吸いにきただけの寄せ集めですから、正規軍相手ではこんなもんじゃないですか？　装備も士気も練度も段違いですので」

「……ま、そんなところか」

身も蓋もない言い分だが、すべて事実なので憮然としながらも頷くももんがい。

「しゃあねえ、ちょっくら俺が敵の大将を取ってくるんで、あとのことは副長に任せる。――つーか、どこにいるんだほかの連中は？」

「船内にいるに決まってますよ。こんないつ流れ弾が飛んでくるかわからない場所に、突っ立ってるわけないでしょう」

『阿呆ですか、あなたは』と言わんばかりの口調に、ももんがいは口を尖らせる。

「……お前はいるじゃねーか」

「ええ、目の前にちょうどよい弾除けがありますので。旦那様がいなくなれば、すぐに船内に戻りますよ」

「……お前、本当は俺のこと主人だと思ってないだろう？」

「まさか！　それは下種の勘繰りですよ、旦那様」

その表現がどう考えても主人に対するものとは違うなぁ、と思うももんがいであった。

「まあ、なんでもいい。とにかく、敵さんの総大将は帝国の大公様らしいからな、こいつを人質に取れば身代金もたんまりだろう。上手くすればインユリアをそっくり、表立って俺のものに……いや、マズイか」

そもそも裏から北部域を支配して、パワーバランスを取るのが彼に与えられた役割であり、現状でも逸脱気味なのは理解している。本来なら、帝国の正規軍と表立って事を構えるなどせず、さっさと逃げの一手を打つのが最適な判断だろう。

「だが、海の男がいちいち明日のことを考えても仕方ねぇ！」

海に向かって絶叫するももんがい。

「またいつもの発作ですか」

慣れた様子でばっさり切り捨てながらも、甲板に準備しておいた彼の騎獣の手綱を解いて渡す。

「おうっ、わりーな。――んじゃ、ちょっくら行ってくるぜ！」

ももんがいは颯爽と騎獣に跨り、手綱を引いて一気に海面へとダイブした。

大きな水飛沫が上がり、数秒間の潜行ののち、海面に浮かび上がる。

そのまま全速力で敵艦隊の旗艦らしき、一際大きな魔導帆船目がけて突き進む。

「さてさて、帝国正規軍の腕前を見せてもらうぜ！」

歓声を上げながら、ももんがいは片手に手綱、片手に抜き身の片手長剣《ハンガー》を構え、時折降ってくる流れ弾や矢を払い除けながら、あっという間に旗艦の懐へと飛び込んでいった。

❋海賊決闘

『海賊戦法』別名、移乗攻撃や接舷攻撃とも呼ばれる戦法は、敵の艦船に鉤付きの橋や綱をかけて戦闘員を乗り移らせ、白兵戦を仕かける海戦術を指している。

海賊戦法と呼ばれる由縁は、海賊の襲撃目的はつまるところ敵の撃沈ではなく敵艦船の鹵獲《ろかく》であるため、もっぱらこの攻撃方法が主流となっていたからであるが、実際には大砲の技術が発達し、艦砲で敵艦を撃沈することが可能になるまでは正規軍の主要な攻撃手段であり、一概に海賊の専売特許というわけでもなかったりする（そもそも海兵隊というのが、そのための部隊であったので）。

とはいえ通常であれば、艦船同士の接舷を経て戦闘員の移動を行うところを、ももんがいは単騎でもって一足飛びにそれを執り行おうとしていた。

「――よっと」

片手長剣《ハンガー》を口に咥えて、なんの道具も使わずに騎獣の鞍を足場にジャンプ。さらに船の外板の継ぎ目を足場に空中で二段階ジャンプを加えて、グラウィオール帝国の誇る大型魔導帆船〈ベルーガ号〉の喫水線の遥か上、フォアセイル上部に達しようかという大ジャンプを敢行する。

「おらおら！　邪魔だぁ‼」

水面からまるでロケット花火のように飛び上がってきた敵の姿に、唖然とする海兵たち。その直中に、ももんがいは雄叫びとともに躍り込んだ。

虚を突かれた海兵たちだが、そこは痩せても枯れても帝国海軍。即座に抜剣して、裂帛《れっぱく》の気合もろとも数人でこれを取り囲んで押し込もうとする。

だが勢いに乗ったもんがいは、目にも止まらぬ身のこなしで手当たり次第にその包囲陣を突き破り、塊になっている海兵たちへと八艘飛びに次々と斬りかかる。

無論、海兵たちも無抵抗だったわけでもないが、なにしろ相手は混戦の中、海面からの跳躍で楽々とこちらの旗艦へと突入してくる出鱈目な身体能力を持ち、そのうえ――。

「面倒だ！　〝疾風怒濤〟」

腕の一振りで暴風を起こし、甲板上の海兵たちを薙ぎ倒すという規格外の怪物である。

「精霊使いか⁉」

騒ぎを聞き付け、駆け付けた後続の兵士や魔術師が目を剥いた。

慌てて距離を置いて、弓矢や魔術による攻撃で足を止めようとするが、片手長剣《ハンガー》で薙ぎ払われ、強靭な手足で殴り飛ばされ、精霊魔術で蹂躙《じゅうりん》される――と、見る間にグラウィオール帝国の誇る海兵隊たちが総崩れとなるのだった。

慌てて旗艦を援護しようと、ほかの艦が救助に向かうが、大穴の開いた戦列に海賊船団が入り込み、ものの見事に敵味方が入り交じる大混戦と化してしまった。

こうなると連携もなにもあったものではない。数で勝る海賊船団に対して、海兵たちはやむなく個々に対応せざるを得なくなり、他方に手を貸す余裕がなくなったのだった。

一方、実に楽しげに思う存分暴れていたもんがいだが、甲板上にいた海兵をあらかた排除し終えたのに気が付いて、なんとなく物足りなさそうな顔で周囲を見渡した。

「なんでえ、もう終わりか。司令官格は……さすがにいねーか、ブルって隠れてやがるか。しゃあねえなぁ、こっちから行ってやるか」

面倒臭そうにひとりごちながら、すっかり人気《ひとけ》のなくなった甲板を悠々と歩き、船内に続く扉のところまで行くと、無造作に扉を開いた。

扉の向こうには十二～十三歳ぐらいと思われる、薔薇をあしらったショートラインの黒いドレスを纏った長い黒髪の少女が、にっこりと微笑んでいた。

お伽噺に出てくるお姫様か、物語の女神がそのまま現実に現れたような、愛らしさと神秘性を併せ持った美少女である。

「………」

バタン！　と開けたばかりの扉を勢いよく閉め、見なかったことにして、急遽その場で回れ右するももんがい。

次の瞬間、扉が内側から蹴り破られ、蝶番《ちょうつがい》ごと吹っ飛んだ扉とともに、巻き込まれたももんがいの体も宙を飛ぶ。

「うわあああっ⁉」

甲板上で二～三度バウンドしながら、ももんがいはどうにか帆柱《マスト》に掴まって体勢を立て直す。

視界の隅で、扉がクルクルと回転しながら海へと落ちていくのが見えた。

「――人の顔を見て、いきなり帰るなんて失礼じゃないかな」

笑顔はそのままに、扉を蹴り飛ばした姿勢から一歩、足を外に踏み出す緋雪。

その背後には命都と七夕がそれぞれ完全武装（七夕の場合は普段の露出過多の格好に加えて、タルワールと呼ばれる刀身が大きく反った片刃剣を両手に握っているだけだが）で控えている。

さらにその後方で――危ないので待機しているようにと緋雪が注意したのだが、強引についてきた――ジョーイが、愛用の魔剣を抜いた援護の体勢で構えていた。

甲板へと出る直前、ちらりと彼に微笑を送る緋雪。

「さて、ちょっと遊んでくるので、そこで見ていてくれるかな、ジョーイ」

「ちょ――」

言い放つと、不満そうなジョーイの返事も聞かずに緋雪は飛び出していった。

無言のまま、命都と七夕もそれに追随する。

❖❖❖

「ちょっと待てえ⁈　なんでお前がここにいるんだ⁉」

驚愕の表情を浮かべるももんがいさんに向かって、問答無用で手にした《薔薇の罪人《ジル・ド・レエ》》を一閃するボク。プレーヤー相手に油断したり無駄口を叩いたりする暇はないのだ。

「ちっ――⁉」

咄嗟に体を投げ出すようにして、甲板を転がって避けるももんがいさん。

代わりに……というわけじゃないけど、ボクの斬撃は勢いあまって、一瞬前まで彼がいた場所

──フォアマストとか呼ばれる船首に近い帆柱《マスト》──を一刀両断した。

そのまま倒れかかってくる帆柱《マスト》に向かって七夕が跳躍しながら、空中で踊るように二刀を乱舞させ、一瞬にして短いカマボコみたいに切り刻んだ。

「むう、やっぱり船の上だと足場が安定しない分、一拍遅れるねぇ」

いまの一撃は完全に捕らえたたと思ったんだけど、船が常時波で揺れているのと、本気で踏み込んだら一発で床を踏み抜きそうな不安から、無意識のうちに余分な動きが混じったみたいだ。逆にももんがいさんのほうは、船上の動きに迷いや無駄がない。

「ま、その分は手数で補えばいいか。行くよ命都、七夕。手足の五～六本吹き飛ばしても構わないから、ももんがいさんの動きを止めるよ」

「はい、姫様」

「お任せください、姫様」

「ちょっと待て、ちょっと待て！」

身を起こしたももんがいさんが、片手長剣《ハンガー》を甲板に突き立て、広げた両手をこちらに向ける。

「なに、降参？」

だったら話は早いんだけどねー。

「卑怯だろう！　こっちはひとりで、武器も出来合いの鋼鉄製、おまけに従魔合身もしてないんだぞ！」

「……いや、それ、君がプレーヤースキル使いまくって天下無双《俺TUEEE》した、海兵の皆さんも同じことを感じたと思うよ？」

　どの口が言うんだって感じだねぇ。

「だからこっちもハンデ付けたじゃねえか！　相手がプレーヤーならプレーヤーの装備と準備して相手してる！」

「だから？　準備するまで待てとか、戦場でぬるま湯みたいなこと言い出すんじゃないだろうねぇ」

　むっと一瞬黙り込んだところを見ると、どうやら図星だったらしい。

　阿呆かな、この人。

　ぶっちゃけ個人的に話したことはほとんどなかったけど、こんな性格だったとは知らなかったよ。

「だったらここは正々堂々、男と男の意地を賭けて『海賊式決闘《パイレーツ・デュエル》』で勝負を決めようじゃないか！」

　ももんがいさんは傲然と胸を張って、わけのわからない提案をする。

「『海賊式決闘《パイレーツ・デュエル》』？　なにそれ？　てゆーか、君以外にどこに男がいるわけさ……？」

「……あの。お前、中身は男だったよな？」

　本気で首を捻るボクに向かって、急に不安になったような顔で確認してくるももんがいさん。

「――あーっ……」

　忘れてた。何カ月も年中無休でおにゃのこをやってたんで、最近はすっかり忘れてたけど、そーいやそーだったわ。昔はそーだったわ。

　それにしても、緋雪に転生だかしてからこっち、まともにオトコ扱いされたのって初めてかも。ちょっと感動。

「はいはい、オトコと男の意地ね。それで、その『海賊式決闘《パイレーツ・デュエル》』ってなぁに？」

なんとなく新鮮な気持ちになったので、大いなる博愛の心でもって、ももんがいさんの言うことに耳を貸すことにした。

「そうこなくっちゃな！」

ももんがいさんが両手を叩いて喝采する。

で、説明してくれた『海賊式決闘《パイレーツ・デュエル》』のやり方だけど、お互いに左手首を革紐で繋いだ状態で、右手に持ったナイフだけを武器に、帆柱《マスト》とか足場の悪い場所で闘うという野蛮このうえないものだった。

「どっちかが足場から落ちるか、先に三撃入れたほうが勝ちってことにしようぜ」

言いながら収納スペース《インベントリ》からナイフを二本と革紐を取り出し、ナイフの一本を投げて寄越した。

ボクは空中でそれをキャッチして、即座にももんがいさん目がけて投擲する。

「――なあ⁉」

ちっ、間一髪、手にしたナイフで捌かれた。――やっぱボクの投擲スキルはレベルが低いから、この程度の威力しか出せないか……。

「なにしやがる、手前《てめえ》⁉　決闘を反故《ほご》にするつもりか⁈」

「――いや、そもそも承諾したつもりはないんだけど？」

なんでこっちが圧倒的に有利な状況で、わざわざそんな阿呆なことしなきゃいけないのさ？

ももんがいさんの逃げ場を塞ぐ形で、命都と七夕が左右に分かれる。

「卑怯だぞ！　手前《てめぇ》には男の誇りはないのか‼」

「そんなものとっくに袋に入れて海に流したよ」

あったらミニスカートはいて、こんなところで立ち回りしてられるかっての。

手にしたナイフで必死に防御しようとするももんがいさんだけど、そんなもんでボクの《薔薇の罪人《ジル・ド・レエ》》が防げるわけがない。

飛び込みざま、上段からの一撃でバッサリ――と、決まりかけたその瞬間、猛烈な勢いで接近してきた赤い帆の大型魔導帆船が、こちらに向けて体当たりを敢行してきた。

接近に気付いた〈ベルーガ号〉が慌てて舵を切り、直撃コースを外れようとする。

まさにその瞬間、ももんがいさんを斬りつけようとしたボクの体勢が崩れ、その一瞬の隙を見逃さず体当たりしてきたももんがいさんの背中に、《薔薇の罪人《ジル・ド・レエ》》を叩き込んだけど、無理な体勢からだったために、背中の肉を真一文字に斬っただけに留まった。

「「姫様ッ⁉」」

そして命都と七夕の悲鳴を聞きながら、軽い浮遊感のあと、そのままももんがいさんと揃って船縁を飛び出し、もつれ合うようにして海の中へと落下する。

落ちる瞬間、誰かが水に飛び込んだような気がしたけれど、ほぼ金槌のボクは成す術もなく、必死に手足をバタつかせるだけで精一杯だった。

海面がもの凄い勢いで遠くなる。

必死に手足をバタつかせるけど、まるっきり効果なく、体に重りでも付いているかのように、暗くて深い海底へとどんどん引き摺り込まれていく。

「――くぁ w せ drftgy ふじこ lp !?!」

声にならない悲鳴は細かな泡《あぶく》となり、塩辛い海水が口と鼻からどんどん入ってきて、それに比例するようにして意識が急速に遠くなってきた。

『……ぎゃはは っ! なんだよ、まだ早いだろう。せっかく俺が親切にもお前のアタマ洗ってやろうってのに、なにもう顔を上げてるんだ。息止めて五分間は浸かってろよ。ホレ!』

あ、なんか嫌な走馬灯《フラッシュバック》が過《よ》ぎってる……。

思えば水が嫌いになったのは、あの従兄のイジメが原因だったたっけなぁ……。

てゆーか、そもそも伯父の家では水着を買ってもらえなかったから、小中学校の水泳はずっと見学でプールに入ったこともなかったし。……で、そんなことしてたら、「あいつ本当は女なんじゃないのか?」とか変な噂が立って、学校でもいじられ対象になって嫌な思いをしたし。

……う~~む、やっぱり、水場は鬼門だったのか……も……。

と、意識が途切れる寸前に、誰かがボクの体をギュッと抱き締めて、そのまま凄い勢いで海面目がけて浮上していく気がした。

「――ぶはっ‼　おい、大丈夫か、ヒユキっ⁉」

明るい日差しと頬に当たる風の感触、そしてなにより切迫したジョーイの叫び声で、一気に意識が覚醒する。

「――ごほっ……ごほごほごほっ‼　がは……」

溜まっていた水を吐き出して、涙目で軽く頷く。

しばらく咳をして、ようやく呼吸が楽になったところで、自分の格好――抜き身の《薔薇の罪人《ジル・ド・レェ》》を持ったまま（よく落とさなかったものだね）、無意識のうちにジョーイの首に両手を回して取りすがっている――に気付いて、とりあえず《薔薇の罪人《ジル・ド・レェ》》を収納《インベントリ》スペースにしまった。

「う〜〜っ、ありがとう、なんか今日は助けられてばかりだね」

いまさら照れるような仲でもないので、そのまま超至近距離で礼を言う。どうやらさっき、ももんがいさんと海へ落ちた直後、誰かが追いかけて飛び込んだと思ったのは気のせいではなかったらしい。

「気にするな。このために俺がついてるんだからな！」

ジョーイが邪気のない笑みを浮かべた。

「姫様！　ご無事ですか⁉」

そこへ、背中に三対六翼の羽を広げた命都と、白鳥の羽を生やした七夕が舞い降りてくる。

「ああ、うん、大丈夫。ジョーイのお陰で……」

そう口に出したところで、ふと思い出した。こういうときのために久遠と従魔合身してたんじゃないかい！　なにしてるわけ⁉

『久遠！　ちょっと、なんで黙ってるわけ⁉』

『…………』

『…………』

『……まさか、また寝てるんじゃないだろうね⁈』

『くーおーんーっ‼』

『…………お？』

このとぼけた反応は、やっぱ寝てたな‼

『……海ですか。気持ちがいいですなあ、海は』

うわっ、駄目だこいつ……。

こんなことならほかの水棲従魔と合身しておけばよかった。——いや、普段通りの天涯か四凶天王の誰かでも問題なかったよねぇ。と激しく後悔したところで、もうひとつ、忘れちゃいけないことをジョーイに訊いた。

「私と一緒に落ちたもんがい——あのターバンを被った海賊がどうなったかわかる？」

「ああ、アレなら——」

ジョーイが答えるよりも早く、その当人の叫び声が離れたところから聞こえてきた。

「これで勝ったと思うなよ――――――っっっ‼」

見れば、角の生えたトドみたいな海獣に跨ったももんがいさんが、悔しげな顔で負け犬っぽい捨て台詞を残して、自分の船へと戻っていくところだった。

「……素であんなこと臆面もなく口に出せる人もいるんだねぇ」

感心している間に、ももんがいさんは自分の船へとたどり着いて、大慌てで船内へと逃げ込んでいった。一瞬、バニーガールが出迎えたような気がしたけど、多分気のせいだろうね。

❖❖❖

「旦那様、お帰りなさいませ」

どこの風俗だとツッコミを入れたくなるような挨拶と格好をした、いつもの兎人族の少女が出迎えるが、ももんがいはそんな彼女を無視して、血相を変えて船室へと飛び込んでいった。

「？　どうされました旦那様――って、背中がばっさり斬られてますけど。珍しいですね」

追いかけてきた少女が、ももんがいの背中に走った一条の刀傷を見て軽く目を瞠《みは》った。

「旦那様にこれほどの深手を負わせるような、凄腕の敵がいたんですか？」

「ああ。とんでもない奴が紛れ込んでやがった！　別名『漆黒の一人最終戦争《ワンマンハルマゲドン》』『天使の皮を被った即死罠《トラップスポット》』『最終兵器姫君《リーサル・プリンセス》』『ニート・オア・アライブ』その他多数！　奴を形容する言葉は枚挙に暇《いとま》がないという、恐ろしい相手だ！」

ゲーム時代、密かに流布していた（本人の知らない）緋雪の形容詞を口に出して、ぶるりと身震いしながら恐怖と絶望とに染まった顔で振り返るもんがい。

「とにかく、奴が出てきた以上は、三十六計逃げるに如かずだ！　お前らはさっさとこの海域から逃げろ！　俺はすぐに【壊艇鷹《かいていおう》】に転移して、帝国海軍の始末だけして後顧の憂いを取り除いてから行くんで、とりあえず……この先のルス岬の先で落ち合おう」

「はあ……結局【壊艇鷹《かいていおう》】を使うんですか？」

言うことがコロコロ変わるなあ、という顔で少女が曖昧に頷く。

「状況が変わったんだ！　落ち合ったらすぐに全員、【壊艇鷹《かいていおう》】に乗り移れ。『テスタロッタ』はその場で破棄する。時間がない、すぐにトンズラできる支度をしておけ！」

「――？　破棄するんですか？　勿体ないですねー」

「しょうがねえだろうっ！　たとえ艦隊ごと沈めたところで、奴が死ぬわけがないからな！　あの化物がっ‼」

❖❖❖

「――くしょん」

着替えて体も拭いたけど、やはり北の海は冷たかったのか、不意にクシャミが出た。

まあ風邪なんて引くことはないだろうし、引いたら引いたで自分で治せばいいので、どうでもいいんだけど。

ちなみに現在は〈ベルーガ号〉の甲板に戻って、負傷者の手当てをしている（ただし死者の蘇生は行っていない。それができると世に知られればこの世界のパワーバランスを崩す恐れがあるので、公表はしないよう、命都たちと話し合って自制することにしたんだ）。

そのお陰というわけでもないだろうけど、帝国軍のほうはじりじりと戦況を押し返しているようで、艦隊形態《フォーメーション》を変え、旗艦の〈ベルーガ号〉を下げて全方位防御《オールレンジガード》の態勢を取った。

要するに、足を止めて周囲の有象無象をすべて排除するつもりらしい。事実、目に見える範囲でも、次々と海賊船団の大型船や小型艇が海の藻屑と消えていっている。

「この分なら、優勢に終わりそうだな」

同じく着替えを終えたジョーイが、髪についた水滴をタオルで無造作に拭きながら、戦況を見渡してお気楽にそんな予想を口にした。――そのとき、

「なんだあれは⁉」

回復した海兵のひとりが、前方の海域を指差して驚愕の声を上げた。

反射的にそちらのほうを向くと、海面がまるで火山の噴火のようにぶくぶくと激しく泡立ち、続いて下からなにか巨大な黒い影が見えたと思った瞬間、海面を突き破って鋭角な塔のようなものが垂直に浮上してきた。

その独特の形状を目にしたボクの口から、自然とその単語がこぼれ落ちる。

「……ドリル？」

「行くぞっ【壊艇鷹《かいていおう》】。――メカ戦だ！」

計器類で埋め尽くされた操縦席《コントロールルーム》に陣取って、ももんがいが操縦桿を操作するのに併せて、彼のギルドホーム【万能戦艦・壊艇鷹《かいていおう》】が白波を掻き分け、帝国艦隊へと突進していく。

ちなみに各ギルドホームとも、コントロールルームに座って目の前に表示されるタッチスクリーンで操作・変更する仕様であり、余分なモノは一切ない。

つまり、はっきりいってここにある計器類はまったく存在意味がない、趣味の飾りである。

ついでに付け加えるのなら、基本的にギルドホームには武装は取り付けられないので（実体化した現在は兄丸のギルドホーム【百足《ムカデ》】のように後付けできないことはないが、潜水艇という側面のある【壊艇鷹《かいていおう》】には余分な武装を取り付けられる余裕はなかった）、外観がどうであれ実体は丸腰であり、【壊艇鷹《かいていおう》】の船首部分に取り付けられた回転衝角《ドリル》も、いちおう回転するだけで地面に潜ったりはできない、単なる床屋の看板みたいなものであった。

とはいえ全長四百メルトの巨体はその質量そのものが十分な兵器であり、一撃でこの世界の木造船など木の葉のように蹂躙するであろう。

「目標は敵旗艦だ、さっさと斃《たお》してバックレるぞ！」

『アラホラサッサー！』

自分自身と周囲に控える部下――タ○ノコ的なノリでかけ声を返す半魚人、河童、船幽霊などの従魔――を鼓舞しながら、最高速度で敵味方入り乱れる戦場へと乱入しようとする【壊艇鷹《かいていおう》】。

モニター越しでも相手方の激しい動揺が伝わってくるようだが、逃げられるわけがない。

だが、勝利を確信したもんがいの顔――いや、【壊艇鷹《かいていおう》】全体が、次の瞬間、下から猛烈な勢いで突き上げられ、凪に舞う木の葉のように天高く舞い上がった。

「な――なんじゃこりゃあああああっ⁉︎」

混乱のまま絶叫を放つもんがい。

そして、放物線を描く【壊艇鷹《かいていおう》】の巨体に向け、天空から雷撃の嵐がシャワーのように浴びせられ、一瞬にして黒焦げになった船体が自由落下し、海面で待ち構えていた超巨大な白金色《プラチナ》をした魚とも龍ともつかない怪物――十三魔将軍の《神魚《バハムート》》久遠の背中へと、力なく落ちた。

「――ふむ、天涯の坊主よ。この玩具、壊さぬよう、ちゃんと加減したんじゃろうな？　儂が叩いたときに比べて、随分とみすぼらしくなっておるようじゃが」

ちらりと背中の【壊艇鷹《かいていおう》】を確認した久遠が、頭上を見上げてわざとらしく嘆息すると、蒼穹を割って降りてきた黄金色のドラゴン――天涯が不満そうな唸りを発した。

「無論だ。この私が仕損じることなどありはしない。それよりも、ご老体こそ少々仕かけるのが遅かったようだが」

「お主がせっかちすぎるのよ。どうにもお前さんには余裕が足りんのぉ」

小馬鹿にするように笑う久遠の息吹に合わせて、細かな波紋が水面に広がり――人間から見れば見上げるような大波である――生き残っていた半壊状態の海賊船の大半が、波に呑まれて海の藻屑と化してしまった。

❖❖❖

「――よっ、と」

最後に残った敵の残党――柄杓《ひしゃく》を持った船幽霊――を蹴り飛ばしたところで、コントロールルーム内にいた従魔は、あらかたいなくなった。

「……こんなものかな。天涯、ほかの場所の制圧具合はどう？」

ちょうど戻ってきた人間形態の天涯に確認してみる。

「はい。船内の各施設及び敵従魔の制圧はすべて完了しております。念のために親衛隊三中隊と七《しち》禍星獣《かせいじゅう》各員に指示して、船内の主要なブロックに配置、また十三魔将軍を船外に待機させておりますので、万が一、造反や逃亡の恐れがあった場合には、即座に対応する手はずを整えてございます」

一礼して、すべての対応がつつがなく終わった旨を報告してくれた。

「――ということらしいので、ももんがいさん。無駄な抵抗はやめて、いい加減観念してこっちの言うことに従ってほしいんだけど」

両手でスカートの後ろを押さえながら、膝を折った姿勢で、オリハルコン製のチェーンでもって床の上で簀《す》巻きにされたうえ、猿轡《さるぐつわ》を噛まされているももんがいさんの顔を覗き込んで言い含めると、なぜか猛烈に怒った様子で、水揚げされた魚みたいに跳ね回った。

「ふるふぇえ！　ふぁれふぁふぇふぇぇえふぉふーふおふふふぁ‼（うるせえっ！　誰が手前《てめえ》の言うことを聞くか‼）」

「『喜んで協力します』って雰囲気じゃないねぇ。まあ、端から期待はしてないんで、そこで黙って見ていてもらえばいいんだけどさ」

ボクは軽く肩をすくめて、恨みがましい視線を受け流す。

できれば猿轡を外して話をしたいところだけど、コマンドひとつでスキルは発動するので、安全のためにも迂闊な真似はできない。

「ふぁ？　ふあふふふぉふふふおーふふあ？（なに？　なにをするつもりだ？）」

「多分、『どうする気だ？』とか『なにが目的だ？』とか聞いてるんだろうけど、別にたいしたことじゃないよ、この船にある『転移門《テレポーター》』を使わせてもらうだけだから」

ちなみに『転移門《テレポーター》』は、ここコントロールルーム内の床の中央に、でんと配置されていた。

見た感じ直径二メルトほどのマンホールの蓋みたいで、中央に握り拳大の漆黒の珠（これがスイッチになる）があり、表面には幾何学紋様のような溝が彫られている。

「ふぉらんふぉーふぁー?!（『転移門《テレポーター》』!?）」

と、怪訝な表情を浮かべていたもんがいさんの目に理解の色が浮かび、同時にその目がこぼれんばかりに見開かれた。

そのままフガフガ喚きながら、水揚げされた魚どころか海老みたいに大暴れをして、床の上で跳ね回るのを、面倒臭げに天涯が足で踏んで押さえ付けた。

やっと大人しくなったももんがいさんだけど、その瞳に浮かんだ感情は、果てしない恐怖と絶望だった。

「どうやら、この『転移門《テレポーター》』の行く先はＤＩＶＥ《ディブ》さんのところで間違いないみたいだね。まあ、ここまで手はずを整えてハズレとかだと洒落にならないけどさぁ」

実際、大変だったよ。オリアーナと協力して、表向きは帝国艦隊が査察するという名目でインユリアの総統府宛に文書を送って、実際に帝国の虎の子の魔導帆船団を出撃させる。

でも、裏ではすでに帝国の情報部と監査部隊がインユリアに潜入して、どのルートで情報が漏れるかを確認して、『紅帆海賊団』をおびき寄せるのと同時に、海賊に取り込まれていた上層部をほぼ一網打尽にする二段構えの策を取った。多分今頃は、インユリアの植民市全体に帝国の手が入っていることだろう。

ということで、オリアーナはオリアーナで自分の仕事をきちんとやり遂げてくれたんだから、こちらも負けずに目的を果たさないとね。

「とりあえず余計なことをされるとマズイので、ももんがいさんは別の場所に移しておいて、それが終わったら当初の予定通り、円卓の魔将を中心に突入班を編成。念のために【壊艇鷹《かいていおう》】は動力部を破壊してから空中庭園へ移送して、そこで『転移門《テレポーター》』を使うことにしよう」

立ち上がって指示を出す。

「この大きさですと、何名か転移できない者もおりますな……」

ももんがいさんを押さえ付けたまま、天涯は二メルトほどの『転移門《テレポーター》』を睨んで難しい顔になった。

まあ、確かに魔将には図体のでっかいのが多いからね。全員これで転移できるわけないけど、それは最初から織り込み済み。その代わり……というわけでもないけど、わざわざこれから【壊艇鷹《かいていおう》】を空中庭園へ移動させるのにはわけがある。

要するに表立って動けない影郎さんを当て込んでいるからで、ほかにも希望者がいれば――多分、稀人とか琥珀《こはく》あたりは率先して参加するだろう――お願いする形で、使える戦力は出し惜しみしないで投入するためだ。

「まあ、最悪、空中庭園をイーオン聖王国の聖都ファクシミレ上空に待機させておいて、いざというときにはそこから追加要員を降ろすつもりだけど」

ただ、そうなったらまず間違いなく真紅帝国《インペリアル・クリムゾン》とイーオン聖王国の全面戦争ということになるだろう。

そして、そうなった時点でボクの負けは確定する。

勿論、単純な戦力でいえば、聖王国すべてを灰燼《かいじん》に帰することも可能だろう。けれど、そうなれば聖教が倫理や生活の基盤になっているこの世界で、ボクらは人類のすべてを完全に敵に回すことになる。

あるいは、対立する陣営・民族・個人すべてを屠《ほふ》り、力による支配を行うことも可能かも知れない。けれど、そんな血で血を洗い、犠牲と恐怖で人を支配するような蛮行はけして容認できない。

ボクが欲しいのはこの世界での居場所であり、なりたいのは、あくまでもよき隣人なのだから。

なので、勝利条件はただひとつ。神を名乗り、この世界を歪《いびつ》に玩《もてあそ》ぶDIVE《ディブ》さんを排除すること。それだけだ。

「まあ、とりあえず実際に転移するのはそれらの準備が整ってからかな。ぶっつけ本番だけど、事前に試すわけにもいかないからね。そんなわけで、見張りを残していったん――」

そう言って、いったんこの場から撤収しようと踵《きびす》を返しかけたところで、天涯に押さえ付けられているももんがいさんの動きが妙なのに気が付いて首を捻った。

さっきまで往生際悪く跳ね回っていたはずが、いまはまるで石像にでもなったようにピクリとも動かず、顔面を蒼白に変え一点を見詰めている。

その瞳に映るのは、ただ『絶望』の二文字だった。

はっとしてその視線の先を見てみると、『転移門《テレポーター》』の紋様が淡い光を放っているのが目に入った！

「――しまった。先手を打たれた！」

こちらからは操作していない。ならば、あちら側から誰かが転移してきたということだろう。偶然というにはあまりにもタイミングがよすぎる。誰が来る⁉　らぽっくさんか、タメゴローさんか、それとも亜茶子さんか？

臍《ほぞ》を噬《か》むボクの視線の先――『転移門《テレポーター》』の発する青い光の中で、光の粒子が結合して人影のようなものの輪郭が徐々に鮮明になってきた。

――誰⁉

ボクは手をかざして眩しさに耐えながら目を凝らした。

らぽっくさんではない、身長も肩幅も違いすぎる。かといって、タメゴローさんや亜茶子さんとも違う……。

やがて明滅した光は、一際大きな閃光となり、そして光が消えたその場には、人間族ではない異形の種族である〝彼〟が立っていた。

「竜人族……？」

天涯がぽつりと呟いた。

そう、素肌の上に直接トーガを纏っているだけなので、露出した肌や顔全体が青い鱗に覆われているのがわかる。二メルト近い長身に青い長髪を流し、神話の英雄のような見事な肉体美を誇り、傲然と周囲を睥睨《へいげい》する彼は、確かに竜人族ではあるが、正確にはその最上位種族である半龍神族であり、ボクと同格の存在で……そして、古い顔馴染みでもあった。

「……DIVE《ディブ》さん」

思いがけない再会に、ほとんど囁きに等しい声が喉から漏れる。

『なっ――――!?!』

色めき立つ周囲をまったく無視して、DIVE《ディブ》さんはにやりと――かつて『エターナル・ホライゾン・オンライン』内では一度として見せたことのない、傲慢かつ冷酷な笑みを浮かべた。

「久しぶりだな、緋雪。会いたかったぞ。だが、もはや俺はかつての俺ではない。ゆえに俺のことは『蒼神《そうしん》』と呼んでもらおうか」

一切の反論を許さない、それはまさに超越者の口調だった。

混乱した。

話には聞いていたし、想像もしていたけれど……けれど、これは本当に彼なんだろうか？

DIVE《ディブ》さんのキャラクターを使って、まったく別人が喋っているのではないだろうか？

常に穏やかで、超上級プレーヤーであっても初心者にも優しく、いつも周囲に気を配って壁になったり、的確なフォローや助言をしていた──だからこそ最大ギルドのギルマスだったわけなんだけど──彼のあまりの変貌振りに、ボクは半信半疑で確認せざるを得なかった。

そして、彼に関してはボクには確認する方法があった。

「……本当に、あなたがもしDIVE《ディブ》さん本人だと言うなら、私も参加したオフ会の会場の名前を覚えていますか？」

影郎さんやパーレンたちは言っていた。彼らはゲーム内のデータや会話ログを参考に作られた、プレーヤーのデッドコピーに過ぎないと。

ならば、ゲーム内では知り得ない、リアルでの体験を確認するしかないだろう。

ボクの問いかけに、彼は一瞬、子供の我儘を聞く大人のような苦笑を浮かべた。

「本来であれば俺を試すようなそんな口を利くことは許されんが、……まあ、お前なら特別に許してやろう。懐かしい話題でもあるしな。──確かあれは『薔薇園《ラ・ローズレ》』という店だったな」

うん確かにそこで間違いはない。けど、場所くらいはゲーム内で確認のために口に出していた可能性が高いので、本番はこれからだ。

そう思って重ねて質問をしようとしたところ、

「お前は未成年だし、酒は飲めんというのでソフトドリンクだったが、悪乗りした参加者がこっそりとグラスに酒を混ぜて、知らずにそれを飲んで悪酔いしたお前を、俺が手洗いまで運んで戻させた。ハンカチが一枚では足りないので、俺のハンカチを貸したな。――あとから洗ってアイロンがけされたものを郵送で返してもらったが」

なんということもない世間話のような口調で、DIVE《デイブ》さん――いや、蒼神が続きを話し出す。

「で、俺の隣の席で、まだ調子が悪くてぐったりしていたお前を、今度は参加者の女どもが寄ってたかってオモチャにして、俺はなんとか止めようとしたが、周りの勢いに押されているうちに、お前はロングのウィッグを被せられたり化粧をされたり……似合っていたぞ。そういえば、そのまま一緒に記念撮影もしたな」

事細かに話す彼の口調にはありありとした臨場感があり、また当人でしか知り得ない情報が満載されていた。というか、人の黒歴史をぺらぺらと……。

だけど正直、前半部分で確信した。彼は紛れもなくDIVE《デイブ》さん本人だということを。

「……と。こんなところで、俺がかつてDIVE《デイブ》……北村秀樹《きたむらひでき》という、つまらん男だったことが納得できたかな。緋雪――いや、それとも、綾瀬奏《あやせかなで》と呼んだほうがいいか？」

「――ッッッ⁉」

かつての自分の名前を耳にして、自分でも意外なほどの動揺が全身を走った。

そのせいで次のリアクションが大幅に遅れてしまった。

「まあ、積もる話もあるが、それよりも先に出来損ないの始末をつけねばならん」

呟いた蒼神の掌の上に、いつの間にか水晶球のようなものがのっていた。その中には赤い炎のような光が躍っている。

「！！！！」

ももんがいさんが声にならない絶叫を放った瞬間、蒼神はその球をいとも容易《たやす》く握り潰した。

ビクン！と一度だけ全身を反らせたももんがいさんの体が力を失い、たちまちその瞳から光が失われる。

「――むっ。絶命しております」

天涯に言われるまでもない、生気の抜けたももんがいさんの遺骸に向かって、全力で完全蘇生《リザレクション》をかける。けど――

「な、なんで効かないの?!」

何回かけても効果がない。

「無駄だ。命珠を砕いた以上、そいつの存在自体が『無』と書き換えられた。ゆえに蘇生は効かん」

握り潰した『命珠』とやらの欠片を床に落として、軽く掌を叩きながら彼――蒼神が、事もなげに解説を加えてくる。

不意に、以前に影郎さんから聞いた話が、脳裏に甦った。

――裏切り者には死、とかないわけ？

――ありますよー。『死』というか『存在』を消されるので、これやられると完全蘇生《リザレクション》を唱えようが、蘇生薬《エリクサー》を使おうが復活は無理ですなあ。

と――。ももんがいさんの死に連動して、彼のギルドホームであるこの【壊艇鷹《かいていおう》】が軋み、急激に風化するように、端から細かな塵と化しはじめる。

「――さて、帰るとするか」

踵を返す蒼神。

「逃がさないで！　全員全力で攻撃っ‼」

『はっっっ‼』

ボクの叫びに従って、室内にいた魔将全員――影移動でボクの足元から刻耀《こくよう》も躍り出てきた――が、一斉に蒼神目がけて、手加減のない攻撃を放った。

その余波で、消えかけていた【壊艇鷹《かいていおう》】の艦橋部分が消し飛ぶ。

逃げ場のない密閉空間内で、大規模戦闘級従魔《レイド》が複数で攻撃したのだから、たいていのプレーヤーならこれで始末をつけられるはずだけど……。

「――ふむ。なかなかの攻撃力だ」

吹き曝《さら》しとなった艦橋部分に、何事もなかったかのように佇む蒼神がいた。

鱗に傷ひとつ付いていないその姿に、天涯たちの表情が険しくなる。

「……一撃では足りなかったか」

そう呟いて半龍形態から、さらに本来の姿である黄金龍《ナーガ・ラージャ》の姿に変じる天涯。

騒ぎに気が付いて集まってきた魔将たちが、蒼神を囲む形で十重《とえ》二十重《はたえ》の包囲網を固めるけど、当人はまったく動揺もなく、涼しげな顔で佇むばかりであった。

ふと、嫌な予感を覚えたボクは、鑑定で彼のステータスを確認してみた。

種族：半龍神族→創造神
名前：ＤＩＶＥ→蒼神
称号：騎士改正《きしかいせい》
ＨＰ：？？？？
ＭＰ：？？？？
▼

「なっ⁈ なに、この表示は⁉ バグ？」

「そのままさ。言っておくが俺にはあらゆる攻撃が通じん。俺に攻撃を仕かけること、それはすなわち天に唾を吐くようなものだ」

軽く肩をすくめて答える蒼神。

「――では、な」

「逃がすか――っ‼」

再び天涯たちが一斉に攻撃を加える。凄まじい閃光や爆発、衝撃の向こうから、彼の平然とした声が聞こえてきた。

「そうそう、せっかくなのでこいつを渡しておく。この場で連れ去ってもいいが、それでは興が乗らんからな。お前のほうから俺を追いかけてこい」

その言葉とともに、四角い金属製のプレートのようなものがキラリと光りながら、足元へと飛んできた。

「聖都への通行証だ。そいつがあれば他国人だろうが魔族だろうが問題なく入国できる。ひょっとすると、聖都に来れば俺を斃す手段が見つかるかも知れんぞ」

含み笑いとともにその気配が急に消えた。

天涯たちもそれに気が付いて攻撃の手を止める。

「逃がしたか……」

苦々しげに吐き捨てる天涯だけど、この場にいた全員が理解していた。

ボクたちは蒼神に見逃されたのだと。

『……』

重い沈黙が落ちる。

【壊艇鷹《かいていおう》】もすっかり消え去り、代わって海面に浮上してきた久遠の背中に足をついた姿勢で、ボクは転がったままの通行証を拾ってため息をついた。

「――聖都か」

【第二章】混迷の大地

❁聖都消失

一見するとそれは白いドームのようだった。

霧？　雲？　白煙？　……とにかく正体不明の真っ白い蓋が、夢幻の聖都と謳われるイーオン聖王国の首都ファクシミレ全体を覆っていた。

「ざっと直径五十～六十キルメルトってところかな？」

通常であればあり得ない高度まで空中庭園を下ろして――下手をすると風圧や気流の変化だけで地表を壊滅させる恐れがあるからなんだけど、今回は事情が事情なので、ある程度の被害覚悟で決行した――玉座の間《コントロールルーム》のモニター越しに地上の様子を確認する。

「あの白雲の直径は、現在五十二キルメルト、端数は六百五十四メルトですな。なおも拡大を続けております」

玉座の間《コントロールルーム》に集まった魔将の中で、もっとも探索・分析能力に秀でた七禍星獣筆頭の《観察者《ゲイザー》》周《す》参《さ》が、淡々と状況を解説してくれる。

「今後の被害予測は？」

ボクの問いかけにも一瞬の遅滞なく、直ちに答えが返ってくる。

「現在と同じ速度で拡大すると仮定した場合、四十六時間五十二秒でほぼイーオン聖王国全土を呑み込み、約三百五十九時間後――およそ十五日で惑星を覆い隠すことになります。この大陸のみに限定した場合は、八日と半日といったところですな。影響については内部の状況が不明なため判断不能です」

「内部の様子は透視できないの？」

「現段階では光学・魔術を問わず、私めの観測手段がすべて表面で弾かれております」

別名『見詰める者』『観察者』と呼ばれる周参の邪眼を持ってしても見通せないとはねぇ。

「むっ、現地で斑鳩様が能動的観測に踏み出したようですな」

周参に促されて見てみれば、巨大な光り輝く多面結晶体――周参に匹敵あるいは凌駕する観測能力を持つ、十三魔将軍筆頭《ヨグ＝ソトース》斑鳩が、聖都を包む紗幕に向けて色とりどりの光線《ビーム》を照射しはじめた。

「……赤外線、紫外線、可視光線、X線、高周波、電磁波、自由電子、すべて反射――いえ、減衰のないままほぼ百%上空に向けて放射されております。これは面白い、どの方向から放たれたエネルギーもすべて同一方向へ収束させられるとは、ひょっとすると重力も遮断しているのか？」

楽しそうに目を細める周参。

「通常の物理観測方法では不可能……となれば、いよいよ斑鳩様の奥の手でしょうか」

「奥の手？」

つーか、皆さん主人のボクより強いのはともかくとして、なんで当たり前のように頭がよくて、とんでもない引き出しをやたら持ってるんだろうねぇ⁉　いまさらだけどさ！

「はい。次元波を使用した観測です。これであればいかなる存在であろうと、三次元世界にある限りその存在を偽ることは不可能――おっ、始まったようですな」

見れば斑鳩の全身で蠢く触手の先端に光が燈り、一斉に白い幕に向けられると同時に、斑鳩から天地を割くような裂帛の気合が放たれた。

「次元波動爆縮放射超弦励起縮退振幅重力波――発射っ！」

「長い！　てゆーか、なんてもったいぶった名前なの⁉」

思わずツッコミを入れると、周参がご丁寧に解説してくれた。

「斑鳩様の奥の手で、マイクロブラックホールを形成することで、騾馬《らば》粒子が時間反転した存在である反粒子を瞬時に生成・加速し、空間そのものに干渉して次元を射線上に展開し、時間と空間を跳躍した観測が可能になります」

「なるほど」

わからん。言葉の意味は不明だけど、とにかく凄い技を使ったらしいことだけはわかった。

放射された次元（中略）重力波は、勿論肉眼で見えるものではないので、ぼけーっと結果を待つくらいしかできない。

ほどなく、斑鳩の巨大な単眼がキラリと光った。

「徹《とお》った！　これは――なんだとォ⁈　三次元空間とは隔絶した虚数空間でコーティングだと⁈⁉」

珍しく斑鳩の動揺しきった声が揺れていたけれど、この時点ではボクには理解不能だった。

「――ということで単刀直入に言いますが、あと二週間ほどで世界は滅びます」

聖王国の異変を観測した翌日。

急遽各地に設置した『転移門《テレポーター》』などを使用して、呼び出しに応じて参加してくれた真紅帝国《インペリアル・クリムゾン》傘下の国々と、個人的に親交のあった国の元首級の面々を前に、【虚空紅玉城】の会議室でボクは現在確認されているイーオン聖王国の異変について説明をした。

『はあ……？？？』

途端に、属国である大陸西部域に位置するアミティア共和国のコラード国王や南部域をほぼ所有するクレス自由同盟国の盟主レヴァン代表、友好国である大陸最大国家東部域の覇者グラウィオール帝国の次期皇帝オリアーナ皇女、さらに西部域の近隣同盟国から参加している代表団の面々が、一斉に顔一面に疑問符を浮かべた。……まあ、当然といえば当然の反応だろうねぇ。

「これは誇張でも冗談でもありません。現在でも拡大中の謎の霧――私たちは暫定的にこれに『虚《きょ》霧《む》』とコードネームを付けましたが――はその後も拡大を続け、すでに聖王国の半分に迫ろうかという勢いで範囲を広げています」

それに併せて空中にリアルタイムでの鳥瞰図が表示された。

『――――っっっ?!?!』

さすがに自分の目で見ることで事態の深刻さを実感できたのだろう。途端に色めき立つ各国の参加者たち。

「この『虚霧』はあらゆる攻撃を防ぐ性質があります。物理、魔法、精神攻撃、あらゆる方法で確認を試みましたが、すべて失敗に終わっています」

なにしろ生体爆弾《沈黙の天使《シャローム》》武蔵《むさし》の陽子爆発や、天涯・斑鳩・出雲《いずも》の三強が放つ三身一体攻撃（あとから周参に聞いたら、トータルのエネルギー量は惑星でも粉砕できるくらいの度外れたものだったらしい。知らない間になんてものを使うんだい！）ですら受け付けない鉄壁の防御力だ（正確には受け流しているらしいけど）。ゆえに現状では打つ手なしというのがこちらの結論である。

「問題はこの雲――『虚霧』でしたか？　が及ぼす影響です。単に霧に覆われるというわけではないのでしょうね……世界の終わりというからには」

普段であれば、どんな逆境の中でも常にどこか余裕のある表情をしているオリアーナも、さすがに今日は差し迫った表情で口を開いた。

その隣には後見人ということで、エストラダ大公も来ていた。

その声に促される形で、参加者の視線がボクへと集中するけれど、背後に立つ天涯の射殺すような視線に晒されて、慌てて大多数が目を逸らせた。

これは多分、会議の前に真紅帝国《インペリアル・クリムゾン》宰相を名乗った天涯が、冒頭から、

「よいか。貴様ら如き卑俗かつ凡愚の輩《やから》が、天上人たる姫様の玉顔を拝し、そのお声を耳にするなど言語道断、本来であればその場で目玉を抉り出し、耳を引き千切るところであるが、現在は火急

の状況であり、また情け深い姫様のお志と格別のご慈悲により列席を許す。姫様のご厚情を努々《ゆめゆめ》忘れぬよう肝に銘じておけ！」

と、なんか無茶苦茶言っていたのでプレッシャーを感じたのだろう。

姿勢を正したボクに代わって、命都が前に進み出た。

「そのご質問にはわたくし、真紅帝国円卓議長《インペリアル・クリムゾン》にして親衛隊総隊長たる命都が答えさせていただきます」

超絶美形だけど、全身から尖ったナイフのような雰囲気を常時垂れ流している天涯に代わり、いかにも優しげで物腰も柔らかな（しかも熾天使《セラフィム》だし）命都の登場に、会議室の雰囲気が目に見えてほっとしたものに変わった。

「まず、こちらの観測によれば、『虚霧』と名付けたこの雲の正体は物質ではなく、一種のシールド――魔術障壁のようなものと考えられます」

参加者たちは各々訳知り顔で頷いたり、難しい顔で腕組みしたりする。

「このシールド内部は三次元空間とは隔絶した虚数空間に接続しているものと推測されます。虚数空間では時間は逆行し、エントロピーも負の性質を持つため、内部は現在・過去・未来どこともいえぬ領域と化しています」

参加者全員が、『なにをいってるかわからねーぜ』状態で眉をひそめた。

命都もそれを感じ取ったのか、「簡単に『異世界』とか『冥界』とか考えていただいて結構です」とざっくりとした説明に変えた。

「つまり『虚霧』に取り込まれた人は死んでいるわけですか？」

　ますます表情を険しくして、オリアーナが追及した。

「観測できない以上、現段階では生きているとも死んでいるともいえない状態です。不可逆的な死ではありませんが、生命体として活動できない状態であるので、死んでいると仮定しても間違いではありませんね」

　話している内容は多分、ボク同様半分も理解できないと思うけど、深刻な命都の表情と言葉から、最悪の状態に近いことを予想して、会議室全体にどよめきが広がる。

「……対策は。対策はないのですか？」

　コラード国王がボクの顔を見て、すがりつくような目で聞いてきた。

　その隣には、先日正式に挙式した新妻のクロエが、難しい顔で目を閉じて座っている。

　ボクは彼の目を見て、ゆっくりと口を開いた。

「現状では『虚霧』を止める方法はないよ。できることはただひとつ、幸い『虚霧』の高さは三千メルトほどで安定しているので、それ以上の高さの場所に避難するか、あとはこの空中庭園を箱舟として、『虚霧』が晴れるまで大地を離れるか。――ただし、人数制限をさせてもらうよ。属国を優先して、最高でも十万人を目処に締め切らせてもらう」

　ボクの非情な決断に、参加者が強張った顔を見合わせる。

「国ごとの人数の割り当てはこちらで決めさせてもらうので、人選その他は各国に任せるよ。とりあえず広がる『虚霧』に合わせて、周囲を旋回する形で空中庭園は移動するので、人選が終わり次第どんどん移動させるように」

そう締めくくると、各国の参加者が慌ただしく立ち上がって、喧々囂々《けんけんごうごう》と質問やら非難やらの口火を切りはじめた。

そんな中、あてがわれた席に座ったまま、強張った顔でなにか考え込んでいたオリアーナが、自分に言い聞かせるかのように小さく呟いたことに、そのときのボクは気が付かなかった。

「喪失世紀……それは、世界が滅び、過去・現在・未来が入り混じった、時間の概念が存在しなかった時代……まさか……！」


「結論から申しまして、十三歳から二十歳までの健康で健全……思想に偏りがなく、ある程度の身分のある男女を均等に選抜することで意見の一致を見ました」

『身分』の部分で申し訳なさそうにオリアーナが目を伏せた。

「不公平なことは重々承知していますが、圧倒的に……虚しくなるほど時間が足りません。いまから国民全員に周知することは不可能ですので、帝都に戻り次第、わたしの一存で使者を立て、首都近郊にいる該当者に密かに接触する予定です。勿論、本人の承諾なしに拉致するようなことはできませんので、反対された場合はしばし……といっても一週間ほどで『虚霧』は帝国すべてを覆うので、その期間、周囲から隔離もしくは監視状態に置く形ですけれど」

どこか吹っ切った表情で、微笑を浮かべる彼女。

「まあ、妥当な判断だろうね。そちらは国土が大きいから、どうしたって多数の避難民の流出とか流言飛語の類《たぐい》、それに混乱に乗じての略奪や最悪武力蜂起の可能性もあるからね。秘密裏に事を進めるのは正解だと思うよ」

それからなるべく自然な感じで訊ねた。

「で、君はいつこっちに移動するわけ？」

オリアーナの微笑が広がった。

「わたしは為政者として、最後までやるべきことを成し遂げたいと思います。わたしの分の席は必要ありません。その代わり——というわけでもありませんが、我が国からの避難民のこと、どうかよろしくお願いいたします」

前もって話し合いをしていたのだろう。随員たちが苦渋の表情で俯き、オリアーナは深々と頭を下げた。

彼女の話が一段落ついたと判断して、クロエを随伴してきたコラード国王が、こちらも透明な笑みを浮かべた。

「アミティア《うち》のほうは冒険者を主体にCランク以上の若手と、国家二級以上の魔術師で将来性のありそうなのを見繕って説得する予定です。幸い我が国は『虚霧』の到来まで若干余裕もありますし、人数制限もかなりの余裕がありますので、国民にはある程度の周知を行う方針です」

「かなりの騒ぎになると思うけど？」

「覚悟のうえですよ。それで罷免されるならされたときで……まあもともと腰掛けみたいなものでしたからね、国王なんて。陛下もまさか『虚霧』の中まで追いかけてきて、国王の椅子に縛り付けるわけじゃないでしょう？」

笑いながら妻の肩を寄せる――といっても身長の関係で、逆にクロエが抱きかかえるみたいな形になったけど――コラード国王。

「……ふたりとも避難するつもりはないんだね？」

わかっているけどいちおう確認する。

「すみませんね。お姫様の仕事をほっぽり出す形になっちまって。だけど亭主が戦ってるのに、獣人族の女がトンズラこくわけにはいかないんでね。親子三人、最後まで戦いますよ」

クロエの言葉に「三人……？」と一瞬意味が掴めなかったけれど、軽く腹部を触る彼女の仕草でいっぺんに理解できた。

はっとコラード国王を見ると、「いや～～っ、参りましたね」なんて言いながら幸せいっぱいの笑みを浮かべている。

――出来婚かい⁉　今度こそ正真正銘の‼

「だ、駄目ですよ！　赤ちゃんがいるのに犠牲になろうなんて！　そんなの聖獣様もお許しになりませんよ、クロエさん‼」

レヴァンについてきた彼の義妹《いもうと》のアスミナが血相を変えて詰め寄るけれど、クロエのほうは困ったような笑みを浮かべて、ポンポンと軽く彼女の頭を叩いた。

「別に犠牲とかじゃないよ。あんたも獣人族の女ならわかると思うが、大切な誰かを守るためなら、どんな相手だろうがどんな場所だろうが立ち向かうだろう？　だから負けるつもりはないよ。勝つまで戦うだけさ」

わかっちゃいるけど納得できない。

理性と感情の狭間で板ばさみになって、「う〜〜〜っ！」と涙目で唸っているアスミナの肩を、後ろからそっと叩いて引き寄せるレヴァン。

「もうよせ。相手の生き方を曲げることはできないし、やっちゃいけないだろう。第一、それを言うなら、お前こそオレの言う通り、ここへ避難するべきだろう？」

「そんなことできるわけないでしょう、義兄《にい》さん！　義兄さんがいるところが、あたしの居場所なんだから、たとえ『虚霧』の中だろうと、地獄の果てだろうとついていくに決まっているじゃない！」

アスミナの威勢のいい啖呵に、クロエが満面の笑みを浮かべ、オリアーナ皇女が微笑ましいものを見た笑みを浮かべ、言われた当の本人は、恥ずかしさ半分、もう半分はストーカーの恐怖に慄く……という複雑な顔になった。

そのレヴァンの肩に、コラード国王が訳知り顔で手を置いた。

「……諦めたほうがいいですよ。どこまでいっても男は女性には勝てないんですから」

その顔には同情と、どこかほの暗い――『ようこそ、この底なしの世界へ』とでも言いたげな――同病相哀れむ笑みが浮かんでいた。

「――つまり、ふたりとも同じく避難はしないってこと？」

最終確認でレヴァンに訊ねると、真顔になって力強く頷いた。

「はい、オレも獣人族の男なので、最後まで部族を率いる責任があります」

真っ直ぐなその瞳に、ボクには続ける言葉が見つからなかった。

「……ふふん。馬鹿弟子が一端の口を利くようになったな」

と、いつの間に来ていたのか、長身で左目に眼帯をした年齢不詳の美女――獣王が部屋の隅に立っていた。

「師匠⁈」

「大叔母様⁉」

目を丸くするレヴァンとアスミナ、さらにその場で戦士の礼をするクロエを無視して、獣王はボクの前まで歩いてくると、深々と一礼をした。

「このような突然の申し出でまことに慙愧の念に堪えませぬが、本日、ただいまをもちまして武術指南役の任を降ろさせていただきたく、許可を得に伺いました」

「……理由は？」

「どうにもこやつら半人前どもでは心もとないもので……仮にも〝獣王〟と名乗る者として、最後に獣人族の行く末を見届ける義務があると、愚考いたしますゆえ」

多分、許可しなくても彼女は行ってしまうだろう。そう思えば許可する以外に選択肢はなかった。

「わかりました。師には本当にお世話になりました、どうぞお健やかで……というのも変ですね」

ボクの別れの挨拶に、初めて見せる優しげな笑みで一礼をして立ち上がると、レヴァンたちのほうへ踵を返す獣王。

「……師匠。オレたちを心配していただけるのはありがたいのですが」

半人前扱いされて不満げなレヴァンに向かって、獣王は意外なほど素直に頭を下げた。

「すまんな。本来であれば儂が負うべき労苦をお主らに負わせてしまった。だが、年寄りの我儘だ。最後は儂にその労苦を譲ってもらいたい」

「師匠……」

毒気を抜かれた表情で、レヴァンがアスミナと顔を合わせた。刹那――

「破ッ‼」

獣王の拳がレヴァンの鳩尾《みぞおち》に吸い込まれ、一撃で意識を刈り取られた彼の体が頽《くずお》れる。

「――に」

咄嗟に駆け寄ろうとしたアスミナの首の後ろに、一見すると軽い手刀が入れられた――かと思った瞬間、ほとんど同時に彼女も意識を失って倒れかけた。

ここまで瞬きする間もない早業で、近くにいた誰も反応できなかった。

床に崩れる前に、素早くふたりの体を両手で抱き止めた獣王は、優しげな手つきで近くにあったソファにその体を横たえると、再度ボクのほうへと頭を下げた。

「申し訳ありませんが、このふたりはしばらくどこかへ閉じ込めておいていただけますかな。我欲といってしまえばそれまでですが、こやつらには未来を託したいので」

おそらく目覚めたときにこのことを知ったら、ふたりとも怒りと悲しみに暮れるだろう。けれど恨みも嘆きも甘んじて受ける、鋼鉄の意志がその隻眼には込められていた。

「——空穂、このふたりをお願いできるかな?」

なのでボクは背後に控えていた神獣——白面金毛九尾の狐——たる空穂に声をかけた。

「お任せくだされ。我からもよく言い聞かせましょう」

いつもの巫女装束の空穂が前に進み出て、配下の聖獣・霊獣の化身たちに命じて、ふたりをどこかに運び出した。

「……結局、君たちは全員大陸に残るってことだね?」

ボクは部屋に残った面々を見回して、我ながら女々しいと思うけど、もう一度確認をした。

「そうなりますね。まあ、姫陛下に湿っぽいのは似合いませんので、別れの挨拶はやめておきます」

コラード国王が相変わらず空気を読んで、気軽な調子で合いの手を入れてくれる。

彼はわかっているんだろうね、ボクがどれだけ弱いのかを。だから、こうしていつもの調子で言ってくれる。

「そうですな。最後は慌ただしい別れになりましたが、まあ、馬鹿弟子連中が残っているので、こちらは退屈はせんでしょう」

こちらもいつもの鉄面皮の獣王。

「わたしもお別れは言いませんよ。だいたい『虚霧』だかなんだかわかりませんけど、姫陛下がいらっしゃるなら、そのうちなんとかなりそうな気もしますし」

微笑むオリアーナが気楽にそんなことを口にすると、ほかの面々も口々に「そーいえばそうかも」

なんて言い出した。

「……気のせいか、皆、世界の破滅だってのに妙に気楽だねぇ」

そう言うと全員が示し合わせたかのように顔を見合わせた。

「いやぁ、なんかもうここまで来ると開き直りといいますか」

コラード国王が眼鏡の位置を直しながら、にこやかに答えた。

「あと姫陛下と知り合ったってことが大きいかね」

苦笑しながらクロエが続ける。

「確かにそれはいえますね」

オリアーナまで尻馬に乗る。

「姫陛下と知り合う前なら重圧で押し潰されていたかも知れませんけど。なんて言うんでしょうか。姫陛下がこの場にいて、それでも及ばないというのでしたら、これはもう誰がなにをしてもどうしようもない……というのが理解できていますので、一周回って平静になれた感じですね」

「なるほど違いない」

獣王の声にも笑いが含まれていた。

「それでは、いったん祖国へ戻ります。姫陛下、またお会いしましょう」

その言葉を皮切りに、各々が簡単な挨拶をして部屋から出ていった。

残されたボクは、急に広くなったような気がする部屋の中で、そっと唇を噛んだのだった。

「……まったく。どいつもこいつも馬鹿ばっかりだ」

全員が空中庭園から『転移門《テレポーター》』で自国へ戻ったのを確認して、フリルとレース、そして薔薇のコサージュで彩られたいつもの黒いドレスに着替えたボクは、私室のひとつに当たる和室の縁側に座って、素足をぶらぶらさせながら、誰に言うともなく胸の内に渦巻くモヤモヤを口に出した。

「責任だか義務だか知らないけど、自分が死んだらおしまいじゃないか。自己犠牲なんて本気で反《へ》吐《ど》が出るよ。命をなんだと思ってるんだい。そんなに軽いものじゃないだろう」

わけがわからないよ。

だいたい蒼神もなに考えてんだか。『虚霧』の爆心地《グラウンド・ゼロ》は間違いなく、彼の本拠地――影郎さんによれば【蒼き神の塔】という建造物がこの大陸の中心部にあるらしい――なんだから、今回の騒ぎの元凶は十中八九、彼の仕業だろう。

わざわざボクに『通行証』を渡して招待しておいて、いきなり世界を滅ぼしはじめるとか……。

そりゃまあ、ぶっちゃけこちらから、わざわざ罠満載が予想できる敵の本拠地に乗り込むつもりもなかったけどさ。ひょっとして人質のつもりなのかな。『さっさと来ないとこの世界の生きとし生けるものすべてを滅ぼす』っていう。

「まあ人間ちゅうのは弱い生き物ですからなぁ。それを補うために集団になって社会を形成する。でもってその社会を維持するために、法律だの倫理だのの制限やら犠牲やらを必要とするのもやむなしってことでしょうなあ」

隣で、切ったスイカを口にしつつ、庭に向かって種を飛ばしながら——背後に控えている天涯の額に青筋が浮いている——影郎さんが、気楽な口調で相槌を打った。

「ふん。不完全な生き物だ。自己保存という本来の意味が形骸化しているではないか。まこと姫の仰られる通り、愚か者の極みであるな、人間という生き物は」

影郎さんに文句を言うのはとりあえず後回しにしたらしい。天涯が心底ウンザリした顔で吐き捨てた。

まあ基本的に魔物っていうのは個体でほぼ自立している生物だからねぇ。死ぬも生きるも自己責任って割り切れる強さを持っているので、人間社会の複雑・曖昧さは歪に思えるんだろうね。

「まあ、だからこそ面白いって考え方もありますけどね」

お盆の上にのったスイカ全部に塩をかけながら、気楽にコメントする影郎さん。

「まあそうなんだけどね。それにしたって、私の知り合いがほとんど全員地上に残って、見知らぬ他人を助けるとか、なんか本末転倒なんだよねぇ」

はっきり言っちゃえば、ボクとしては見知らぬ他人が一億死んでも、知ってる友人ひとりが助かるならそちらを選ぶ。だけど人間は家族とか友人関係とかしがらみがあるので、そうした分を換算して、なお多めに見積もって十万人って指定したんだけど、肝心要のオリアーナやコラード君、獣王が、やれ責任だやれ義務だ……といった形のない幻想に縛られて、身動きが取れなくなっている現状がどうにも釈然としない。

聞いたところでは、優先割り当てで避難できるよう指定したジョーイやフィオレも、「少しでも避難する人の力になりたいから」と言って、地上に残って踏ん張っているそうだ。

「所詮、連中は姫のご慈悲を払い除け、滅びを選んだ愚か者。姫がお心を悩ませる価値などございません。それに、人間などせいぜい百年生きるのが精一杯な弱き生き物でございます。多少、寿命が早まったと思えばよろしいのでは？」

と天涯。まあ、ほとんど寿命なんてあってなきが如くだからねぇ、魔物は。

「まあ、人生長いか短いかじゃなくて、どんだけ満足したかですからな」

相変わらずスイカを食べながら、気楽な口調で人生を語る影郎さん。

「……そういう意味では、全員満足してるってことなのかなぁ。相互理解って難しいね」

根本的に人間関係に疎い人生を送っていたので、よくわからない。

ため息をついて、とりあえず気分転換にボクもスイカを取って、一口食べた。

「!?　ぶはぁ!!　しょっぱい！　なにこれ?!」

途端、むせる。

「なにって塩かけたんですけど？　こうすると甘味が増すんですわ。お嬢さんご存じないんで？」

「知らないよ！　塩味しかしないじゃない！　なんで甘いものに塩とかかけるわけ?!」

「なんでと言われてもこのほうが美味いからですわ。お嬢さんだって昼にメロンに生ハムのせて食べてたじゃないですか？」

「あれは生ハム主体だからいいの！」

「唐揚げにレモンかけまくってたのはいいんですか？」

「美味しいじゃない！」

「……相互理解っちゅうのは難しいですな」

影郎さんがしみじみ述懐した。

「姫様！　ご歓談中のところ失礼いたします」

そこへメイド姿の鬼人・琥珀が慌ただしく駆け寄ってきた。

彼女も人手が足りないからということで駆り出されたんだけど、二メルトの巨体と王冠のような五本の角、服の上からでもわかる荒縄のような筋肉に、背中に背負った二本の巨斧と——どう見てもメイドというより百戦錬磨の首狩り族です。本当にありがとうございました。

「グラウィオール帝国の首都アルゼンタムが『虚霧』に呑み込まれました。直ちに『転移門《テレポーター》』を閉鎖する予定でしたが、原因不明の発光現象が起き装置が停止せず、現在、調査中です」

「アルゼンタム……オリアーナのところが⁉」

「なんか、面倒なことになってそうですなー」

齧りかけのスイカを置いた影郎さんが、首を傾げながら続いて立ち上がった。


ボクたちがたどり着いたときには、『転移門《テレポーター》』の異変は収まる寸前だった。

白亜の床と天蓋とで隔離された広大な空間――ドーム型競技場のようなそこに、整然と並んだ大小さまざまな環状列石《ストーンサークル》に似た装置（以前、クレスに置いた転移魔法装置の模造品《イミテーション》は、これの試作品を流用したもので、当然似たような形になっている）が並ぶ、『転移門《テレポーター》』発着場。

通常なら祭祀場のような厳かな雰囲気のあるこの場所だけれど、ここ数日は絶え間なく『転移門《テレポーター》』が稼動し、大陸各地から避難してきた人々で騒々しくごった返していた。

ある者は無事を喜び、ある者は残された家族や国土を思い、ある者は放心したかのようにその場に蹲《うずくま》る。そんな彼らを案内役の天使や獣人たちが懸命に励まし、労り、精一杯の気遣いでもって避難所へと案内していた。

そんな『転移門《テレポーター》』のひとつ。グラウィオール帝国の首都アルゼンタムに通じる環状列石《ストーンサークル》が、まるで切れる寸前の蛍光灯のように瞬きを放ち、細かな振動を繰り返していた。

遠巻きに眺める避難民には近寄らないように注意を促し、万一に備えてぐるりと周囲を取り囲んだ担当係員や親衛隊の天使たちの顔には、隠せない緊張が張り付いていた。

避難民に配慮して、いずれも見目麗しい従魔で構成されている彼・彼女たちだが、そのために戦闘力は中～下位の者ばかりとなり（といってもあくまで真紅帝国基準《インペリアル・クリムゾン》であり、地上であれば一国の軍隊総がかりで倒す『戦略級《ストラテジック》』や、戦うのを放棄して神に祈る『天災級《ディザスター》』に値する）、いざという場合の対応にも限界がある。

そんな不安を抱いていたところへボクたちが到着したので、ほっと緊張の糸が途切れたのだろう。

「姫様こちらです！」「命都様、ご指示をお願いいたします！」「天涯様、先ほどから異常が収まりません！」「影郎様、そこで不安に乗じて怪しげなお守りとか売らないでください！」

口々に異常を訴えながらこちらへ押し寄せてこようとする。

「――落ち着いてっ！　各自、持ち場を離れないで!!」

「貴様らッ。姫の御前で無様な姿を晒すとは何事だーーっ!!」

ボクの注意と天涯の雷（物理的なものじゃないよ）が同時に落ちて、はっとした天使たちが慌てて持ち場に戻った。

「見ろ。なんか変だぞ！」

と、その瞬間、遠巻きに眺めていた人垣を掻き分けてジョーイが飛び出してきて――なんでここにいるんだろう？――『転移門《テレポーター》』を指差したところ、一際大きく閃光が放たれ、落雷のような稲妻が環状列石《ストーンサークル》全体を走り、眩しさにその場にいた者全員が目を閉じた。

雷が引き起こしたオゾン臭と、焦げくさい臭いに眉をひそめながら、ボクは瞳を凝らし――即座に大きく目を見開くことになった。

人間、魔物、亜人の区別なく、その場にいた全員が即座に武器を抜いて戦闘態勢を取る。

なぜなら、焼け焦げた白銀の鎧を身に纏った、金髪の二十代半ばと思われる騎士が、『転移門《テレポーター》』の中心部に片膝をついて蹲っていたからだ。

先ほどの異常な転移による影響なのか、体のあちこちから焦げたような煙が立ち上っている。

もとは純白だったマントはボロボロになり、かろうじて体に覆い被さっていたが、ほどなく自重に耐えきれなくなり崩れ落ちた。

それに併せて白いものが青年の抱えた両手からこぼれ落ちる。

すぐに気が付いた。それは腕だ。少女のものと思しい、白くて華奢な手だった。

「らぽっくさん……？」

ボクは意を決して――慌てて周りが止めるのも無視して――彼に近寄り、その腕の中を確認する。

「――――っ⁉」

思わず呻き声が漏れた。

らぽっくさんが両手でふたりの少女を抱えていた。

ひとりは白銀の長い髪をした白いドレスの小柄な少女。

もうひとりはそれよりも三～四歳年上でワンピースを着て、菫色のショートカットの髪に『エナン』と呼ばれる円錐型の帽子を被った少女。

どちらもよく知っている顔だった。

「オリアーナ……タメゴローさん……」

閉じられた瞼にも、力なく投げ出された手足にも生気は欠片もない。

と、らぽっくさんがノロノロとボクを見上げた。

「皇女様のほうは無理な転移の衝撃で心臓が止まった。緋雪さんがすぐに手当てすれば助かるだろう。――だが、タメゴローのほうは……」

呟いたらぽっくさんの体が、力なくその場に頽れた。

真っ白い紗幕が帝都アルゼンタムを呑み込もうとしていた。

姫陛下の説明によれば、雲の高さはおよそ三千メルトだそうだけれど、間近に眺めるそれはほとんど垂直の壁であり、見上げても先端が見えず天まで届くかのような圧倒的な存在感を示していた。

『虚霧』――世界を滅ぼす悪魔の災害、もしくは神の浄化。

それを成したのは『神』を名乗るひとりの人物だという。

姫陛下は彼――聖典に謳われる『蒼神』をして、この世界を遊戯《ゲーム》と見なす狂信者《ファナティック》であり、その実体は単なる俗物であると断言しているけれど……。

オリアーナ皇女は広大なヘルベルト宮殿の中庭を散策しながら、物憂げにため息をついた。

そんなものは言葉遊びに過ぎない。

あの方はご自身が同じ高みにいるせいで、ご自覚がないのだろうけれど、結局は人間にとって対象の精神性《メンタリティ》など、人間かそれ以外かを分ける重要なポイントになどならないのだ。

人知を超えた災害を相手に人間は無力であり、できることはただただ祈ることだけ。……どうか我が身に災いが降りかかりませんように、どうか無事に過ごせますように……と。

そうして、人々に害を及ぼす怪物を〝悪魔〟と呼び、利益をもたらす怪物を〝神〟と呼ぶ。ただそれだけの違いに過ぎない。

もう一度『虚霧』を見上げ、オリアーナ皇女は皮肉な笑みを浮かべた。

脳裏に浮かぶのは、友人である優しい魔物の姫――緋雪の、最後に別れたときの顔だった。

「まったく……。あんな迷子の子供みたいな顔をされては、せっかくの決意が崩れそうでしたわ」

ひとりごちた声が閑散とした中庭に響いた。

住民の退避に伴って、宮殿内の侍女や侍従たちもさまざまな理由を付けて去っていき、残っているのは根っからの譜代の貴族や、豪胆な一部の職人くらいなものである。

そういえば毎日の食事の味も変わっていないけれど、料理人もいまだに留まって己の職務を全うしているのかも知れない。

ふと見てみれば、庭師の老人が普段通りの態度で、脚立に乗って庭木の手入れをしていた。

緑が好きで、子供の頃から中庭を遊び場にしていた彼女にしてみれば、いつも同じ顔で同じ仕事をしている印象があった彼だが、まさかこの状況でも変わらず仕事をしているとは。思わず足を止めた。

そんな彼女に気付いたのか、老人は手を休めると、脚立から降りて帽子を脱ぎ、恭しく一礼した。

オリアーナ皇女も軽く一礼をしてその場を離れた。

気が付くと、口元に苦笑ではない、淡い微笑が浮かんでいた。

けして長いとはいえない人生だったけれど、いままで出会った人々、そしていまも自分たちを支えてくれている名も知らない彼らに感謝しながら、彼女は中庭を抜けた先にある宮殿へと足を進める。

人の気配もまばらな宮殿の様子にまるで別の場所に来たような錯覚を覚えながら、オリアーナ皇女はさらに足を延ばして、父である皇帝陛下のおわす離宮へと向かった。

『余人を交えず、ゆっくりと話がしたい』

伝言を受けて指定された時間に来たわけだけれど、この離宮にもほとんど人影というものはなかった。

皇帝陛下の居室だというのに衛兵のひとりもいないことに、微かに不満を感じながら――表には出さずに――北方産の雪樫でできた扉を軽くノックする。

「皇帝陛下、オリアーナです。仰せにより罷り越しました」

「――開いているよ。お入り、オリアーナ」

扉越しに父の優しげな声が聞こえ、彼女は少しだけ安堵した。

この期に及んで表舞台に立たない皇帝陛下に対して、民衆どころか大貴族の間にまで「皇帝はとっくに帝都を離れて逃げている。今頃は大陸を脱出して諸島連合に泣きついている頃だろう」などと、根も葉もない流言飛語が飛び交っているのだ。

そんなことはないと思いながらも、今日まで直接顔を合わせる機会がなかったため、オリアーナにも一抹の不安があったことは確かである。

だが、間違いなく父の声を耳にしたことで、ほっと胸を撫で下ろしながら、「失礼いたします」と、そっと扉を開けた。

「……………？」

扉を閉め、伏せていた顔を上げたところで、まず最初に感じたのは困惑だった。

　皇帝の居室とは思えないほど簡素な室内には椅子と執務机、そして部屋の中央に描きかけの白いキャンバスがイーゼルにのせられているだけで、ほかには目立つような装飾品の類は置いていない。

　ここまでは見慣れた部屋なのだが、椅子に座ってにこやかに微笑む父――グラウィオール帝国第四十四代皇帝ヴァルファングⅧ世――のほかに見慣れない、煌びやかな鎧とマントを纏った金髪の騎士らしい青年と、薄い翡翠色のワンピースを着て金色の杖と魔女が被る円錐型《エナン》の帽子を手に持った魔法使いらしい少女が、窓際に並んで同席していたのだ。

　オリアーナの視線に気付いて、恭しく礼をする彼らから父に視線を戻す。

「よく来てくれたね私の可愛い姫《マイ・リトル・レディ》。そんなところにいないで、もっと中に入りなさい」

　肘掛付きの椅子に座ったまま、出入り口に立つ愛娘を私室に招き入れるヴァルファングⅧ世。

　当たり前の話であるが、その顔立ちは彼の弟である伊達男、エストラダ大公に似ていた。そしてまた、オリアーナとも共通点が多い。つまり、どこからどう見ても美男子――それも線の細い、ガラス細工に似た透明な美貌――であった。

　オリアーナの記憶によれば、すでに三十代半ばのはずだけれど、ほとんど日に当たらず室内にいるせいか、まだ二十代に見える。

「――ああ、彼らは私の知人でね。今回の件に関して少々無理なお願いをしたので同席を許可したんだ。とりあえずは気にしないでいいよ」

　躊躇する娘の反応を見て、ごく簡素に付け加える。

　説明になっていない説明に釈然としないものの、いつまでも皇帝陛下を待たせるわけにもいかず、オリアーナは部屋の中へと歩みを進めた。

「……失礼いたします」

普段はあまり喜怒哀楽を表に出さない父皇帝が、珍しく目を細めて笑いながら、近寄ってきた娘の姿を再度確認するかのように、じっと目を凝らして眺めた。

「──どうかなさいましたか？」

「いや。もう立派な淑女《レディ》だと思ってね。小さかった頃はさほどでもなかったけれど、やはりこうして見ると皇妃に似てきたね」

「そうでしょうか？　多くの方々は、わたしを父親似と仰ってくださいますが」

知らず口調に棘が混じる。オリアーナにとって実の母親は、自分を生んだ女性というだけに過ぎず、一切の愛情を感じない（それはあちらもそうであろう）相手であった。

もともとが父を傀儡とした摂政である大叔父の孫娘であり、父との結婚は政治的なものであったのは子供でもわかる自明の理であり、実際に夫婦間の愛情など（少なくとも母の側からは）まったくなく、それならそれで無関心を貫けばいいと思うのだが、これが支配欲と物欲の塊のような性格で、父が側室を設けることをけして許さなかった。そのため、今上帝に直接の跡継ぎが自分しかいないという面倒な事態を招いた張本人……程度の感情しか、オリアーナにはなかった。

同じく側室を置かず、一子のみしかもうけていない叔父エストラダ大公夫妻だが、あちらは公私ともに認める愛妻家であり、結果としてそうなっただけであった。似たような家族構成でも中身は雲泥の差である。

ちなみに皇妃はとっくに荷物をまとめて、実家に避難している。

オリアーナの口調から、そうした一連の感情を読み取ったのか、皇帝は寂しげな笑いを浮かべた。

「皇妃もあれで可愛いところもあったのだよ」

「左様でございますか」

知ったことではないと言わんばかりの愛娘の態度に、『この気の強さは我よりも皇妃似だな』と言いたげな笑みを浮かべる皇帝。

なんとなく居心地の悪さを感じて、視線を転じて見れば、真っ白だと思っていたキャンバスには、ありありと真っ白な雲の壁が描かれていた。

「これは、『虚霧』……ですか？」

「ああ、こんなものが間近に見られる機会など滅多にない……いや、喪失世紀以来かな」

危うく聞き流しかけたオリアーナが、弾かれたように父皇帝を振り返る。

「さほど驚くようなことではあるまい。皇家に伝わる喪失世紀の伝承を、君に教えたのはほかでもない我であろう。ならば同じ結論に達するのも自然というもの」

正直、父たる皇帝陛下は事態を正しく把握していないがために、楽観視して帝都に残留していると予想していたオリアーナは、泰然として微笑を浮かべている彼を瞬《まばた》きして見詰めるしかなかった。

「まあ完全に神話の再現かどうかは不明だが、どうやら蒼神は本気のようであり、天空の姫君も成す術なしとなれば、我ら俗人は従容と世界の変貌を受け入れるしかあるまいな」

今度こそオリアーナは目を剥いた。見た目と人がよいだけで実務能力に欠け、凡俗もいいところ……と思っていた父が、まるで別な人間になったかのように見えた。

「……振り返れば、長い夢を見ていたかのようだよ。父たる先帝は苛烈な人柄で、後継たる我に対しては〝皇帝〟という記号に徹することを求め、人間としての個性は認めなかった。長じれば摂政たる大公は我を人形と見なし、宰相は道具としての価値しか求めなかった」

そこには怒りも悲しみもない、在りし日の日々を機械的に話すだけの平坦な声音であった。

「だから我はそれに応えた。ゆえに我にはなにもない。魔法装置がなにも考えずに定められた手順に従い、結果を出すが如く、我の中では一切のものが価値がないのだよ。善悪、身分、権力、人間の尊厳も生命も、自分を含めて等しく等価――すべてがゼロなのだよ」

「………………」

にこやかに語る父のその内面――覗き込んだ深淵から見えたのは、底知れぬ虚無と絶望だった。穏やかで人畜無害な凡人などとんでもない。誰が死のうが生きようが、世界が終わろうが知ったことではない、徹底的な無関心。それが父たる皇帝の本質だったのだ。

「だが――」

柔らかな表情は変わらないまま、どことなく戸惑ったような響きがその声に交じった。

「そんな我にも唯一と思えるものができてしまった。正直、自分でも信じられない気持ちだったのだが、そのものが愛おしくかけがえのない至宝であり、毎日の成長が楽しみで仕方がなかった」

胸を突かれた面持ちで、オリアーナは声にならない呻きを発した。声を出せばそのまま泣き出して、頽れそうだった。

「だからね。我は皇帝として、夫として失格であったけれど、最後に父として君を守りたいのだよ、私の愛し子よ」

ついにオリアーナの口から堪えきれない嗚咽と、その瞳から大粒の涙がこぼれ落ちた。

「ああ、泣かないでおくれ、我が宝よ。君の涙だけが我の心を乱す」

立ち上がった皇帝が、そっと彼女を抱き締めて囁いた。

しばしお互いに抱擁を交わしたあと、いまだ涙に濡れる瞳で、父を見上げるオリアーナ。

「ですがもう間に合いません。この場から飛竜《ワイバーン》でも使わない限り、いえ、使ったとしても、いまさら『虚霧』から逃げることは不可能でしょう」

あまりにもスケールが圧倒的すぎて距離感が狂っていたが、『虚霧』はまさに宮殿を呑み込まんとするギリギリの距離まで迫っていた。

「大丈夫。そのための彼らなのだから」

その言葉で、思い出したかのように窓際のふたりを振り返る。

「彼らは君の知っている言葉でいえばともに〝超越者《プレーヤー》〟であり、彼の蒼神《か》の配下にして、君のよく知る薔薇の姫君の旧知でもあるそうなのでね。ここを脱出後、即座に姫君の下へ転移する手はずになっている」

続けざまに語られる衝撃の事実に呆然とするオリアーナに向かって、ぽりぽりと頬を掻きながら口を開く金髪の騎士。

「まあ、もともと宰相派と並行して帝国内の勢力バランスを取るために、影郎さんと別口で皇帝陛下に接触していたんですけどね。ほとんど無視されていたと思ったら、最後の最後にとんでもない依頼が舞い込んできたってわけですよ」

親しげに話しかけてくる青年だが、立ち位置的には敵側であるふたりに対して、警戒心からオリアーナは柳眉をひそめた。

「えーと、ね。怪しく思うのは仕方がないけど、今回は本当に個人的な動機で動いているから、あたしたちふたりとも、あなたのお父さんと緋雪さんを裏切るようなことはしないよ。信じて」

魔法使いらしい十五～十六歳と思える少女が、快活な口調であとを引き取った。

なんとなくこのふたりは信じてもいいのではないかと思えた。なによりそれが父の願いであれば。

そう判断したオリアーナが、一歩彼らのほうへ踏み出そうとした――その瞬間、どこからともなく、ひび割れた男の声が聞こえてきた。

『――ほう。それはつまり俺に対する裏切りと解釈していいわけだな？』

「――っ！　この声は⁉」

「蒼神っ‼」

咄嗟に窓際からふたりが離れたのと同時に、まるで暴風に吹き飛ばされる藁小屋のように、太い柱と石壁、そして恒常的な魔法障壁まで張ってあった離宮全体が一撃で崩壊したのだった。

「――守護陣！」

青年の切羽詰まった叫びが放たれ、咄嗟に覆い被さった父皇帝によって、床に這い蹲《つくば》った形で難を逃れたオリアーナが、恐る恐る顔を上げると、自分たちを守るように八本の剣が空中に浮かんで壁になっているのが見えた。

「大丈夫かい、我が愛娘よ」

「は……はい、お父様のお陰で」

「我というよりも彼らのお陰であろうな」

この期に及んでもなお柔らかな笑みを崩さず、『虚霧』の方向を向く皇帝。

つられて見れば――その手前。自分たちと『虚霧』とを塞ぐ形で、いつの間に取り出したのか、中央に女性の顔が彫り込まれたカイトシールド（彼女は知らないが、超レアドロップ装備《無敵《アイギス》》と呼ばれるものである）を左手に持ち、険しい顔で片膝を立てた青年騎士と、その背後に隠れるように、魔法使いの少女が手にした杖と帽子を押さえて屈み込んでいた。

青年の陰になった部分から放射状に床板が残るほかは、この地に遷都されてから三百年以上、歴史と伝統のあった離宮が影も形もないほど無残に破壊されている。

父とこの剣が守ってくれなかったら、一撃で痛みすら感じることなく死んでいただろう。

「やれやれ……せっかくの秀作だったのだが、消し飛んでしまったな」

そう呟きながら立ち上がった父に手を借りて、同じく立ち上がるオリアーナ。

一瞬、なんのことかと思ったが、すぐにあの描きかけの絵だと思い付いて、複雑な表情になる。

「絵の心配より命の心配をしたほうがいいと思いますよぉ？」

呆れたように言うのは、魔法使いらしい少女であった。室内でなおかつ皇帝陛下の目前ということで、外して手に持っていた鍔広のトンガリ帽子を改めて被る。

だが、その目は前方――『虚霧』のほうを向いたまま片時も離さない。

青年も、そして自分を抱き寄せる父も、その方向を向いていた。

つられて見れば、いつの間にそこに現れたのか、『虚霧』を背後に黒い影が佇んでいた。姿の見えないまま攻撃を仕かけてきた〝敵〟なのは間違いないだろう。

黒いマントのフードを目深に被り、手袋をした長身の人影に見える。ただし、こうして間近に接していても、まるで気配が感じられない。本当に実体としてそこに存在しているのかどうか――そう疑いたくなるほど躍動感に乏しい相手だった。

「……ほう。これはこれは。『神』というものが、まさか我の同類とはなんとも皮肉なこと。いや、いまだ中途半端な分、逆にたちが悪いともいえるか」

皇帝ヴァルファングⅦ世が、皮肉とも憐憫とも取れる眼差しを、蒼神らしい黒マントに向けた。

『――？』

オリアーナと青年、少女の怪訝そうな視線が、飄々とした皇帝の端正な容貌に突き刺さるが、本人はそれ以上話すつもりはないらしい、同病相哀れむ目で黒マントを見据えるだけだった。

「……小賢しい。俺を理解したつもりか皇帝よ。その愚かしさと増長の報いを受けるがよい」

フードの奥から陰々滅々たる声が流れてきた。

その視線が皇帝から、自身の配下だという騎士と魔法使いに向く。

「らぽっく、タメゴロー、即座に皇女を始末せよ。これに従わなければ背信と見なす」

ピクリとオリアーナを抱くヴァルファングⅦ世の手が震えた。

「ふん。皇帝よ、貴様は自分が死ぬことには拘泥していないだろうが、娘の命に対しては許容できまい？　愚かだな、俺が中途半端なら貴様は出来損ないだ。愛だ情だなどというくだらん精神錯乱に耽溺するとは」

　あからさまな嘲笑に対しても怒ることなく、ますます哀憐の眼差しを深くする皇帝。

「なるほど、それほど愛や情を信じていたのか」

「たわけたことを！」

　皇帝の透明な眼差しを前にして、蒼神はフードの下、苛立ちを隠せない口調で吐き捨てた。

　そんな彼の様子を目の当たりにして、オリアーナは卒然と理解した。彼に具体的ななにがあったのかはわからない。けれどきっと彼は裏切られ続けてきたのだろう。

　だから否定したいのだろう、『愛』『情』『信頼』という人の持つ優しさを。

　――けれど、それは虚しい一人芝居にしか過ぎない。なぜなら否定したいと思うこと自体が、それを信じている証拠なのだから。

「あんたさあ、なんだかんだご大層なこと言ってるけど、聞いてるよ。緋雪さんのこと、『俺の嫁』だとか『伴侶』だとか、ストーカーよりも気持ちの悪いこと言ってるって。あたしとしては犬の糞よか気持ち悪いけど、それって愛情と違うの？」

　蒼神に『タメゴロー』と呼ばれた魔法使いの少女が、怒り心頭な様子で喰ってかかった。

「――ふん、緋雪か」

　思いがけなく話題に出てきた友人の名前に、目を瞬《しばたた》かせるオリアーナ。

「……確かにな。俺は緋雪を愛している。どんな女よりもなぁ」

その瞬間、置物のように生命の息吹が伝わってこなかった蒼神の全身から、凄まじいばかりの生気が迸った。

「そうともっ！　緋雪をこの俺の手で鷲掴みにして嬲《なぶ》り尽くし、全身全霊で屈服させる……！　そして、犯し‼　壊す‼　想像するだけで、なんという愉悦っ！　──そうだ、忘れていたぞ、この感情を。これが喜びか‼!」

「っっっっ‼　あんた……あんたって、マジ最悪だ────っ！　ざけんな！　緋雪さんも皇女様も、あたしが守るっ‼!」

その瞬間、激高した魔法使《タメゴロー》いの少女が、金髪騎士《らぽっく》の背後から飛び出した。

「いかん！　タメゴローっ‼」

らぽっくの制止の声も無視して、一直線に立ち向かうタメゴロー。

「──ふン」

蒼神はその姿を鼻で嗤って、マントの下から水晶球──赤々と内部で炎が揺れている──を左手で取り出した。

『動くな────っ‼』

と、いつの間に集まっていたのか、自分たちを取り囲むようにして近衛騎士たちがずらりと完全武装で整列していた。

まあこれだけの騒ぎである。宮殿内にいまだ残っていた騎士たちが異変を察知して、この場に急行してくるのは当然といえば当然である。

「皇帝陛下、皇女殿下、この場から直ちに避難してください！　曲者ども、貴様らは武装を解除して、その場から動くな！」

無論、近衛騎士総長のいう『曲者』には、金髪騎士《らぽっく》と魔法使いの少女《タメゴロー》も含まれている。

飛んできた騎士たちに守られながら、皇帝はふたりを指して警戒を解くように促した。

「ああ、彼らは我の個人的な知人だ。心配はいらない。それよりも、あちらの賊を全力で排除したまえ」

気軽な調子で近衛騎士を蒼神にけしかける。

「――はっ。勅命承りました！」

指示を受けて、騎士たちが一斉に蒼神に向かって武器での攻撃や魔術の詠唱を始めた。

「……お父様、いくらなんでも無茶です。彼らではむざむざ犬死にするようなものです」

父皇帝に肩を抱かれながら、彼らの身を案じてこっそりと囁きかけるオリアーナ。

「その通りだが、時間稼ぎ程度はできるだろう。ならば職務を全うしたことで無駄死にはならないさ」

さらりと受け流され、なんともいえない表情になる娘を皇帝は好ましげに見詰め、相変わらず剣と杖とを蒼神に向かって構えたまま、臨戦態勢を解いていないらぽっくとタメゴローのふたりに呼びかけた。

「彼らが時間を稼ぐので、その間にオリアーナを薔薇の姫君の御座所《ところ》へ避難させてもらえるかな？」

「ごめん。無理」

張り詰めた表情で端的に答えるタメゴロー。

「奴が握っている命珠を潰されたら、それで俺たちの命も一巻の終わりだ。申し訳ないが、この状態では皇女を連れて逃げる余裕はない」

らぽっくも余裕のない表情で、それに付け加える。

「なるほど。それは確かに難しい状況であるな。とはいえ、あの者が現在手にしている命珠とやらはひとつだけ、ならば可能な限り時間稼ぎをするので、二個目を潰す間に娘を連れて逃避することは可能かな？」

「「なっ……?!」」

つまりオリアーナを助けるために、タメゴローと近衛騎士たちをこの場で見殺しにして、さらにらぽっくも使い潰すと言っているのだ。

あまりにも非情な提案に、オリアーナとらぽっくは絶句するが、逆にタメゴローと近衛騎士たちは、にやりと獲物を見つけた猛獣の笑みを浮かべた。

「オッケーッ！　いいじゃない。どっちにせよ一泡吹かせるつもりだったんだから、皇女様を守ることもできて一石二鳥じゃない」

「我ら近衛騎士団、すべては帝国と皇家のために身命を捧げた身。姫様の御身をお守りするためとあれば、無上の喜びにございます」

「それでは任せるとしようか」

穏やかな皇帝の声に押されて、『はっ！』騎士団が一斉に黒マントの蒼神へと殺到した。

さらに人間レベルとしては達人《アデプト》級の宮廷魔術師たちが、渾身の魔法でそれを援護する。

「……浪花節か。くだらんな」

左手にタメゴローの命珠を握ったまま、右手をマントの下に這わせ、ズルリと無造作に取り出したのは、あり得ないサイズの一振りの剣であった。

黄金色に輝く握りと刀身までのサイズはざっと一・五メルト。さらにその刀身を芯にして最大で幅八十センチメルト、全長二・五メルトあまりの、水晶のような材質の透明な刃が取り囲んでいる。

「――《神威剣《バニッシャー》》」

ぞくり、とその剣の姿と呟きにらぽっくが総毛立ったのは、仮にも『エターナル・ホライゾン・オンライン』最強ランカーであり、【独壇戦功《どくだんせんこう》】などと称された男の天分からだろうか。

「いかん！　離れろ!!」

必死の制止も虚しく、蒼神の持つ巨剣の一薙ぎで、大陸屈指の精鋭たちが、まるでゴミクズのように粉砕された。

さらにその余波で宮殿の硝子がことごとく破裂し、壮麗な建築の一部も無残な瓦礫と化した。

「くっ！」「うぐっ!?」「きゃあっ?!」「ほう。これは凄い」

咄嗟にらぽっくの《無敵《アイギス》》と空中で盾になるように扇状に展開された七剣、さらにタメゴローのファイアーシールドで威力を減衰させたが、それでも完全に防ぎきれずに四人が大きく跳ね飛ばされる。

「なんだ、その剣は……？　公式では見たことも聞いたこともないぞ!?」

特にダメージが大きかったのが前衛で壁になっていたらぽっくであった。一撃で大きく亀裂の入った《無敵《アイギス》》に目を剥く。

「あいつの得体の知れなさにいちいち驚いてちゃ、やってらんないわよ！　どっちみちやるしかないんだから！」

混乱するらぽっくを尻目に勢いよく飛び出したタメゴローの周囲に、燃え盛る火の玉が無数に浮かんでいた。

「『プロミネンス・バースト』か。確かに威力は火炎系魔術でも随一だが、発動までに時間がかかるのが難点だな」

無感動に評する蒼神は、左手に握った命珠に軽く力を込めた。

「——ぐっ……！」

大きく一条のひび割れが走るのに併せて、胸を押さえたタメゴローだが、闘志はそのままに新たな魔術を完成させる。

「ウインド・トルネード！」

その瞬間、『プロミネンス・バースト』の炎が到達するのとほぼ同時に、蒼神の体をすっぽりと覆う形で竜巻が起こり、極温に熱せられた火柱と化した。

「さらに、フレア・バスター！」

続いて炎のドームがそれを覆い、完全に外界から密閉された空間とする。

「へへん、どーよ！　あたしを炎だけの放火馬鹿と思ったか！　あんたにどれだけのＨＰがあるんだかわからないけど、生物である以上、酸素を吸わなきゃ生きていけない……少なくとも意識は保てない。なら、一瞬で内部の酸素を燃やし尽くすこれを喰らって、無事で済むわけが――」

「……なるほど出来損ないにしては考えたほうか」

得意げなタメゴローの台詞に覆い被さるようにして、多少なりとも感情の籠もった声が火柱の中から響いてきた。

同時になにかをパリパリと握り潰す音が続き、蒼白な顔色になったタメゴローが、片手で胸を押さえてその場に両膝をついて前屈みに倒れ込んだ。

「タメゴローっ!?!」

「……だから……あたしの名前は『タメゴロー』じゃなく……て、皐月《メイ》・五郎八《イロハ》だっつーの……」

その背中が苦笑しているようにオリアーナの目には映った。同時に、気のせいか片手でなにかをポケットから出して、口元に運んだようにも見えた刹那――。

一際澄んだ音が響いた――その瞬間、快活だった彼女の全身から、あらゆる生気が抜け落ちた。

「うおおおおっ。蒼神、貴様よくも――ッ‼」

血反吐を吐くような絶叫を放つらぽっくだが、その両手はまるで別人が操っているかのように正確無比に動き回り、次々とその手に剣を持ち替えては必殺の光を纏わせる。

一連の動きを淀みなく繰り返した彼は、最後に両手でしっかりと、愛剣にして『エターナル・ホライゾン・オンライン』内で最強――レベル百二十の大規模戦闘級《レイド》モンスターから極まれにしかドロップしない魔剣を、さらに八回の強化に成功した――の奇跡の剣である大剣《グレートソード》《絶《ぜつ》》を握り締め、残り八剣を周囲に浮遊させたまま、急激に勢いを弱める炎――タメゴローの作った残り火――の中心に立つ、蒼神目がけて全力で斬りかかった。

「――メテオ・バニッシャー‼」

自身のＨＰ・ＭＰ《マジックポイント》の半分を犠牲にする代わりに、相手の防御・ＨＰにかかわらず三分の一の確率で致命傷《クリティカル・ヒット》を与える、本来は一刀のみの単発スキル『奥義・ジャガーノート』を、九剣同時に扱うことで連続技として使用を可能とした、らぽっくのみが使えるオリジナルスキル。それが蒼神目がけて炸裂した‼

この技が成功したこれまでの最高は、かつて大規模戦闘級《レイド》モンスター《ヨグ＝ソトース》を斃したときにできた、七連続が唯一無二の大記録である。だが、死んだタメゴローが味方してくれたのか、あるいは自身の気迫が乗り移ったのか、いまこの瞬間放った技は、その記録をも上回ったクリティカルの手応えを感じさせていた。

――斃した！

相手の命脈を断ち切った確かな手応えを感じ、らぽっくの顔に壮絶な笑みが広がる。

だが――

「無駄だ」

どこか気だるい声とともに、薄い膜のようになった火柱を断ち割って、巨大な刀身が横薙ぎに繰り出されてきた。

「くっ――!?」

反射的に《絶《ぜつ》》ほか八剣を盾にしたらぽっくの体が、氷を砕くような音とともに軽々と弾き飛ばされ、同時に粉砕された九剣の刀身がボタン雪のように周囲に降り注ぐ。

壊れた宮殿まで飛ばされたらぽっくの体の上に、がらがらと崩れた瓦礫が折り重なる。

「……くそ……」

半ばから折れた愛剣《絶《ぜつ》》を杖代わりにして、瓦礫を払い落としながらよろよろと立ち上がるらぽっくだが、先ほどのスキルの反動とカウンターを受けて、そのHPは危険領域《レッド・ゾーン》へと突入していた。

「なんなんだ、その剣は……？」

かすむ目で、ほとんどダメージらしいダメージを負っていない（マントに穴が開いている程度）蒼神と、《絶《ぜつ》》とそれに匹敵する八剣を一撃で粉砕した剣とを見比べる。

「ふん。この《神威剣《バニッシャー》》が気になるか？　こいつは貴様の〝自称〟最強剣ではなく、『E・H・O《エタホラ》』

システムにおいて、真に最上位に位置する最強装備だ。貴様の《絶《ぜつ》》や緋雪の《薔薇の罪人《ジル・ド・レエ》》如きでは及びもつかん」

見せつけるかのように、片手でその巨大な剣先をらぽっくへと向ける蒼神。

「その攻撃力は使用者のレベルに併せて天井知らず。装備することで一切の状態異常、攻撃魔法、弱体魔法、特殊攻撃を無効化《キャンセル》する。さらにこれで攻撃を加えた場合、対象の特殊能力《アビリティ》、防御能力、付加魔法をすべて無効化《キャンセル》する、当然回復も不能だ」

「……完全にゲームバランスを崩してるじゃないか。そんなチートな武器が、本当にゲーム内に存在していたのか？」

驚愕よりも当惑の顔で唸る。そのらぽっくの問いかけに、蒼神は軽く肩をすくめた。

「当然、お前たちは知らんだろう。本来はＧＭ《ゲームマスター》用の武器だからな」

その言葉に、固まるらぽっく。

「ＧＭだと⁈　まさか、お前は――⁈」

「……どうでもいいことだ」

彼の狼狽を無視して、マントの下から先ほど握り潰したものと同じ命珠――ただしこちらは内部に白銀色の炎が揺れている――を取り出し、足元へ転がした。

「時間稼ぎにもならなかったな」

無感動に呟いて、コロコロと転がる命珠目がけて《神威剣《バニッシャー》》を向ける。

「――くっ。すまんタメゴロー……」

文字通り刀折れ矢尽きた状態のらぽっくが、倒れ伏した彼女の死体を見て奥歯を噛み締めた。

と――。

「なんの真似だ皇帝？」

らぽっく、オリアーナともにその場から一歩も動けないでいた、死屍累々たる屠殺場のような戦場の直中に、まるで散歩中のような悠然たる足取りで進み出た皇帝ヴァルファングⅦ世が、転がっていたらぽっくの命珠を、ヒョイと抱え上げた。

「なに、ほかの者が動けないようなのでな、手の空いている我自らが動いただけだよ、蒼神」

「……無駄なこと。この距離であれば、貴様如き、命珠もろとも塵ひとつ残さず消し飛ばせる」

《神威剣《バニッシャー》》の剣先が皇帝の心臓に向いた。

「それは確かに道理ではあるな」

だが、明確な死を前にしても彼の表情は微塵も揺るがない。

それは豪胆だからではない。彼にとって生も死も等価値であるがゆえに、生を望まず、また自ら死に至ることもない、だからなんの気負いもなくその場に立っていることができるのだった。

「お……」

その背中に必死に呼びかけようとするオリアーナだったが、それは声にならない嗚咽となった。

聡い彼女には、もうすべてが手遅れなのが理解できた――できてしまった。

「くだらんくだらん。実に無価値で不完全だ、お前らは」

爪先《つまさき》で蟻を潰す程度の力加減で、剣先をそのまま押し込もうとする蒼神。

そんな彼に向かって朗らかに――いっそ勝利者のような笑みを浮かべ――皇帝が告げる。

「我はここで死ぬであろう。だが、すべてに絶望した我にとって死は逆説的な喜びである。だが、汝はどうであるかな？　人としての業を忘れぬまま、この無間地獄に取り残され、孤独を抱え永遠《とわ》に流浪する……蒼神よ。永久なる流離《さすら》い人よ。我らは先に逝くぞ。汝はせいぜいいつまでもその場に足踏みしていることだ」

「貴様っ――――貴様ァァァァァァ‼」

怨嗟に満ちた叫びがフードの奥から漏れる。激情に任せてその剣を振り抜きたい思いと、それをすることで彼の思惑通りに事を成す手助けをしてしまうという理性の狭間に立って、剣先がブルブルと震えた。

「――では、頼んだぞ」

その僅かばかりの躊躇《ためら》いの瞬間に、皇帝は手にした命珠を、らぽっくのほうへと放り投げた。

その後の一連の出来事は、オリアーナにとってまるで音のない夢を見ているようだった。

僅かに舌打ちした蒼神が巨大な剣を振るい。

振り返った父皇帝が微笑み。

幻のようにその姿が消え去り。

満身創痍のらぽっくの胸から赤い髪をした天使が飛び出し。

空中にあった命珠を素早く掴んで両手で携え。

翼を力の限り羽ばたかせて一直線にその場から離れる。

たちまち小さくなるその背中に向かって蒼神が剣を振るった。

見えない刃が残っていた宮殿の屋根を吹き飛ばす。

避けようとした天使の背中が柘榴《ざくろ》のように裂け片方の翼が千切れ飛ぶ。

そのまましっかりと体で命珠を抱いたまま天使が落ちた。


その後を確認する暇もなく、呆然と立っていたオリアーナと傍らの地面に横たわっていたタメゴローの死体とを無理やり抱えると同時に、らぽっくが蒼神に背を向けて駆け出した。

気が付いた蒼神が追撃しようとしたところで、

「――むっ」

地面を割って折れた九剣が同時に襲いかかってきた。

土煙がもうもうと立ち上り視界を塞ぐ。

「小細工を」

間を置かずに残った九剣の柄の部分をすべて破壊したところで、らぽっくたちの姿が完全に見えなくなっているのを確認して、蒼神は不快そうに鼻を鳴らした。

それからフードの下、首を巡らせ天使とともに命珠が落ちたあたりを眺め、ひとりごちる。

「手応えはあった。ならほどなく『虚霧』に呑み込まれるだろう。その前にせいぜい緋雪のところにでもご注進することだな」

《神威剣《バニッシャー》》を幻のようにしまうと、そのままその場で踵を返した。

その体が青い光の膜に包まれ、『虚霧』が分かれて真っ白な道のようなものができた。

「……くだらん時間を費やした。労力に見合った成果とは言えんが、まずは緋雪に対しての警告《メッセージ》にはなったか。このあとどうなるかは賭け……か」

自分で口に出した言葉に、微かに背中を震わせる蒼神。

「〝賭け〟か。久しく使わなかった言葉だな」

その背中が『虚霧』の中へと消えていった。

❖❖❖

城の客室に寝かせられたらぽっくさんが語る内容に、全員が咳《しわぶき》ひとつせずに聞き入っていた。

「……そのあとは皇女様の指示に従って、『転移門《テレポーター》』のところまで行って、移動呪文を唱えて転移しようとしたんですけど、ほぼ同時に『虚霧』が殺到してきて……どうにか門が作動したのは奇跡のようなものですね」

ちなみに『転移門《テレポーター》』は誰しもが勝手に使えないように、前もって登録してある何人かが起動呪文を唱える必要がある。

今回はオリアーナを登録しておいて、呪文も教えておいたのが幸いしたようだけど、確かに危ないところだった。

「そういえば皇女様は……？」

「無事だよ。完全蘇生《リザレクション》が間に合ったんで体の傷は癒えたけれど、精神的に疲れているだろうから、いまは別室で休ませているよ」

「そうですか。よかった……」

肩の荷が下りた表情でため息をつくらぽっくさん。それから、はっとした顔でボクに向かって頭を下げた。

「すみません、ご迷惑をかけて。本来なら緋雪さんに顔向けできる立場ではないですけど」

「気にしないでいいよ。パーレンのときにはこっちもお世話になったしね」

「そうそう、昔のことは水に流すっちゅうことで。番頭さんも反省してますから」

ひょいと顔を出した影郎さんが、ボクの肩を気安くぽんぽん叩きながら尻馬に乗る。

『お前が言うな！』と、ツッコミを入れたいところだけれど、その前にらぽっくさんが、影郎さんの顔を見て幽霊でも見た表情になった。

……そういえば、無事なこと教えてなかったっけ。

「――なっ、なんでお前が生きてるんだ?!」

「いや〜っ、反応が初々しくていいですなぁ。これですわ、これ。やっぱこうでないと！」

してやったりの表情を浮かべる影郎さん。きっとこれがやりたいがために、ずっと出番を待ってたんだろうねぇ。

「まあ話せば長いんですけど、簡単にいえば、お嬢さんがおふたりに渡した薬……吸血鬼化に必要な神祖の血を、あんときに自分も服用してまして、死んだフリをして逃れてたんですわ。そんなわけで現在吸血鬼ですけど、元気に生きてます」

「………」

続ける言葉が見つからないという風に絶句したらぽっくさんだけど、じわじわと喜色が浮かんできた。

「じゃあ、同じく命珠を壊されたタメゴローも復活するんですね？」

「いまのところ影郎さんが唯一の成功例で、ほかに実例がないからねぇ。通常の眷属化でも百％成功するわけでもないから、安請け合いはできないね」

「わかってます。ですが、成功する可能性があるのを知っただけでも救われました」

「うん。だけど結果が出るまでに三日三晩くらいはかかると思うよ」

ボクの言葉になぜか暗い顔をするらぽっくさん。

「三日ですか。では、そのとき俺は確認できませんね」

「なんでさ？」

「俺の命珠は、多分まだ帝都に転がっているはずですからね。やがて『虚霧』に呑み込まれるでしょう」

「ほほう。なら番頭さんのほうも上手くいけば自分の仲間になるわけですな。無事に眷属化したあかつきには、とっておきの血で乾杯といきますか」

「お前は気楽だな。正直羨ましい気もするが……そういえば楓《かえで》のことでも緋雪さんに謝らないといけませんね。すみません、俺の力足らずで」

　楓というのは、らぽっくさんの従魔である双子の天使の名前だけど、もともとはボクが同時に二体捕獲に成功したレア個体で、うち一体をらぽっくさんに譲った経緯があった。

「いいえ、らぽっく様。妹は最後の最後まで主のために働けて幸せだったと思います。どうかお顔を上げてください」

と、彼女の双子の姉に当たる天使の椛《もみじ》が前に進み出た。

　長い髪をポニーテールにしている以外、外見上楓と見分けがつかない彼女の顔をじっと見て、らぽっくさんは無言のまま頭を下げた。

「……それとお願いなのですが」

　頭を上げたらぽっくさんが再びボクのほうを向いた。

「多分、あと何時間かで俺の命珠は壊れると思います。それで、もし……もしも俺がいない間に、タメゴローが復活できなかったら、俺のこともそのまま眠らせてください。お願いします」

　らぽっくさんの言葉に影郎さんが口を尖らす。

「なんや、イケズですなぁ番頭さん。お嬢さんのために頑張ろうって気概はないんでっか?」

「……すまないとは思います。ですが、逆の立場ならタメゴローも同じことを言うと思いますから」

　揺るぎのないその瞳に、こちらとしては「はい」と言うしかなかった。

「まあ仕方ないですな。そのときには、自分がしっかりとトドメ刺しますんで、安心して往生してください」

沈痛な台詞の内容とは裏腹に、嬉々として収納スペース《インベントリ》から白木の杭とか、いつの間にチョロマカしたのか聖堂十字軍《カテドラル・クルセイダーツ》の聖剣・十字剣とかを取り出す影郎さん。

「気のせいか随分と嬉しそうに見えるが……」

「気のせいですわ。別に最強騎士をこの手でぶち殺せるんで楽しみとか、そんなこと寸毫たりとも思ってませんわ」

嘯《うそぶ》きながら、影郎さんはらぽっくさんの枕元に次々と武器を並べていく。

「とりあえず吸血鬼化も含めてあとの処理は自分がしますので、お嬢さんは皇女様の見舞いでも行ったほうがいいんと違《ちゃ》いますか？」

影郎さんの好意——だよね？　知人を手にかけたりする汚れ仕事を率先してやろうという気遣いと思おう——に甘えることにして、ボクは一度オリアーナの様子を見に行くことにした。

避難している帝国の貴族や皇族の子弟がお見舞いを希望しているけれど、まずは気楽な女の子同士（？）傍にいたほうが心強いだろう。

「番頭さん。首刎ねるのと、心臓ぶち抜くのとどっちが好みですか？」

「お前、本当は本気で楽しんでるだろう⁉」

部屋を出るときに聞こえたやり取りに懐かしさを覚えながら、ボクは天涯たちを伴って廊下に出た。

それから硝子（に似た強度の高い謎の物質）越しに、常に闇に覆われている空中庭園の空を見上げた。

この空の向こう。大地の上では蒼神が世界を無に帰そうとしている。

そしてその狙いはやはりボクらしい。

彼の言うことがどこまで本当で本気なのかはわからないけれど、ボクを誘っているのは確かだろう。

「負けっぱなしってのも悔しいかな……」

「――は？　なにか？」

自然とこぼれた呟きを聞きとがめた天涯になんでもないと答えて、ボクはオリアーナの休む客室を目指して歩みを進めた。

【第三章】堕神の聖都

❁姫君決意

ほとんど百八十度……どころか、体感では二百七十度くらい視界を占める真っ白な壁――『虚霧』を前に、さすがに気圧されるものを感じて、十メルトほど手前で歩みを止める。

「……見た感じ、単なる雲か綿の塊みたいなんだけどねぇ」

普通に突き抜けていけそうな感じもするんだけど、普通の霧とは違ってその領域から先は一寸たりとも見通すことができなかった。まあ現在の視力は普通の人間並みなせいかも知れないけど。

ふと気付くと『虚霧』が随分と手前まで迫ってきていた。周参の観測では、領域面積が広がったせいで若干拡大速度は鈍ったらしいけど、人間レベルから見れば十分な脅威だよ、これは。

とりあえず手にした長剣――硬度を高めることを追求しただけで、切れ味は二の次になっているナマクラもいいところだけど、頑丈さにかけては自信作だと、ドワーフの刀工をまとめる十三魔将軍の《鍛冶王《テルキーネス》《グラインダー》》綺羅《きら》が胸を張っていた――を、『虚霧』の中へと突き入れる。

軽く研削盤にでもかけているような手応えを感じて、すぐさま剣を引き抜くと、先端部分がカットされたかのように消え去っていた。

「おぉ怖っ……！」

下手に手を突っ込んだら死ぬねぇ、これは。

「――でも、あえて突っ込んでみる」

目前にまで迫っていた『虚霧』に向かって、ボクは無造作に歩みを進めた。

真っ白い壁を突き抜けた途端、その体が細かい光の粒に取り囲まれ、間もなく異変が生じた。

衣装が、体が解《ほど》けていく。

溶けているのではなく、なんていうのだろうか……まるで一本の糸で編まれたセーターを解いていくかのように、衣装や髪の毛が端から分解され、糸状に伸びて虚空へと消えていく。

たちまち衣装が消え去り、露出した体が末端から同じように糸状にほつれ、内部骨格も同じ運命をたどってトロけていき、ここでボクの意識も途切れた。

❖❖❖

「――何秒もったの、周参」

コントロール球から手を離して、隣に控えるでっかい目玉のモンスター、七禍星獣筆頭《観察者《ゲイザー》》周参に確認してみた。

「突入から〇・〇二一秒で魔導人形ナンバー二との接続が断たれました」

淡々とした周参の返答に首を捻る。

「……体感では十秒くらいもった気がしたけど？」

まあ、あの周囲に自分の分身体《アバター》をいくつも放って、多角的に検証している周参の観測に間違いがあるとは思えないけどさ。

「内部と外部では時間の経過が異なるために、外界からの観測結果と乖離《かいり》するのも当然かと。ちなみに私自身の分身体《アバター》を突入させたところ、計七千三十一回の試行の結果、最長時間が六百七十九秒で、最短が〇秒でした。条件を変えても結果に共通性が見当たらぬことから、まったくのランダムのようですな」

「それって、たとえ膨大なＨＰを持っていようが、強靭な防具で覆っていようが、何重にも補助魔法《バフ》をかけようが無駄ということ？」

「左様にございます。既知の物質・攻撃・魔術を用いた方法でこれを突破するのは、現時点で不可能といえるでしょう」

改めて伝えられた絶望的な事実に、思わず腕組みする。

「つまり、未知の物質か、未知の技術か、未知の魔法がなければ無理ってことだねぇ」

無理ゲーだね。詰んだ――と両手を挙げたいところだけれど、ひとつ心当たりがあったボクは、収納スペース《インベントリ》から、蒼神に渡された『通行証《プレート》』を取り出した。

見た感じ、手帳サイズの青みがかった金属板なんだけど……。

「未知の物質に、未知の術式が埋め込まれているため、未知の作用が予想されます」

一瞥した周参が、身も蓋もない分析結果を算出してくれる。

「ただし術法的には『防御』と『解放』に似ていますな。以前に姫様がこの世界の防御結界を無効化する稚拙な魔道具《マジックアイテム》を手にしておられましたが」

ああ、当時のアミティアの王都カルディアに潜入する際に、コラード君からもらったものだね。なんだかんだで懐かしいな。

「効果としてはあれに似ていますな」

「つまり、これを持っていけば『虚霧』に入れるってこと？」

「可能性は高いと思われます」

「周参っ。貴様、姫を危険に晒すつもりか?!」

満面に怒気を張らせる天涯。

「無論、畏れ多くもそのような考えなど微塵もございません。ですが、姫様がお望みとあらば私はそれにお応えするのみにございます」

「なにを馬鹿なことを！　姫がそのような愚かな決断をなされるなど――」

「………」

「姫……？」

❖❖❖

空中庭園北西部――【虚空紅玉城】の正門から見て裏手にある自然区域。世界樹の森を抜けたさらに先に、『墓地《セメタリー》』と呼ばれる区画があった。

もともと死者を弔うという概念がない魔物にとっては不必要な場所であったが、一年近く前に緋雪の肝いりで造られ、当初は訪れる者もなかったが、地上との交流を経て、ぽつぽつと墓標が目立つようになってきた。

ふと、真新しい墓標に薔薇の花束が献花されているのに気付いて、稀人は足を止めた。

『ヴァルファング・アドルファス・カール・グラウィオール』

名前のほかは生没年が書いてあるだけの簡素な墓標は、とうてい世界最大国家の皇帝の陵墓とは思えない。とはいえ製作者の性癖を考えれば、なるほどと頷けるものであった。

彼女にとっては皇帝だろうが小鬼《ゴブリン》だろうが、変わらぬ命なのだろう。

苦笑して墓に向かって一礼をすると、稀人はやや足早に目的地に向かった。

なんとなく予想していた通り、その見晴らしのよい丘の上に立つ墓標の前に、黒い喪服を着た緋雪が蹲っていた。ヘッドドレスのリボンや薔薇のコサージュまで黒で統一したドレス姿の緋雪は、生来の長い黒髪と白い肌との対比もあって、ぞっとするほど妖艶でこの世のものとも思えぬほど美しく、普段から見慣れているはずの稀人であっても、迂闊に近付くことを躊躇《ためら》うような、近寄りがたい気品と淡雪のような儚さを漂わせていた。

「……たまに思うんだよ」

稀人が後ろに来ているのは当然わかっているのだろう。緋雪は献花した目前の墓標に向かって語りかけるように、正面を向いたまま話しはじめた。

「あのときにアシル王子と手を取り合っていれば。彼女の誘いに従って別荘に同行していれば。いや、いっそ好奇心から舞踏会の招待に乗らなかったら……なにかが違っていたら、アンジェリカは死なずに済んだんじゃないか。そして、君を甦らせたのは、贖罪でも哀れみでもなく、ただただ中途半端だったそんな自分を恨んで欲しかったからじゃないかなってね」

立ち上がって振り返り、背後に立つ稀人の目を見る。

無言のまま仮面を外した稀人――アシル・クロード――は、困ったように苦笑した。

「誰かを恨まなければいけないとしたら、まずは愚かだった自分自身でしょうね。姫様には感謝しています。俺と妹の魂、なによりアミティアを救ってくださって」

前に進み出た彼に道を譲る形で脇に避けた緋雪の前を通って、稀人は手にしていた花束のひとつを妹――アンジェリカ・イリスと書かれた（共和制になった国に対するけじめのため、あえて『アミティア』の姓は刻まなかった）――の墓前に捧げた。

それから視線を転じて、妹の墓に隠れるようにして立つ、もうひとつの墓標にも、緋雪の手による花束が供えられているのを確認して、口元を嬉しげに綻ばせた。

無言のまま、『ジャンカルロ・エリージョ・ベルトーニ』と刻まれたそちらの墓にも献花する。

しばし黙祷を捧げ、それから困ったように緋雪を振り返る。

「考えてみればここは天上ですし、祈るべき神も敵らしいですし、どこになにを祈ればいいんでしょうね？」

「心の中にいる、亡くなった人に対して祈ればいいんじゃないの？　私はそうしたけど」

緋雪のごく真っ当な意見に、「それもそうですね」と頷いた稀人が再度両方の墓前に祈りを捧げた。

一通り気持ちの整理をつけたところで、稀人は立ち上がった。

「……いまさらですが、ここにふたりの埋葬を許可してくださいまして、ありがとうございます。……そういえば、グラウィオールの皇帝陛下の墓標も立てられたのですね」

「まあね。勝手なことをと怒られるかとも思ったけど、オリアーナには感謝されたよ。まあ、あれから三日だからね。本人は健気に動き回っているけど、なかなかね……痛々しくてかける言葉がないねぇ」

「俺のときには結構キツイこと言われた気もしますけど……」

「ああ、私のモットーは女尊男卑だからね」

堂々と開き直られて苦笑いの稀人。

「ま、俺なんてあのバイタリティーには脱帽しますよ。彼女がいまなにをやってると思います？　『虚霧』が解消したあとの国作りの骨子を描いて活動中ですよ」

「あらまぁ……彼女らしいっていえば、らしいねぇ。気宇壮大というか」

他人事みたいに能天気に笑う緋雪を、なぜか同情の眼差しで見詰める稀人。

「いちおう話を聞いたところ、目標は世界統一国家で、国名は『真紅超帝国』――カーディナル・ローゼ超帝国とでも呼ぶんですかね……？　で、当然、その玉座には恒久絶対国主として『緋雪神帝陛下』を戴くそうです」

「――なにそれっ⁉⁉」

本人の与り知らない間に、とんでもない御輿《みこし》を担がれかけていることを知らされ、緋雪の声が裏返った。

「ちなみに鈴蘭の皇女様は超帝国旗下で、復興した帝国の女帝に即位、俺は超帝国の侯爵あたりにならないかと打診されています」

「……打診って、誰から？」

非常に嫌な予感を覚えながら、頭を抱えて恐る恐る訊ねる緋雪。

「あちこちからですね。昨日は天涯様からも話が出てましたから、この流れだと本決まりになりそうですね」

「聞いてないよ⁉」

「あれ？　言っちゃまずかったでしょうかね。円卓会議ではほとんど満場一致で議決されたそうなので、おそらく姫様には内緒にしていて、ビックリさせるつもりだったんじゃないでしょうか？」

「ビックリしたよ‼　危うくショック死するところだよ！」

顔を真っ赤にして怒る陛下も可愛いな、と呑気な感想を頭に思い浮かべ、稀人はなにげない風を装って付け加えた。

「まあそんなわけで、我が国は挙国一致で新たな国作りのために邁進していますので、姫様にはなにがなんでも無事にお帰り願わないと、倒れるのは屋台骨どころではないので、お願いいたします」

軽い口調に隠された切実な想いを感じ取って、気勢を削がれた緋雪が、困ったような顔で背の高い稀人の顔を見上げた。

「……まったく、そんなに私は顔に出やすいのかな」

「皆、俺同様、姫様を好きでずっと見てますからね、変化があればすぐにわかりますよ」

甘い表情で甘い言葉を囁く稀人を半眼で見据える緋雪。

「そーいえば、初対面でいきなりプロポーズした誰かさんだけど、随分と女の子を泣かせてるって、私の耳にも届いているんだけどねぇ」

「いやいや、そこはそれ……岡惚《おかほ》れ徒情《あだなさけ》という奴でして、ご婦人方からの熱意をすげなく袖にするわけにもいかないので、俺としても苦慮しているところですよ」

目を泳がせた稀人の説得力皆無の言い訳に、さらに眼差しを氷点下以下まで凍らせた緋雪がため息をついた。

「はあ～～っ……考えてみれば、こんなのが、唯一まともに告白してくれた相手なんだからねぇ。説得力に欠けるわ」

やっぱりいまからでも女の子を相手にしたほうがいいかなぁ……とか、呟く緋雪。

「ああ、そうそう。いちおう伝えておくけど、万一の場合に備えて、空中庭園のコントロール権を影郎さんに託しておいたので、私の帰りが遅くなったときには、彼のフォローをお願いするね」

思い出したように付け加えられた依頼の中身の重要さに、稀人は眉をひそめた。

「影郎っていうと、あの胡散臭い商人ですよね。いいんですか、副官であるらぽっく殿やタメゴロー殿でなくて?」

ほんの数時間前に、同族――それも同じ親を持つ眷属――として甦ったふたりのプレーヤーのほうが、この場合適任に思えたのだが、緋雪は困った顔で頬を掻いた。

「まあ、そうなんだけどね。いざというときを考えた場合、彼ほど臨機応変に対応できる人はいないからねぇ。第一、なにがあっても死にそうにないし」

苦笑する緋雪だが、そこには影郎に対する、ある意味全幅の信頼が垣間見えて、稀人は密かに嫉妬と危機感を覚えた。

——これは、ひょっとして思わぬところに伏兵が潜んでいたか⁉

まったくノーマークだった男だが、緋雪の中での存在感を考えれば、自分は周回遅れである気さえする。

「——お兄様、しっかりなさいませ！」

ふと、妹の叱咤激励する声が聞こえた気がして、稀人は反射的に背後の墓標を振り返った。

無論、そこには花で飾られた墓石があるだけである。

「どうかした？」

怪訝そうな緋雪の言葉に、そのままゆるゆると頭を振る稀人。

「いえ、なんでもありません」

「そうかい。なんか私はいま、アンジェリカの『しっかりして！』って声が聞こえた気がしたよ」

軽く肩をすくめる緋雪。

驚いて振り返った稀人は、ゆっくりと……満足げに頷いた。

「ええ。俺にも聞こえました」

「そう。——なら、しっかり頑張るしかないね」

「そうですね」

微笑み合いながら、緋雪と稀人は迷いのない足取りで『墓地《セメタリー》』をあとにした。


「いまさらだけど、なんで君たちがここにいるわけ？」

ほかの冒険者と一緒になって、『転移門《テレポーター》』の発着場で避難民の誘導をしていたジョーイとフィオレを見かけたボクは、ふたりが一休みしたのを確認してさりげなく人気《ひとけ》のない区画へと誘った。

「なんでって言われても、仕事だからとしか言えねーぞ」

ゴハンを奢るから、との言葉にホイホイついてきたジョーイが、目を瞬かせて首を捻る。

フィオレのほうは周囲の殺気だった雰囲気と、親衛隊をずらりと引き連れたボクに気圧されたのか、遠慮してこっちに近付いてこない。隅のほうで、渡したサンドウィッチと飲み物をちびちび口に運びながら、たまに気遣わしげな視線を投げてくる。

「仕事って？」

「『転移門《テレポーター》』とか『転移魔法陣《シフトポーター》』とか回って、避難する人を誘導したり、無理やりここに逃げようとする人を押さえたりとかかな。ほら、俺って意外とあっちこっちの場所を回ってるだろう？　だから適任だってガルテ先生に言われて、あとここにいるのはなんかアーラに住む孤児院の子供を避難させる引率とかで、有耶無耶《うやむや》のうちに……ってところか？　けど、いつ戻ればいいのか指示が来なくて」

ああ、なるほど。ガルテギルド長が気を利かせたわけか。

イマイチ理解していない風のジョーイのとぼけた顔を見て、ボクは大いに納得して頷いた。多分、このままずっと指示は来なくてジョーイとフィオレは空中庭園に残されるのだろう。ほっといたら絶対に地上に残って最後まで冒険者として働くのが目に見えているからね。

「……まったく。君は変わらないねぇ。よくも悪くも」

「――なんか馬鹿にされてる気がするけど、そんなことないからな。ヒユキに会ったときに比べれば、一人前の仕事もできるようになったし、そこそこ稼げて俺ひとり……じゃなくて、もうひとりかふたりくらいは養っていける余裕もあるし！」

ムキになって甲斐性のあるところをアピールするジョーイ。

「そーいうことは、将来のお嫁さんにでも言うもんだよ」

ちらりとフィオレに視線を送るボクを無視して、ジョーイがまくし立てる。

「だから、お前に言ってるんだろうっ！」

「………」

――あれ？　もしかして、いまプロポーズされてる？

「……ジョーイ、君、疲れているんだよ」

労りを込めて肩を叩いてあげた。その手がギュッと握られた。

「俺はずっとヒユキのことが好きだった！　ヒユキは俺のこと嫌いか？」

「いや、好きだけど。それはあくまで友人としてだよ。――そもそも、私は男性相手に恋愛感情とか持たないし」

「なんで？」

なぜと言われてもねえ。う～～む、思春期の少年が好きな女の子――当事者がボクな段階で問題ありまくりだけれど、ストライクは人それぞれなので――に告白をしている事例なわけだし、これを一笑に付すのは気の毒だ。ちょっとだけ話してもいいかな……。

「そうだね。たとえばの話だけれど、君は転生って信じる？」

「？　アンデッドにでもならない限り、死んだあと生まれ変わるのは当たり前だろう？」

あ、いきなり前提の部分で躓《つまず》いた。そーか、この世界では死生観が違うのか。

「……いや、まあそうなんだけれどね。もしも転生した人が前世の記憶を持っていたとして」

「ああ、たまに聞くな」

あるんか⁉

「その相手が現在は女の子だけど、もし前世が男性で、仮にその記憶を持っていたら男を好きになると思う？　というか、君が好きになった相手がそうだったら、そんな相手に恋愛感情が持てる？」

ほとんど暴露したも同然で、これでジョーイとの関係がギクシャクしても、それはそれで仕方がないと開き直った。仮にも好きだと言ってくれた相手を騙すのはフェアじゃないと思えたから。

案の定、難しい顔で考え込むジョーイ。

そうだよね。彼の嗜好はノーマルだし、この事実を知ったいま、当然ボクのことは生理的に――。

「わかんねーな。俺はヒユキのこと好きだ。綺麗だし、柔らかいし、いい匂いがするし、意地っ張りで、変なところも全部好きだ。だから前世がどーのこーの言われても、いまの『ヒユキ』っていうお前しか知らないから想像もできないし、そんな理由で好きになっちゃ駄目だとか言われても納得できない。俺がお前のこと好きになるのはおかしいのか？」

思考を転がすことをあっさり放棄したジョーイが、心底不思議そうにボクの目を覗き込んだ。

単純というか、徹底的に即物的な疑問をぶつけられたボクは、一瞬呆気に取られて……続いて猛烈な笑いの発作に見舞われた。

「ぷっ――ぷぷぷ、あはははははははははははっ‼」

まったく。相変わらずわかりやすくて、そしていつも予想外の答えをくれるね。というか、なにげに性格に関してはディスられてる気がするけど……のび、ジョーイのくせに生意気な。

「なんだよ。俺は真面目に訊いてるんだぞ？」

口をへの字に曲げるジョーイ。

「ごめんごめん。別に馬鹿にしたわけじゃないよ。なんてゆーか、ほんと自分で自分のことを理解してなかったのを実感しただけだよ。――そうだね、私はほかの誰でもない『緋雪』だったんだよね」

「？？？　当たり前だろう？」

「そうだね。一目瞭然の当たり前だね」

肩を震わせ、笑いすぎて目元に浮かんだ涙を拭いながら、ボクは何度も頷いた。

「なら、『緋雪』としてできることをしないと」

ひとつの決心を固めて、ボクはジョーイの頓馬《とんま》な顔を見直した。

❋万白一紅

相変わらず『虚霧』は視界のほぼすべてを占有し、こぼれたジュースがテーブルクロスに染み渡るように、僅かに残った大地をじわじわと侵食していた。

「――ふむ？」

とりあえず魔導人形を使ったときと同じように、歩いてその境界線へと向かう。勿論今度は生身だけど。

で、同じく十メルトほど手前で立ち止まり、ボクは左手を前に伸ばしながら呼びかけた。

「薔薇の棘《ソーン・オープン》」

キーワードを唱えると、左手装備《薔薇なる鋼鉄《アイゼンネ・ユングフラウ》》の表面に巻き付いている薔薇の蔦が解放され、数本の鞭となって地面に広がる。

「よっ――と！」

手首のスナップだけでそれを『虚霧』へと向かって振るう。

ただの霧を相手にしているかのように、なんの手応えもなく吸い込まれた――それを素早く手元に引き戻したけれど、案の定、霧に突入した部分が綺麗に削ぎ落とされていた。

「やっぱり、レベル九十九装備でもほぼ瞬殺だね。本当に大丈夫なのかな……？」

不安半分……どころか九分九厘の心持ちで首を捻りながら、蒼神が寄越した『通行証』を掲げて、『虚霧』へともう何歩か近付いてみた。

「……」

緊張から生唾を呑み込み、あと三～四メルトほどで触れる――と思った瞬間、『通行証』から青い閃光《ブルー・フラッシュ》が迸り、ボクの体を包み込む泡のような丸い光の膜が形成され、

「ぐおっ……‼」

「‼」

「あ痛《イタ》――っ！」

「――くっ」

従魔合身していた天涯、影の中に潜んでいた刻耀、『隠身《ステルス》』で姿を消してストーキングしていた影郎さん、空気中の水分と見分けのつかないレベルでまとわり付いていた七禍星獣のナンバーゼロ・零璃《あまり》の四名が、一斉に膜の外へと押しやられた。

「と、とととと。――皆、大丈夫⁈」

慌てて何歩か後退すると、光の膜がシャボン玉みたいに消えた。

「大丈夫です。いきなり弾き飛ばされた衝撃に戸惑っただけです」

黄金龍形態《ナーガ・ラージャ》の天涯が、一声咆えて普段の人間形態になると、軽く全身に付いた土埃を払いながら一礼した。

「――にしても、自分の『隠身《ステルス》』はともかく、従魔合身も無効ですか。これは厳しいですな」

影郎さんも珍しく渋い顔だ。

「やはり駄目でしたか。どうやらどのような手段を用いようとも、姫様以外はフィルタリングされ

るようですな」

悪い結果が出るには出たけれど、予想していたという口調で周参が淡々と分析する。それから、ネイティブ・アメリカンの衣装を纏った半人半蜘蛛の十三魔将軍《蜘蛛女神《コクヤングティ》》始織《しおり》に視線を巡らす。

「姫様に付けた〝糸〟のほうはいかがですかな？」

「防御膜の展開と同時にすべて消滅いたしました」

申し訳なさそうに頭を下げる始織。

「――結局、私以外はお呼びじゃないってわけね」

あからさますぎる罠だねぇ。

「やはり反対です！　このような姑息かつ悪辣な仕かけを施す輩が待ち構える場所へ、姫がおひとりで行かれるなど到底容認できません‼」

「そうだなあ。ただでさえアイツは緋雪さんに異常な執着を見せてたんだ、文字通り鴨葱もいいところだ。やめておいたほうがいい」

「そーよ！　アイツがどんだけ変態で異常でキモイか教えてあげたでしょう！　女の子になってから日が浅いからピンとこないかも知れないけど、変質者から体と心に刻まれる傷は、そりゃもう一生拭い去れない痛みなのよ！」

「逃げましょう、お嬢さん。世界の果てまでも。なに、自分の稼ぎでお嬢さんひとりくらいは食わせていけます」

この結果を受けて、天涯、らぽっくさん、タメゴローさん、影郎さんが口々に蒼神との直接対決を思い止まるよう進言し、詰め寄ってきた。

あと、影郎さんがドサクサ紛れにボクの手を取って、そのまま駆け落ちしようとしたけど、稀人や、凱陣《がいじん》、琥珀、ジョーイそのほかも一緒になった一団に取り囲まれて、タコ殴りにされていた。

「てめーっ、この野郎、オレたち非公認ファンクラブの前で抜け駆けしようなんざ、いい度胸だ！」

「死ね、このボケっ‼」

「おおおおぅ！　なんかドサクサ紛れに関係ない奴まで参加してるんと違《ちゃ》いますか⁈」

……とりあえず、見なかったことにして話を進める。

「まあ、私としても率先して関わり合いになりたい相手ではないんだけどさ」

というか、知らずに済んでいれば、無視したものを……。

「相手のほうから喧嘩を売ってくるんだからね。やり返さないわけにはいかないでしょう」

「ですが、いささか不利な状況かと……」

普段であればけして口にしない気弱な発言が出てくるということは、天涯も勝ち目がないのはわかっているんだろうね。

まあ、客観的に考えて有利な要素がなーんにもないからねえ。

なにしろ相手は一切の攻撃を受け付けないうえに、GMの持つ最強武器まで持っていて、なおかつこちらは身ひとつで敵地《アウェー》での対戦。ぶっちゃけ幼稚園児に、目隠ししてパンチ一発でボクシングのヘビー級チャンピオンを倒せっていうくらいか、それ以上の無茶振りだろうね。

「まあ結果がどうなるかはわからないけど、だからといって目を閉じて、家に閉じ籠もっているってのも業腹だしね。一発くらいぶん殴らないと気が済まないからさ。それに第一、空中庭園にいれば安全なんて保証もないしね」

軽く肩をすくめて付け加える。

多分、蒼神が本気になれば、空中庭園も危ないんじゃないかな。いまのところは生殺しで、じわじわボクを追い立てている段階だけど。この世界が『虚霧』に覆われた次は、直接乗り込んでくる公算が高い気がするよ。

そのボクの言葉に制裁の手を休めた稀人が、懐かしげな表情で相槌を入れてきた。

「変わらないですねえ、姫様。俺のときもそれでやり合ったんでしたっけ」

「そーいうこと。いちいち先のことを気にして、なにもしないのは私の流儀に反するからね。間違っているかも知れないし、後悔するかも知れないけれどね。でも、やっぱり逃げ回るのは嫌だからね。だから自分らしくいくことにしたのさ」

結局は我儘だとわかっている。こういえば皆、納得はできないまでも止めることができないのも承知だ。だから、

「――ごめんね」

そう言うしかなかった。

「……お嬢さん、それはかける言葉が違《ちゃ》いますわ」

いつの間に復活したのか、影郎さんがけろりとした顔で人差し指を振った。それからその指で、周囲を取り囲む、ボクを心配して見送りに来てくれた面々を指差した。

円卓の魔将——四凶天王。十三魔将軍。七禍星獣。

親衛隊長・榊《さかき》をはじめとした、親衛隊の面々。

強引についてきた、凱陣、琥珀、それに《スフィンクス》の輝夜《かぐや》とその子で転移魔法の使える震《しん》夜《や》親子。そして、たくさんの空中庭園の仲間たち。

眷属の稀人や、まだ本調子でないらぽっくさん、タメゴローさんも駆けつけてくれている。

この世界で最初に出会った友人であるジョーイと、その仲間で友人のフィオレ。

忙しい合間を縫って見送りに来てくれたオリアーナ皇女と、次期獣王たるレヴァンと獣人族の巫女アスミナ。

そして、まだ各地で戦っているであろう、コラード国王夫妻や、獣王たち。

さらに、ここまで命のバトンを繋いで亡くなった多くの人たち。

……ああ、そうだね。結局、ボクはいつの間にか彼らが傍にいて過ごすこの時間が、かけがえのない宝物になっていたんだね。

素直にそれを認めたときに、胸の奥にストンと気持ちが落ちてきて、謝罪じゃない、言うべき言葉が自然と口からこぼれていた。

「ありがとう。皆のお陰で、皆に守られて、私は〝私〟としてここに生きてこられたと思う。だから、今度は私が皆を守る番だよ。本当にありがとう。私は、皆のことを本当に大好きだよっ！」

彼ら全員を抱擁できないのを本当に残念に思いながら、ボクは両手を精一杯に広げ、その場にいた全員に、心からの笑みを送る。最後に一礼をして、間近に迫っていた『虚霧』へと向き直った。

「それじゃあ、行ってくるよ。あとのことはお願いね、影郎さん」

「はいはい、お嬢さん。なるべく早く帰ってきてくださいな」

傍らに立っていた影郎さんが、おどけた様子でボクを気軽に送り出してくれた。

「そうだね。相手の都合もあるからなんとも言えないけど。——なるべく、ご期待に沿えるよう頑張るよ」

そう答えて軽く肩をすくめ、念のため、収納スペース《インベントリ》から《薔薇の罪人《ジル・ド・レエ》》を取り出しておく。中で出せませんでした……じゃあ洒落にならないからねぇ。

まあ、話に聞いた限りでは、らぽっくさんの《絶《ぜつ》》でも勝負にならなかったらしいので、あれより劣るこの子じゃ勝てるわけもないけど、蟷螂の斧でもないよりはマシだからね。第一、この子も苦楽をともにした相棒だから、感傷だけど最後まで一緒に戦いたいし（ちなみに、ほかの装備はすでに決戦用本気装備に着替え済み）。

右手に《薔薇の罪人《ジル・ド・レエ》》、左手に『通行証』を持ったまま、ボクが『虚霧』へ近付くと、再び全身が青い光の膜に覆われた。

さらにもう一歩近付くと、まるで見えない手で紗幕を開くかのように、『虚霧』が押し退けられ白くて細い道ができた。

恐る恐るその道へ足を一歩のせる。

「……………」

特に体に変化がないのを確認して、半透明の膜越しに背後を振り返り、安全をアピールするため

に片手を挙げ、さらにもう一歩、もう一歩と歩みを進めてみた。


緋雪の姿が完全に『虚霧』の中へと消えるのに併せて、その進行上に発生していた道も消えた。

その場に集まった全員が、その後ろ姿が消えたあたりを注視したまま、身動《みじろ》ぎひとつせずにその場に留まっていた。

「……どうする気じゃ、天涯。このあとは？」

大きなため息をついた口元を扇で隠した空穂が、その場に根を生やしたかのようにじっと佇む天涯を横目に見た。

「無論、姫がお帰りになるまでこの場で待つのみだ」

「待つといっても、『虚霧』は相変わらず拡大しているので、場所を移動する必要がありますね」

梃子《てこ》でも動きそうにない天涯に、命都が柔らかく言い添える。

「私はここに残る。お前たちは避難しろ」

聞く耳を持たない天涯の様子に、空穂がため息をついた。

「……やれやれ、まるで駄々っ子じゃな。そんなことをしてもなんにもならぬぞ。しゃんとせぬか。姫様のご不在の間、空中庭園を守るのはお主の役割であろうが！」

「わかっている……わかってはいる……だが、なんだ、この無力感は……」

空穂の叱責を受けて、普段であればいきり立つ彼が、力なく俯いた。

これには口に出した空穂も命都も驚いたようで、顔を見合わせ……継いでかける言葉が見付からず、どちらともなく無言になった。

しばし、沈黙が支配したその場に、不意に朗々としたテノールの美声が響いた。

「姫様は我々に守られていたと言ったが、それは間違いだったということだ。この一年近く、そして暗黒の百年、さらにそれ以前の戦いの日々も、我々はいつでも守られていたのだ。姫様のあの手、あの笑顔があれば、我らは恐れるものはなかった。どんな危険な道でも、どんな暗闇でも、姫様は我らを導いてくれたからだ。だから天涯よ、皆よ、恥じることはない。ただ、いまは少しだけ自分の足で歩いて、今度はこちらからあの手を、笑顔を見つければよいのだから」

はっと胸を突かれた面持ちで、天涯たち四凶天王三人の視線が、美声の主――四凶天王の刻耀を見詰めた。

「……そうか。そうであったな。自分を見失うところであった、礼を言うぞ、刻耀」

そう言って右手を差し出す天涯。その手が、パンと音を立てて刻耀の右手と打ち合わされた。

「今後は交代制で姫の帰還をお待ちするために、このポイントを維持したまま『虚霧』の監視を執り行う。とりあえず今日のところは四凶天王からは刻耀、十三魔将軍は真珠《しず》と那智《なち》、七禍星獣は周参を残して、全員、空中庭園へ帰還せよ。戻り次第、今後の予定を決定するために円卓会議を開催する。なお、現地の指揮は周参に一任する。――以上、なにか質問などはあるか？」

その言葉に誰も反応しなかった。というか、その場にいた全員の視線がただ一点――刻耀に向けられていた。

この瞬間、四凶天王以外、驚愕の表情を浮かべた全員の脳裏に浮かんだ感想はただひとつ。

『――刻耀《こいつ》、喋ることができたのか⁉』

これだけだった。

❖❖❖

「……ホント、わけがわからないねぇ」

『オズの魔法使い』に出てくる『黄色いレンガ道』ならぬ、白い霧の細道を延々《テクテク》と歩いてきたわけだけど、いつの間にか周囲の様子が変わっているのに気付いて、一度足を止めて改めて状態を確認してみた。

歩いてきた足元の道――薄闇である『虚霧』の中、見るからに頼りない光る白い道がどこまでも延びている。境界線が若干曖昧だけど、幅は大人の肩幅くらいで、踏み心地はゴムのタイヤを連想させる硬さと弾力だ。

視覚的には、上下左右とも果てが見えない霧の中に細い道が架かっている感じなので、高所恐怖症の人間だったら、おそらく最初に足がすくんで身動きができないだろう。

この道から足を踏み外したらどうなるか、と若干興味が湧いたけれど、この期に及んで命がけでトライアル&エラーを行うほど酔狂ではないし、どうにもろくな結果が待ってそうにないので、そうした好奇心には蓋をすることにして、着実に道を外れないように前に進むことに神経を集中した……んだけれど。ようやく周囲の景観に変化が訪れた。

ま、『虚霧』の中はそもそも時間感覚が完全に狂っているそうなので、正確な時間は不明なんだけど、体感的には四～五時間ってところだろうか。

影郎さんが前に話していたけど、拷問のひとつに暗闇・無音・無反響の部屋に入れるというものがあるらしい。そうすると精神に過大なストレスがかかって、どんな人間でも廃人になるっていうけど、これほど長時間放置されて、よく取り乱すことなく平静でいられたもんだと、我ながら自分の図太さに感心してしまった。

まあ単純に感覚が麻痺していたのかも知れないけれど。

とにもかくにもここにきて周囲の状況に変化が生じたことで、スリープモードだった意識が通常に復帰した……って感じだった。

見れば霧の一部が変化して、かなりの速度でこの道の周囲をぐるぐる飛び回っている。

フラクタル状のそれらは意味や法則がありそうでないものばかりで、あえて形を認識しやすいものを探せば、回転する渦巻や、半透明のスライムのようなもの、くねくねと直角に曲がりながら飛び回る大蛇、互いに喰らい合いながら膨らむ丸い風船、羽を広げた巨大な蝶、回転する円盤群、あちこちに乱舞する炎の塊のようなもの……。

「幻影なのか実体なのか、区別がつかないけど、いちおう実体と心得ていたほうが安全だろうね」

右手に握った愛剣《薔薇の罪人《ジル・ド・レエ》》を振り回すのに――いちおう片手でも取り回しはできるけれど、

分類上は両手剣のカテゴリーなんだよね――邪魔になりそうな、左手に握ったままの『通行証』を、恐る恐るポケットにしまう。

幸い剥き身でなくても効果がなくなることはなく、淡い光の膜はボクを中心に『虚霧』を弾いてくれた。

「――さて、鬼が出るか蛇が出るか」

呟きながら《薔薇の罪人《ジル・ド・レエ》》を右手で一振りして、慎重に足を進める。

と、まるでそれを待っていたかのように、不意に横手から霧でできた二メルトほどもある出目金のような魚が飛び出してきて、あっさりと光の膜を通過してぶつかってきた。

反射的にこれを斬りつけると、手応えもなくすっぱりと二枚に下ろされ、片方の半身は悠々と目前を、もう片方は勢いあまってボクの体と半ば重なる形で通り過ぎていった。

――ちなみに、後ろ暗くないことは、なにかしたんでしょうか？

――トップスリーか……ナンバーワンになれなかったところが残念というか。

「――っ?!」

その瞬間、いつかどこかで見て感じた光景が、ありありと目の前に広がって、すぐに消えた。

「……いまのはアスミナと兄丸さん？　なんだったんだろう……幻覚？」

それにしては随分と生々しかったけど。

「というか、このわけのわからない連中が幻影なのか、実体なのかは不明だけど、どーにも実害がありそうだねぇ」

その場に棒立ちになって考え込んだところへ、螺旋状に飛び回る甲虫と青虫をかけ合わせたみたいな気持ち悪い虫や、巨大な目玉の怪物、光るスライムなどが次々と襲いかかってきた。

奇怪な怪物は細い道の上で躱せるだけ躱して、どうしても捌ききれないものは、迎撃することにする。

「……リンクするね。魔法はマズイか」

先手必勝で、距離のあるうちに魔法で撃墜しようとしたところ、それまで無関心にふよふよ漂っていた、周囲の霧の怪物たちが雪崩《なだれ》を打ってこちらに迫ってきた。

舌打ちして物理的な斬撃に切り替えると、多少は穏やかになったので、以後はひたすら斬り捌くことだけに集中する。

――なんだそりゃ、オンナの勘って奴か？

――馬鹿ですか、あなたは⁉

――しょうがないにゃあ。

――ちょっと待った。寝てる私にどうやって飲ませたわけ？

霧の怪物を切り裂き、その飛沫が体にかかるたびに、在りし日の出来事が、目の前でありありと再現される。

いまのところ、ほとんど一瞬なのでさほど影響はないけれど、たとえばこれ、丸ごと正面から衝突した場合、どれだけの実害があるんだろうね。

この魔物に対しては蒼神の防御膜も効果がないみたいだし、ずっとこの状態が続けば、なにしろ細い道だから、そのうち集中力が切れるか、幻惑に囚われてしまくじる危険性がある。

とはいえその場に踏み止まれば、襲ってくださいと言うようなものだし、いまさら来た道を引き返すわけにもいかない。だいたい戻っても帰り道があるかどうか。

結局は躱せるだけ躱して前に進むしかない。そう覚悟を決めて、ボクは慎重に足を進めたのだった。


どのくらい進んだのだろうか。とっくに体感時間すら不明瞭になっていたボクの前に、巨大なクマに似た奇抜なケモノが立ち塞がっていた。

できれば回避していきたいところだけれど、なにしろこいつは道の先にでんと待ち構えているんだから、無視していくわけにもいかない。

で、さらに周囲を燕のような羽を持った蛇のようなモノが、見た感じ百羽くらい飛び回っている。

このためクマ相手にこの距離から魔法で攻撃した場合には、周りの飛蛇が一斉にリンクする危険性が高いわけで、そうなった場合は目も当てられない。

確実に斃すには、やはりこの手の剣で斬り捨てるしかないわけだね……。

ボクはしぶしぶと、道を塞ぐ三メルトほどもあるソレ——羽織を着てトランペットと太鼓を叩いた、他人の格好のことはどうこう言えないけど、ほぼ傾奇者《かぶきもの》なテディベアに向かって剣を構えた。

「はあ……。こりゃ、くまったねぇ」

つぶらな瞳に大いにやる気を殺がれながらも、ずんどこ近寄ってくるクマ目がけて、唐竹割りの要領で頭上に構えた剣を真下まで振り下ろして、真っ二つにする。

ほかの魔物同様、手応えのないままふたつになったクマだけど、知らない間に手心が加わっていたのか、ギリギリ背中の皮一枚で繋がっていたそれが、無理やり自分の体を抱きかかえるようにして、一塊のままボクへと正面衝突してきた。

「しまった！」

咄嗟にボクは右手の《薔薇の罪人《ジル・ド・レエ》》を再度一振りするのと同時に、細い光の小道の上から落ちないように、その場に片手片膝をついて蹲った。


――くそッ。また失敗か。なぜだ、なぜいつも滅びに向かう⁉　なぜ人間はこんなにも愚かなんだ！


くらりと意識がフェードアウトしたのも一瞬――誰かの血を吐くような慟哭が聞こえた気がして――はっと我に返ったボクが、慌てて周囲を警戒しながら見回してみれば、相変わらず『虚霧』の真っ直中にいて、片膝をついて《薔薇の罪人《ジル・ド・レエ》》を支えに、光る小道の上に蹲った姿勢のままだった。

「……う～～む。特に実害はなかったみたいだけれど、なんだったんだろう？　まあ、意識のないうちに道から転げ落ちなかったのが幸いかな」

イマイチ納得できないけれど、とりあえずはポジティブに考えることにして立ち上がった。

すると、さっき最初にクマが立っていたあたりに、今度は木製の扉が立っているのが見えた。

一見するとマホガニーの扉で、真鍮製のドアノブも付いている。

ただしなにもない進路上にポツンと扉だけが立っている様子は、まるで……。

「どこ○もドア？」

某有名な秘密道具を連想しながら扉の前に立つ。

「――どー考えても罠だろうねぇ」

とはいえ、これを通らないとこのクエストは消化できないのは確かなので、ボクは警戒しながら扉を開けた。

❖❖❖

そこは一面に花が咲き乱れる野原だった。
太陽は柔らかな光を放ち、空気は適度な湿り気を帯び、気温は春の陽気で過ごしやすく、このまま
この場に寝転がって昼寝をできたら最高だろうと思える、平和を絵に描いたような光景が目の前に広がっていた。
「これはまた判断に迷う景色だねぇ。幻覚なのか、どこかに移動したのか？」

念のために振り返ってみれば、案の定、通り抜けてきた扉はなくなっている。

もしもまだあの『虚霧』の中の道にいるんだったら、ここで不用意に足を踏み出すと、現実には真っ逆さまに転落する危険があるわけだけれど――。

どうしたもんかと悩んでいたところへ、不意に背後から少年のものらしい怪訝そうな声がかけられた。

「なあ、お前なにやってんだ、こんなところで？」

見れば十五歳くらいの平凡な顔立ちをした少年が立っていた。気のせいかどこかのDランク冒険者に面影が似ているような気がする。いや、どこかで彼には会ったことがあるような……。

「――誰、君？　幻覚かモンスターの擬態？」

「なんだそりゃ？　いや、『誰』とか俺が聞きたいんだけどさ」

困惑と不審が交じり合った顔で、こちらに近付いてくる少年。

着ているものは簡素なシャツとズボン、それにベストだけれど小奇麗で不潔感はない。腰に中型剣《ミドルソード》を佩いているところを見ると剣士なのだろうか？

同時に、ボクはあることに気が付いて周囲を見回し、ソレを確認して密かにため息をついた。

「言っとくけど俺は怪しい者じゃないからな。ファクシミレに住む〝なんでも屋〟だ」

悪意はないという風に両手を挙げて自己紹介を始める少年。

「ファクシミレ？　イーオンの聖都ファクシミレのこと？」

『なんでも屋』とか気になる単語があったけれど、それよりも重要なヒントに思わず少年へと詰め寄った。

「イーオン……って、なんだそりゃ？　聖都ファクシミレは間違いないけど、イーオンなんて名前は知らないな。ここの国名は『千年神国《ミレニアム》』だし」

首を捻りながら、少年は胸ポケットから金属製のプレートを取り出して、表面をこちらへ見せてくれた。

「千年神国《ミレニアム》国民証。ジョニー・ランド。聖暦二一〇八年生まれ、十五歳。ファクシミレB級市民。職業自由業」

「基本的に神官以外は自由業になるんだ」

声に出して読み進めるボクに、ジョニーがフォローしてくれた。

「聖教徒レベルF。カルマ値プラス六十三。特記事項なし。……そういえば漢字使ってるんだね」

「カンジ？『神聖真字《しんせいまな》』のことか？　聖典の原本とか、神官が普通に使うけど」

「デジャブを感じるよ。なんか間違い探しをしている気分だねぇ」

思わずため息が漏れる。

とりあえずわかったのは、この世界にも聖教があって暦では今年が二千百八＋《プラス》十五の聖暦二一二三年なこと、そしてどうやら――。

「なあ、お前ってどう見ても外国人だろう？　ひょっとして迷子かなにかか？　困っているようなら、俺の『ウォークラダー』で聖都まで案内してやるけど」

どーにもまだクエストが続いているらしいんだよねぇ。

❋千年神都

踏み締めた大地の感覚はある。

暖かな日差し、風のそよぎ、小鳥のさえずり、花々の甘い匂いも周囲に充満している。

まるで『虚霧』なんてものは幻想で、大陸では平和な世界がいまも変わらずに続いているような、そんな錯覚に陥りそうなうららかな光景が、周囲を高速で流れていた。

「……考えてみたら、君にお礼をしようにも、この地の貨幣を持っていないんだけど」

『ウォークラダー』という、二足歩行のバイクみたいな魔法機械の後部シートに両膝を揃えて腰を下ろし、落ちないように両手でジョニーの肩に掴まった姿勢で、その背中へ話しかけた。

「いや、別に金なんていらないぜ。単に俺のお節介だからな」

ハンドルは付いているけどほとんどお飾りで、中央にある制御球《オーブ》に『神通力《メギン》』（多分、魔力と同じものだろう）を流して操作しているというジョニーから、気楽な答えが返ってきた。

それにしてもあれだね。この魔法機械に限らず、似たような乗り物が行き来している道路も普通に舗装されているし、タンデムするにあたりボクが邪魔になりそうな《薔薇の罪人《ジル・ド・レエ》》と背中の《薔薇色の幸運《ラ・ヴィ・アン・ローズ》》を、魔道具《マジックアイテム》である腰のポシェットにしまっても、特に驚いた様子もないところを見ると、少なくとも魔法文明のレベルは、『大陸』よりも随分と進歩しているように思える。

どういう下心があるのか罠なのか本心なのかは不明だけれど、ジョニーに聖都ファクシミレへ送ってもらうついでに、ダメモトで街の案内を頼んだところ、あっさりと二つ返事で了解してくれた。

「ふーん……失礼だけど、『なんでも屋』って、そんなに儲かる商売なの？」

「本当に失礼だなぁ。いや、まあ趣味みたいなものだから、儲けにはならないけど。――けど別に儲かるとかなんとかじゃなくて、なんでもいいから善行を積まないと『カルマ値』が上がらないだろう？」

「カルマ値ってなに？」

そういえばさっき見せてもらった『国民証』にそんな項目が書いてあったね。

「……そこから説明しないと駄目か」

ため息をつくジョニー。

で、道々に説明を受けた内容を要約すると――。

千年神国《ミレニアム》の国民は、生まれたときに洗礼を受ける。

それに併せて『国民証』が発行される。

国民は全員が聖教信徒であり、これによって管理・保護される。

基本的に身分の上下はないが、聖職者はA級市民として一般市民であるB級以下の国民を指導・監督する権利と義務がある。

『カルマ値』は個人が日常どれほど善行・悪行を積んだかで自動的に計上され（常に神が見ているとのこと）、数値が高いほど神の御許に近い信者とされ尊敬・優遇される。

ということらしい。ちなみにポイントがマイナスになると、罰則規定《ペナルティ》が適用され、軽微な場合はプラスになるまで奉仕活動が義務付けられ、殺人などの重罪を犯した場合には、『終わりなき魂の修道院』という施設に収監され、魂を浄化されるらしい。もっともそんな人間は滅多にいないので、詳細は不明とのこと。

それと、千年神国《ミレニアム》以外には、ほとんど文明国はないみたいで、ジョニーもボクがどこから来たのか不思議に思って訊いてきたけれど、こっちもよくわからないので曖昧に答えるしかなかった。

まあ、普通だったら絶対不審者扱いされるところだろうけど、

「これもきっと、蒼神様のお導きだろう」

と最終的に自分で口に出したそれで納得してしまうんだから、人がいいというか無用心というか……判断に迷うところだね。

◆◆◆

ほどなくたどり着いた聖都ファクシミレの景観に、ボクは目を細めた。

あちらの世界の聖都へは、パーレンとのゴタゴタの際に上空を通過したくらいで、直接行ったことはなかったけれど……一見しただけでも、こちらの世界の聖都はあちらとは明らかに違っているのがわかった。

見たこともない、継ぎ目のない螺鈿細工のような華美な壁で造られた建築物が立ち並び、建物と建物の間には優美な立体橋が架かっている。

大通りなど交差する場所は空中の広場のようになり、鮮やかな草花や緑が植えられていた。

道もすべて整理されていて、ジョニーの乗る『ウォークラダー』に似た二足歩行の魔法機械のほか、円形のタイヤの付いた自動車みたいなものが盛んに行き来している。

通行人は見た感じ人間族ばかりで、獣人族やエルフ、ドワーフのような亜人は見当たらない。

着ている服装は以前の大陸とさほど変わらないけれど、武装している人間の数は圧倒的に少ない。

さらに羽ばたきの音に上を見てみると、昆虫の羽のように震動する翼を持った個人用の飛行機械が、建物の間をスイスイと飛行している。

「立派な都だねぇ」

ボクの感想にジョニーが我が事のように胸を張った。

「そうだろう。すべて蒼神様のお陰だ」

そう言って指差す先には、周囲に林立する背の高い建物と比較するのも馬鹿馬鹿しい、まさに天を衝くような巨大な青い塔が仰ぎ見える。

「もしかして【蒼き神の塔】？」

「おっ、さすがに知ってたか⁉　そうさ。蒼神様がいらっしゃるこの世界の中心だ！」

「――ふ～～ん。そうなんだ」

なるほどねえ。やはり蒼神の意図が働いているわけだね。

そんなことを話しながら、街の一角――多分、駐車場――に『ウォークラダー』を停めたジョニーの案内に従って、適当に街の中を散策してみた。

――妙に活気がないねぇ。

というのが、ぱっと浮かんだ感想だった。

街は繁栄しているし人も大勢いる。行き交う街の人々の表情は柔和で栄養状態もよさそう……なのに、なぜかボクの目には帝都アルゼンタムや首都アーラ、いや辺境の僻村である獅子族の移動集落よりも活気がないように映った。

「そういえば腹減ってないか？　近くに美味い飯屋があるんだけど、一緒に行こうぜ。奢るから」

「――そうだね。では、お言葉に甘えてご馳走になるよ」

特にお腹が空いているわけじゃないけど、そのお誘いにのることにした。

こうして外から眺めているだけじゃわからないことも、じかに接すればなにかわかるかも知れないからね。

食堂に入るとお昼どきらしく結構人が入っていた。

「いらっしゃーい。悪いけど混んでいるから相席になるんだけど、いいですか？」

「しょうがないな。――どうする緋雪？」

「私なら構わないよ」

女給さんに案内された八人掛けのテーブル席には、先客で四～五人の男性がいて、お酒こそ入っていないものの「蒼神様が」「さすがは蒼神だ」と盛り上がっていた。

「こんにちは。この街には初めて来たんですけど、皆さん楽しそうですね」

なるべく気軽な様子で、お喋りと食事に興じている男たちに近付いて挨拶をしてみた。

「おっ、嬢ちゃんえらい別嬪さんだな。どこから来たんだい？」

「見たことのない格好だな。ひょっとして他国人なのかな」

「巡礼かい？　若いのに偉いな」

「ああ、遠慮しないで座りな。聖都の飯は美味いぞ」

「それじゃあ、失礼します」

カルマ値の影響なのか、もとから人がいいのかはわからないけれど、ジョニー同様、ほとんど詮索することなく、あっさりと余所者を受け入れてくれる警戒心のなさに、もとの世界の鎖国制度をとり異教徒と人間種以外を徹底的に弾圧・排斥している聖王国とその国民とを比較して、内心複雑な気持ちになりながらも、表面上はにこやかに席に着いた。ジョニーも一言挨拶して隣に座る。

「たいした幸せっぷりだねぇ」

遠慮したんだけど、半ば強引にあれやこれや同席した彼らにご馳走になり、他愛のない世間話に花を咲かせたボクだけど、適当なところで切り上げて、ジョニーと一緒にお店を出た。

「ああ、ここは蒼神様のご加護があるからな」

歩きながらなんの疑問もなく同意するジョニーの態度と、さっきまで同席していた食堂の男たちの会話とで、なんとなくこの街全体に感じていた倦怠感の正体が掴めた気がした。

彼らの話はほとんどが蒼神に対する賞賛だった。

「蒼神様がいらっしゃれば安泰だ」

「蒼神様に間違いはない。俺たち聖徒はそれに従うのみだ」

「飢饉？　疫病？　災害？　そんなものは他国の話だろう」

「不幸なんて起こるわけがない。なにしろ蒼神様がここにいらっしゃるんだからな」

そして、最後に口を揃えて言う。

『蒼神様がいらっしゃる限り、この国は安泰だ。そして現世で善行を積めば、死後の世界でも永遠が約束される』

それが当然であるかのように平和を享受している彼らの様子に、辟易して店から退出したというのが正直なところだ。

「——あっちと違って、こっちでは善良な神様っぷりを発揮してるみたいだけど……極端なんだよね。匙加減を完全に間違えてるよ」

「間違えてるって、蒼神様のことか？」

微かな呟きを聞きとがめたらしい、ジョニーが疑問と不快の交じった表情になった。

聞こえたんなら仕方ない。

開き直って、ボクは思ったことを口に出した。

「わからないかな？　この都市に住む人間の活気のなさ、街全体に立ち籠める黄昏のような雰囲気。これって人々が蒼神の庇護を当たり前だと享受しきっているせいだよ」

絶対者が常に与えてくれる。

強大な力を持った者が守ってくれる。

それに安心しきった人間は進歩をやめてしまう。困難があっても「蒼神様に祈ればなんとかしてくれる」、難題に直面しても「蒼神様のお導きだ」と思考停止してしまう。

結局、自分たちで作り上げた平和ではなく、他人任せの与えられた安穏な生活は、容易く人間を堕落させるという典型だろう。

「俺が――俺たちが間違っているっていうのか？」

さすがに不愉快な表情になるジョニーに向かって、ボクは首を傾げた。

「さあねえ。幸せは人それぞれだからね。ただ、私は蒼神のやり方は間違ってると思うよ」

「…………」

無言で数秒間ボクを睨んでいたジョニーだけど、プイと背を向けると苛立たしげな口調で、

「だったら直接、蒼神様に訊ねてみればいいだろう。ついてこい、塔に案内してやる」

そう言って足早に街の中心部――【蒼き神の塔】目指して歩きはじめた。

「いいの？　他国人が勝手に入っても」

「別に禁止されているわけじゃない。ただ蒼神様に会えるのは、よほどカルマ値が高くないと無理だって話だから、無駄足になる可能性は高いけどな。……だけど、なんとなくお前なら会えそうな気がする」

振り返って、そう付け加えるジョニー。

「ふ〜〜ん。まあ、蒼神に会えるなら物怪《もっけ》の幸いだけど」

まあ遅かれ早かれ【蒼き神の塔】には足を運ぶつもりだったから、都合がいいといえば、都合がいいね。

それからふと思いついたことを聞いてみた。

「ところでさっきの食堂で聞きそびれたんだけど、『グラウィオール』って名前か、一族を知らないかな？」

怪訝そうに、ジョニーが瞬きをして考え込んだ。

「グラウィオール？　いや悪いけど知らな――いや、確か似たような名前で『グラヴィア』とかいう一族がいたかな。えーと、確か……十年ぐらい前に、東方の蛮族が聖教に帰依したとき、蒼神様がそんな名前を与えて、族長に祝福を与えたんじゃなかったかな。……で、その証拠だかで、族長の一族が白銀色の髪の毛になったとか。ひょっとして、お前そっちの出身か？」

「いや、その一族と個人的な親交があるだけだよ」

適当に答えて、ジョニーに並ぶ。

そんなボクを探るような目で見たジョニーだけど、これ以上聞いても無駄と判断したのか、再び半歩前に出て歩きはじめた。

それを追いかけながら、ボクは胸の中でひとりごちた。

「確かグラウィオール帝国の歴史が八百年以上で、現在のイーオンが千年だったかな」

発音が若干違うけど、ジョニーの言葉が事実であるなら、特徴から考えてあの一族でまず間違いないだろう。

街の中心にそびえる【蒼き神の塔】を見たときから、薄々感づいていた事実を確認して、ひとりごちる。

「……つまり、ここはイーオン聖王国の聖都ファクシミレで間違いないけど、時間を八百〜千年遡っているってことだね」

わけのわからない展開に、ボクは再度【蒼き神の塔】を見上げてため息をついた。

◆◆◆

ジョニーの先導で聖都の中心部へと向かうボクだったけど、塔に近付くにつれて妙に空気がざわついている気がして首を捻った。

ちらりと見れば、ジョニーも怪訝な表情で【蒼き神の塔】の方角——もうすでに塔の土台くらいしか視界に入らないけど——を見て、目を細めている。

「なんだ……？　なんか雰囲気がおかしいな」

その瞬間、爆発音のような音と振動が、塔に隣接する通りの向こうから響いてきた。空気や歩道を伝って体がビリビリと揺れる。

「——じ、地震か⁉」

「じゃないね。事故か爆発か……なんらかのトラブルが原因だろうね」

二本ほど通りを隔てた向こう側から立ち上る黒煙と微かな悲鳴に、ボクは即座に腰のポシェットから、愛剣《薔薇の罪人《ジル・ド・レエ》》と背中装備の《薔薇色の幸運《ラ・ヴィ・アン・ローズ》》を取り出して装着した。

「ちょっと見てくるよ。危ないと思うので、君はここで待ってたほうがいいと思うけどね」

「――えっ⁉ いや、待てよ。危ないんだったら俺も行くぜ！」

「ご随意に。先に行くんで、勝手についてくればいいさ」

返事は待たずに、ボクはその場から騒ぎの現場を目指してダッシュした。

当然、一瞬でジョニーは置いてきぼりを食らう。

舗装されている道路なんだし、一気にトップスピードに乗りたいところだけれど、すでに通りという通りは大騒ぎになっていて、悲鳴と逃げ惑う人波でごった返していた。

「――仕方ない」

道沿いに行くのは諦めて、ショートカットをすることにし、その場から三角跳びの要領で、高層建築物の壁や街路樹、さらに空中回廊の手すりなどを利用して、三次元的な移動方法へと移行する。

幸いというべきか、逃げ惑う人々はほかを見る余裕はないみたいで、余計な騒ぎや邪魔をされることなく、目的地へとたどり着くことができた。

騒ぎの中心部――そこはほとんど【蒼き神の塔】のお膝下といった場所だった。

聖職者や聖徒、巡礼者向けの商店が立ち並ぶ通りのそこかしこに、明らかに人間と異なる異形の影が蠢いている。

「化物だーっ！」

「蒼神様、お助けください！」

「助けてっ。蒼神様！」

恐怖に駆られ、慌てふためく人々を嬲るように、愉悦の昏《くら》い笑みを浮かべた半人半獣たち——お馴染みの豚鬼《オーク》や犬精鬼《コボルト》、大鬼《オーガ》、単眼巨人《サイクロプス》など——が、我が物顔で狼藉の限りを尽くしていた。

「この——ッ‼」

五階建てくらいの高さの建物から落下しながら、見た感じ一番脅威度が高そうな単眼巨人《サイクロプス》を袈裟斬りにして、ほぼゼロ距離から『ホーリー・ディスクラプション』をお見舞いする。

「早く、逃げて！」

ほぼ一撃で上半身が消し飛んだ単眼巨人《サイクロプス》から距離を置き、次のモンスターに立ち向かいながら、逃げ遅れた人たちに声をかけた——けど、

「お助けください、お助けください！」

「蒼神様、どうぞ助けてください」

「ああ、蒼神様。どうかお守りください」

逃げるのはまだしもましな部類で、腰を抜かしたのか、現実から逃避しているのか、そうブツブツ唱えながら蹲っている人々が大半だった。

「祈る前に行動して！」

そう叫んでも、行動に移る様子はなく、見る間にどんどん喰われ、嬲られ、殺されていく。

目前に明確な生命の危機が迫っているというのに、戦うことも逃げることもしないで、ただただ

「お助けください」と、蒼神にすがるだけというのは……なんていうか、情けないを通り越して、抑えきれない怒りすら湧いてくる不甲斐なさだ。

こいつら命をなんだと思ってるんだろう。

どんな平和な国に生まれても、人間誰しも明日のこない可能性はあるし、いつか死ぬって意味じゃ命は等価だろう。そこには子供も老人も金持ちも貧乏人も大差はない。

そりゃ環境に応じて、生きられるだけのリソースに差はあるだろうけど、生きるか死ぬかのボーダーラインなんてのは案外簡単にそこらに転がっているものだし、その選択が迫られた状況で、あっさりと自分の命を放棄したり、人生を他人任せにできるなんて狂ってるとしか思えない。

「皆の者、抵抗してはいかん！　これらの異形の者はすべて【蒼き神の塔】より現れた。すなわち蒼神様の思し召しである。抵抗せずに受け入れるのじゃ‼」

と、いかにも高位聖職者らしい老人が、やたら大きな声で周囲を煽動しはじめた。

「あ、阿呆なの、あなた⁈　死にたいの⁉」

思わずツッコミを入れるけど、老人は傲岸な態度で堂々と言い放った。

「それが蒼神様のご意思であれば、従うのみである！　蒼神様を信じるすべての者たちよ、さすれば天上楽土は約束されたも同じであるぞ！」

その叫びを耳にした逃げ遅れていた人々はもとより、話が伝言ゲームで伝播したらしく、ほかでも同じような世迷言《よまいごと》を主張する馬鹿が出はじめ、一度は逃げた人々までもが続々とこちらへ戻ってきて、その場に蹲り祈りの姿勢になった。

当然、格好のエサを前にしたモンスターたちは、なんら躊躇なくそうした〝敬虔な聖徒〟たちをその手にかける。

「アホらしい、バカらしい、やってらんねー、コンチクショー!!!」

思いっきりテンションを下げながら、ボクのことを女と見て発情して向かってくる豚鬼《オーク》や小鬼《ゴブリン》を斬りまくる。

「緋雪っ！……はあ、はあ、やっと追いついた。はあ、足速いな……」

荒い呼吸を繰り返しながら、ジョニーが人の群れを縫うようにしてやってきた。

「あら、逃げればよかったのに。それともほかの信者同様に、ここで自殺するつもりで来たの？」

「──なんだそりゃ？　つーか、この化物ってなんなんだ？」

周囲の惨状──雲霞《うんか》のように続々と塔からあふれ出てくる魔物《モンスター》と、粛々とその場に止まって餌食にされている信者たち──を見渡し、目を白黒させるジョニー。

「なにって魔物《モンスター》だよ。一部、亜人もいるみたいだけど……ひょっとして、知らないの？」

「魔物《モンスター》って──蒼神様が、煉獄に封じたって聖典にある化物のことか!?」

「ほほう。そういう扱いなんだ。──うん。多分それで間違いないと思うよ」

「ど、どうすればいいんだ……？」

「どうって言われてもねえ」

天涯とかほかの魔将がいれば一気に殲滅することもできただろうけど、ボクの場合は大規模な火力がないし、そもそも従魔合身してない素の状態では、いくら相手が雑魚でも、基本紙装甲なため囲まれてタコ殴りにされると確実にアウトになる。

そして、魔物《モンスター》の湧く速度は、見た感じ確実にボクの殲滅速度を上回っている。

「どーしようもないねぇ。せめて塔の中に入って、魔物《モンスター》の出てくる原因を掴めれば、対抗策も出てくるかも知れないけど」

どう考えてもこの魔物《モンスター》の流れに逆らって、塔の中に入るのは自殺行為だろう。

「……蒼神様の塔に入れればいいんだな？」

難しい顔で考え込むジョニー。

ボクは片手間にしつこく向かってくる魔物《モンスター》を叩きのめしながら、

「いや、入ってもどーなるものでもない可能性が高いけど」

正直な感想を口に出した。

「それでも可能性があるなら……、俺に心当たりがある。ついてこい！」

自信ありげに頷いて、踵を返すジョニー。

「………ま、仕方ないか」

やむなくボクもこの惨劇の現場をあとにすることにした。

❖❖❖

みかん箱みたいな粗雑な作りの屋根付きゴンドラが、ゆっくりと【蒼き神の塔】目がけて進んでいた。

「こちらスネーク、性欲をもてあます」

「欲求不満か？」

洒落に真顔で聞き返されて、ボクはとりあえずため息をついた。

「……単なるお約束なので気にしないで」

「そうか？　我慢できないようなら、いつでも協力するぞ」

『なにを』『どう』協力してくれるのか、ツッコミは入れないことにして、申し訳程度に付いている硝子の入った丸穴からボクは遥か下、地上の様子を見下ろした。

距離がありすぎてさすがに個別に確認はできないけれど、かなり大型の魔物《モンスター》も出現したみたいで、聖都のそこかしこを破壊しながら徘徊しているみたいだ。

「……これってもう少し速く移動できないの？」

「無茶言うな。この専用リフトは、とっくに使わなくなって放置されたものなんだ。前になんでも屋の仕事で、偶然動かす機会があったから使えるのは知ってたけど、実際に動かしたのは俺だって初めてだし」

「――ちょっと待った！　まさか途中でワイヤーが切れたりしないだろうね⁉」

この距離から落ちたらさすがに死ぬよ！

「……落ちないことを祈るしかないな」

ボクの問いかけに、困った顔で肩をすくめるジョニー。

そんなこんなで、もの凄く心臓に悪いゴンドラでの空中散歩もどうにか終了。

関係ないけど、あの空飛ぶ羽の付いた機械（『オーニソプター』というらしい）での移動はできなかったのか聞いたんだけど、「免許持ってない」「そもそも塔の周辺は飛行禁止」「システムに制限がかかる」などの制約があるので無理とのこと。

そんなわけで小一時間かけて、どうにか無事に到着したその場所は、塔の最上階から二十～三十階くらい下だった。

「ここからは階段しかないけど大丈夫か？」

主に精神的な疲れから、げんなりしているボクの様子を見て、ジョニーが心配そうに聞いてくる。

「大丈夫、体力的には問題ないから、さっさと行こう。――上がればいいわけ？」

ため息をついて、ボクは塔の中心にある螺旋階段を見上げた。

この螺旋階段を中心にして、放射状に小部屋が区切られているみたいだけど、まったくといっていいほど人気《ひとけ》はなかった。

「ああ。蒼神様にお会いするには、最上階の神殿にある祭壇に向かえばいいって聞いている」

「――ふん。なんとかと煙は高いところを好むっていうからねぇ」

大方、蒼神の奴はワイングラス片手に毎夜、高所から地上を見下ろしては、「くくく、愚民どもが……」とかやって悦に入っているんだろう。

そう想像を逞しくするボク。

そんな自分が【天嬢典雅《てんじょうてんが》】とか謳われ、高いところにかけてはほかに追随を許さない空中庭園の主だったりする事実は、とりあえず心の棚にしまうことにして、足を踏み出した。

＊＊＊

人気《ひとけ》のない螺旋階段を警戒しながら上ること三十分あまり。最上階のそこは広い空間になっていた。

天井が高く、飾り付けられた石の柱が等間隔に並び、青い石畳の床はまるで磨き抜かれた鏡のように反射して、見下ろせば髪の毛の先まで映って——って⁉

バッ！　とスカートを押さえるのと同時に振り返ると、もの凄い勢いでジョニーが明後日《あさって》のほうを向いた。

「……見た？」

返答によっては、この場で目玉をくり抜こうと、《薔薇の罪人《ジル・ド・レエ》》の切っ先を頬のあたりに当てる。

「見てない！　俺はなんにも見てない！　ずっと前を見ていただけだ——未来永劫！」

ダラダラと脂汗を流しながら言いきる彼の目は、きっちり床と平行になっていた。

「だったらいいんだけどね」

なかなか賢明な態度に、こちらとしても矛を収めざるを得なかった。

さて、視線を転じて見れば、一段高くなったところに祭壇らしきものがある。そこからうっすらと白い霧のようなモノが流れ、床の上を這い、円形の神殿に点々と配置されている丸いマンホールの蓋のようなものの中へと吸い込まれていた。

ボクにとっては、どちらも見覚えのあるシロモノだ。

「『転移門《テレポーター》』……それに『虚霧』？　ひょっとしてあの魔物《モンスター》って、『虚霧』から発生して、地上に送られているの？」

「お、おい。どうなんだ、これ止められるのか?!」

祭壇から際限なく湧き出す『虚霧』を見て、不安げな様子で周囲を見回すジョニー。警戒してか腰の中型剣《ミドルソード》を抜いて握っていた。

「さて、ね。単純に祭壇をぶっ壊せばいいのかなぁ。それやって、逆に一気に『虚霧』が噴出したら、ここの世界も終わりそうだけど……まあ、現状でもほとんど全滅っぽいので、一か八《ばち》かやってみようか？」

「気楽に言うなよ！　なんとかならないのか⁉」

「なんとかと言われてもねえ……肝心の蒼神がねぇ」

ボクはガランとした祭壇を一瞥してから、ジョニーを振り返った。

「ところで、その剣は鋼鉄製なのかな？」

「ん？　ああ、護身用だけど、それがどうかしたか？」

「いや、どうかしたかというか。これからどうかするんだけど――ね！」

「はァ――なに……が?!」

刹那、不意を打って叩き込んだボクの横斬り――距離が詰まっていたので、左手を刀身に添えて圧力を増した技——が、ジョニーの剣に阻まれて、彼の体を弾き飛ばすだけに留まった。

「——なっ⁉　なんの真似だよ、緋雪‼」

ジョニーはどうにか転倒だけは避けた姿勢で、驚愕の表情を浮かべている。

「なんの……って、いい加減、お芝居はやめたいんだけどさ」

「なに言ってるんだ……おかしくなったのか⁉」

「おかしいのは君のほうだと思うよ、ジョニー——いや、蒼神さん」

「はあ⁇　なにがどうすれば、俺が蒼神様になるんだ⁉」

「なかなかの演技だけど、本気の私の攻撃を防げるのがおかしいし——まあ、攻撃を受けちゃったらバカみたいなＨＰがバレるので、咄嗟に防御したんだろうけど——そもそも、たかが鉄剣でこの《薔薇の罪人《ジル・ド・レエ》》を防ぐなんてあり得ないよ」

困惑した表情のジョニーが、下を向いて黙りこくった。

まだ猿芝居を続けるつもりかな——と思ったんだけど、顔を上げたジョニーの表情は、これまでの人のよさそうな少年のものから、顔形こそ変わらないものの、老獪な大人のものに変わっていた。

「まさかバレているとはな。いつからわかっていた？」

同じ声でありながら、底冷えのする響きを伴った問いかけが、その口から流れた。

「わりと最初からかな。この世界、よくできてるけど明らかに変だったからねぇ」

「ほう。どこがだ？」

余裕の表情で、中型剣《ミドルソード》を下ろした蒼神《ジョニー》に対して、こちらは最大限の警戒をしながら、思い出したところを口に出す。

「綺麗すぎるんだよ。たとえば最初に出たところの草原だけどさ。普通、ああいう場所にいたら、蝿や蚊、虻なんかがもの凄い勢いでたかるものだよ。それと君を含めて街の人間にも、ほとんど体臭や口臭がないところも。――あり得ないんだよ、毎日お風呂に入って石鹸で体や衣類を洗い、三食歯磨きでもしない限りはね」

実際にあちらの世界で街へ行って、一番閉口したのが臭いだからね。

殺菌については魔法の『洗浄』があるので大丈夫とはいえ、貴族か豪商でもない限り、毎日入浴・洗濯の習慣がないので、ある程度汚れて臭いのはどうにもならない。

それと料理に使われる香辛料は高価なので、味付けに使われるのは主に大蒜《にんにく》で、これはこの街でも大差がなかった。だから、本来は口臭がきついのがデフォなんだよね。

「要するに、君はこの上から眺めた地上世界しか知らないから、そうしたケアレスミスをするんだよ。ちょっとは市井の人間に交じれば、違うものも見えただろうし、間違うこともなかったろうにね。――ああ、確信したのは君が私を『緋雪』と呼んだときかな、私は君に自己紹介してなかったからねぇ」

慨嘆交じりのボクの答えに、蒼神《ジョニー》は苦笑して大きく両手を広げた。

「なるほど、こいつは一本取られたな」

「それにしても、私を油断させるためとはいえ、随分と大がかりなセットを作ったもんだね。とても幻影の類とは思えないほど緻密だよ」

改めて爪先で床を叩いてみても、質感も音も本物としか思えない。

「それはそうだ。ここにあるものはある意味本物だからな。この場所にかつてあった都の記録をもとに再現したデッドコピーだ。……大きなくくりではあの出来損ないの、らぽっくや兄丸らの同類になる。ま、舞台も人間も所詮は魂のない贋作。お前には意味はなかったようだが」

そう言って肩をすくめる蒼神《ジョニー》。

ボクの脳裏に、この都で出会ってよくしてくれた食堂の人たちや、愚直に目の前のカミサマを崇めていた信者たちの姿が甦った。

じんわりとなにか熱い塊が胸の奥から全身に広がる。

「ついでに言えば、わざわざお前の油断を誘うために、この姿を選んだんだが……こちらも無駄足だったようだな」

「ふーん。やっぱり、ジョーイをモデルにしたわけだ」

「まあ、そういうことだ。スキミングの結果、お前が一番気を許している相手だと判断したんだが」

薄ら笑いを浮かべる蒼神《ジョニー》の顔に、一瞬嫉妬めいた影がよぎった。

「スキミングねえ。やっぱり、あの霧の魔物《モンスター》とか、クマが分析器だったわけかな?」

「さて、それはどうかな……」

にやりと嗤った蒼神《ジョニー》の姿が一瞬、ノイズのような歪みに覆われ、次の瞬間、その場に立っていたのは、見慣れた軽革鎧《ライトレザーアーマー》に腰に魔法剣を下げた冒険者――ジョーイだった。

「とっくの昔に入れ替わって……いや、ひょっとすると初めて会ったときから、俺はこの姿で、お前の傍にいたのかも知れないぞ――なあ、ヒユキ。好きだぞ」

「――ッ⁉」

蒼神の口三味線だと理性では理解しているんだけれど、ジョーイそのものの笑顔と声とで呼びかけられ、僅かな瞬間だったけれど、ボクの心に疑念と戸惑いが生じた。

蒼神《ジョーイ》はその笑顔のまま、祭壇に向かって一気に走り込んだ。

「――ま――」

即座に追いかけようとしたところへ、見覚えのある光の魔法剣が正面から飛んできた。

あとから考えれば躱せばよかったんだけど、感情的になっていたんだろう。ボクはそれを叩き落とした。

はっと気が付いたときには、蒼神《ジョーイ》の姿は『虚霧』の中へと消えていくところだった。

「追ってこい、緋雪！　この先で俺は待っているぞ。お前がどんな選択をして、どんな姿で現れるのかを楽しみにしている！」

哄笑を最後に、蒼神《ジョーイ》の姿が完全に『虚霧』に消えた。

「どこへだって行ってやるさ。ここまでコケにしてくれたんだ、一発殴るだけじゃ足りないからね！」

勢いに任せて、ボクもそのあとを追う。

『虚霧』に近付くにつれて、再び青い防御膜が周囲を覆い、それを確認してボクは祭壇の奥へと飛び込んだ。

【第四章】 夢幻の終焉

✵吸血聖母

帝都を呑み込んで、なおも領域を広げる『虚霧』を眼下に見下ろす空中庭園の端で、ちょっとした騒ぎが巻き起こっていた。

「どういうことだっ。なんでヒユキを助けにいかないんだよ！　あの中でひとりぼっちなんだろう？　可哀想じゃないかっ‼」

「黙れ、小僧っ！　それができるくらいならなにを置いても馳せ参じるに決まっている‼」

火を噴くような――実際、怒りの余波で放電や雷球が全身から放たれている――天涯を前にしても臆することなく、ジョーイが真正面から喰ってかかっていた。

「だったらさっさと行きゃいいじゃねーか！　こんなところで燻っている場合かよ！　あんたヒユキの仲間なんだろう⁉　ヒユキが大事なんだろう⁈　どうしてじっとしてるんだよ‼」

「小僧ォ――――――ッ！！！」

文字通り怒髪天を衝いた天涯が、激情のままにジョーイを消し飛ばそうとする。

さすがに命都は止めようと割って入ろうとし、空穂は口元を扇で隠して興味深げにやり取りを傍観し、刻耀は無言のまま腕組みし、残りの円卓の魔将たちは双方の主張に耳を傾け、複雑な表情で

顔を見合わせていた。

その一方で、緊張と恐怖のあまり失神しかけるフィオレを、レヴァンとアスミナが協力してこの場から退避させる。

そんな一触即発の状況下に、これといって特徴のない黒髪で目の細い青年が進み出てきた。

現在、暫定的にこの空中庭園のコントロール権を委託されている影郎である。

「はいはい。どちらさんもお気持ちはよ――――くわかります。こっちの冒険者の坊やも、従魔のお兄さん方も、お嬢さんを助けたいのは一緒です。そのうえでどうすべきか、改めてきちんと考えたほうがいいんと違《ちゃ》いますか？」

「……姫はここで待てと言われた。それゆえ我らは姫の指示に」

「パーか手前《てめー》！　ヒユキがそう言ったからって見殺しにする気かよ⁉」

「小僧ッ！　我らがどれだけの思いでこの場に留まっているか、貴様如きにわかるか‼　それ以上我らを愚弄するのであれば、魂魄すら残さず消し飛ばしてくれるぞ!!!」

再び始まる対立に、いささか辟易した様子で影郎が間に立つ。

「また水掛け論ですか。いい加減駄々をこねるのはやめてもらいたいものですな。つーか、不毛な言い争いをする元気があるなら、行動すべきと違《ちゃ》いますか？」

「「行動？」」

怪訝な表情で眉をひそめるふたりの前で、影郎は人差し指をタクトのように振った。

「そうです。やるだけのことをやってみないうちに傍観者になるのは、いい加減業腹ですので……

ただし、お嬢さんだったら絶対にやらない、伸るか反るかの博打になりますけど」

「よくわかんねーけど、ヒユキを助ける方法があるならなんでもするぜ！」

「無論だ。我らの命、存在すべては姫に捧げたもの。いまさら惜しむものなどない！」

打てば響く調子で返ってきた答えに、影郎は細い目をさらに細めて頷くと、背後を振り返ってずらりと雁首を揃えている一同を見回した。

「――ちゅうこって。皆さんどーします？」

その問いかけに全員が無言のまま大きく頷いて同意を示す。

「それじゃあ準備を始めましょうか」

気軽に肩をすくめた影郎は、いつになく真剣な表情でその策を語り出した。


薄明の『虚霧』の中、延々と続く光る道を前に、ボクはため息をついた。

「……また、これかい」

しかめっ面のまま、ボクは祭壇の奥に続いていた歩廊を、重い足取りで歩きはじめた。

さて、今度はなにを用意してるんだろうねぇ……と、ウンザリしながら歩いていたところ、体感で三十分もしないうちに早くも変化が見られた。

「――芸がないけどネタ切れかな？」

道の真ん中に木製の扉が立っていた。

ただし、いままで一本だった道が、二股に分岐していて、片方には青い扉が、もう片方には赤い扉が立ち塞がっている。

「なんだろうね、片方が天国への扉で、片方が地獄とかかな？　心理学とかでありそうだねぇ」

分かれ道の前で考え込む。

こういうのって物語なんかだったら、ほかに抜け道とか第三の道とかいう定石を外れた『冴えたやり方』があるのが常なんだけど、調べてみてもそれらしいヒントは見つからなかった。

ま、もともと謎解きとかトンチの類は得意じゃないし、考えても駄目なら力押しで――と、攻撃魔法を放ったが、まるで幻のように攻撃がすり抜けてしまう。

どうやらどちらかを選択しないと駄目なようだ。

「仕方ない、じゃあせっかくだからこの赤の扉を選ぶよ」

と、虚空に呼びかけ――その実、フェイントをかけて、素早く青い扉を開けた。

✥✥✥

すぐ近くの通りで耳を劈《つんざ》くような急ブレーキの音と、ガラガラと重いものが落ちる音。そして足元を揺らす震動とが断続的に伝わってきた。

「事故だ！」「トラックが横転したぞ！」「荷台から鉄骨が崩れて歩道に――」「危ねえ、間一髪だったぜ」「下には誰もいなかったのか⁉」

どうやらトラックがこの雪でスリップして、荷台に積んであった荷物が散乱したらしい。携帯でどこかへ連絡する人、写真に撮ろうとする人、足早に現場を通り過ぎる人など、野次馬やトバッチリを恐れる人々で周囲が騒然となった。

――大通りのほうが歩きやすいかと思ったんだけど……。仕方ない、戻って裏通りを行くか。

特に興味がなかったボクは、ため息をついてその場から踵を返し、少し遠回りになるけれど迂回することにして、朝から降っている雪に難渋しながら、待ち合わせの場所へと急いだ。

『薔薇園《ラ・ローズレ》』と看板の出ているそのお店は、一年ほど前に『エターナル・ホライゾン・オンライン』のオフ会で行っただけで、うろ覚えだったのだけれど、前もってメモしていた地図と看板のお陰で、どうにか遅れずに約束の時間にたどり着くことができた。

木製の扉を開くと、軽やかな鈴の音とともに豊潤なコーヒーの匂いが漂ってくる。

冷えた外気が入らないように、急いで店の中に入ると、ボクは閉じたビニール傘を洒落た傘立てにしまって、ほっと一息ついた。

身を切られるような外界とは違い、十分に暖房を効かせた店内は、暖色系の照明と柔らかな木目調の内装とが相まって、体の芯まで温かくなるような居心地のよい空間を演出している。

前回は夜で、なおかつ一階は素通りし、二階の大部屋を使ったので気が付かなかったのだけれど、どうやらこの店、一階が昼間は喫茶店として営業しているらしい。

それもかなり本格的な喫茶店のようで、年季の入ったカウンターの奥には、水出し珈琲のウォータードリッパーが並んで、ポタポタと時を刻むかのように透明感のある音を立てながらコーヒーが滴り落ちていた。

「いらっしゃいませ。おひとり様ですか?」

そのドリッパーを背後にして、コーヒーカップを磨いていた初老の男性が声をかけてきた。

痩身に白いシャツ、蝶ネクタイに黒ベストでビシッと決めた、いまや絶滅した『純喫茶のマスター』という風貌の男性だけど、その格好があざとくないのは、昨日今日の付け焼刃ではなく、きちんと着こなしてきた本物の持つ風格によるものだろう。

「えーと……待ち合わせなんですけど……」

きょろきょろと店内を見回す。

カウンターも含めて二十人くらいでいっぱいになりそうな小さな店なので、入り口に立てば一目で店内のすべてを見渡すことはできるんだけれど、見た感じ相手の特徴的な巨体は見当たらなかった。

——まだ来てないのかな?

仕方ないので、どこか適当な席に着いて連絡しようかと思ったところで、背の高い観賞植物に遮られて、ちょっと死角になっている奥のテーブル席から声がかかった。

「あっ、緋雪さん、こっちこっち。こっちだよ!」

リアルでしかも昼間での『緋雪』呼ばわりにちょっと焦ったボクは、下を向いて早足にその席へと向かった。

「ちょっと、デブ……じゃない、北村さん。あんまりヒユ」

抗議しかけた声が相手を見た途端に止まった。というか、相手のあまりの変貌ぶりに硬直した。

ほんの一年前に会った彼――『エターナル・ホライゾン・オンライン』最大ギルド『デアボリック騎士団』の元ギルドマスターであり、創設者であったキャラクター名『DIVE《ディブ》』さんこと、北村秀樹さん――は、キャラクター名そのままに〇・一トンを超える洋ナシ体型だったはず。

それが、この一年あまりでどんなダイエットを敢行したのか、かつての（横に広がった）巨体はどこへやら、どう見ても目方が半分ほどに減っていた。

以前の肥え……もとい、福々しい印象が強いだけに、ひょっとして標準よりも細いんじゃないの？　という、いまの姿は衝撃的だった。

「ど、どうしたの⁉　肉、肉はどこにいったの⁉　なんで今日は着ぐるみ脱いでるわけ⁉⁉」

我ながら理不尽な混乱状態のまま、彼に詰め寄った。

「いやぁ、実はいまの仕事が激務でして、気が付いたらこんな風になってました」

こればかりは変わらない人懐っこい笑みを浮かべて、北村さんは頭を掻いた。

「緋雪さんは相変わらず……というか、ますます可愛らしくなりましたね」

ほっとけ！

とりあえず上着とマフラーを外して、向かい合わせの席に着いたところで、紺のワンピースに白いエプロンをかけた、これまた〝いかにも〟なウェイトレスがやってきて、注文を聞かれたので、無難にブレンドを注文した。

温かいおしぼりで手を拭きながら、ボクは改めて頬骨の浮き出た北村《ディブ》さんの顔を見た。

「仕事でって。それって……大丈夫なの？」

真っ黒な企業じゃないの？　と言いたいけど、さすがに不躾かと思って言葉を濁す。

そんなボクの内心を慮ってか、北村《ディブ》さんが苦笑して、とりなすように続けた。

「ああ、まあ……いちおうマトモなベンチャー企業ですよ。『テクノス・クラウン』ですから」

「『テクノス・クラウン』って――『Ｅ・Ｈ・Ｏ《エタホラ》』の運営をしている、あのっ⁉」

これには驚いた。

「ええ。もともとゲーム関係で、個人的にお付き合いもありましたし……去年の今頃、バイトで入社《はいっ》して、三カ月ほど前に正社員になりました」

照れと晴れがましさが一緒くたになった笑顔で、頬を掻く北村《ディブ》さん。

とはいえ、その説明でボクとしても腑に落ちるものがあった。

「……ああ、それでギルマスを辞めたわけなんだね」

「はい。さすがに運営の人間が表舞台に立つのもどうかと思いまして」

「なるほどねぇ」

そこへ注文していたコーヒーが運ばれてきた。

「なんにしてもおめでたいことだね。……でも、あまり無理しないでね」

「ありがとうございます。まあ、いままで親に迷惑をかけていたので、多少なりとも親孝行になるかと思えば、この程度どうということはありませんよ」

「そういうものかな……？」

親孝行とかそういう機会がなかったボクとしては、実感としてピンとこないけど、間接的に『無理をしている』と認めた彼の様子に、危うさを感じた……とはいえ、これ以上踏み込むほど親しい間柄でもないので、無言のままコーヒーを口に運んだ。

「それと、この機会に恩人でもある緋雪さんにお礼を言っておきたくて、無理に誘ったんです」

「恩人？」

覚えがないボクは首を捻った。

「ええ。一年前の俺は本当に駄目な奴でした。就職に失敗したことでヒキコモリ、人生に挫折したつもりになって、ゲームに逃避して……」

自嘲を込めた笑みを浮かべる彼だけど、反面どこか突き抜けた明るさがあった。

「そんな事情を隠して参加した一年前のオフ会でしたけど、緋雪さんは気が付いてたんですよね？『なんか無理してるみたいだけど、我慢しないほうがいいよ』って、酔って具合が悪いのに俺のことを心配してくれて」

……あったけ、そんなこと？　あのときのことは、かなり記憶が曖昧だからあんまり覚えていないんだよねぇ。トイレで吐いたときについてきてくれた北村《ディブ》さんと、気を紛らわすために雑談してた気もするけど。

「そのときに同じようなことを言ったら『別にいいんじゃないの。辛いこと苦しいことは誰にでもあるけど、比較できるものではないからねぇ。いまこの瞬間の痛みは誰にも理解できないことだから、逃避して時間をかけて癒すのは間違ってないと思うよ』って言ってくれて、それから『物事は考え方次第だからね。ゲームが得意なら思いきって、それを生かせる仕事にチャレンジしてみるとか。やるだけはただだよ』その一言がきっかけになって、俺はいまの仕事に就けたんです」

「うわーっ、ボクそんな無責任で偉そうなこと言ったわけ⁉」

酔っていたとはいえ、なんてこと言って煽ったんだろうね。当時のボクがいたら正座させて、説教したいところだ。

「だから緋雪さんは、俺の恩人なんですよ」

きっぱりと言いきる北村《ディノ》さんだけど、ボクとしてはいまさら過去の黒歴史を晒された気持ちで前を見られない。

照れ隠しを誤魔化すために、残ったコーヒーを一息に飲み干した。

❖❖❖

「やあ、雪もやんだようですね」

その後、お互いのゲーム内での雑談や、ボクのバイト先での出来事、運営の裏話とかとりとめのない雑談をして、二杯もコーヒーをお代わりしたところで、陽も傾いてきたので帰ることにした。

涼やかな鈴の音を背中で聞いて、揃って外に出ると空は夕日に染まり、降り積もった雪が緋色に輝いていた。

「これが本当の緋雪ですね」

「――――」

眩しげに目を細めてそんな駄洒落を言った北村《ディブ》さんの首に、ボクは背伸びをして持っていた毛糸のマフラーをかけた。

「え、なんですか……?」

「いや、考えたら就職祝いをなにも用意できないからね。こんなもので悪いんだけど、編んだばかりで今日初めて下ろしたマフラーだし、よかったらあげるよ」

「…………。い、いいんですか?! で、でも、俺がもらったら緋雪さんの分が――」

「大丈夫。まだ毛糸はあるし、前に編んだやつも残ってるからね」

基本、貧乏なボクは気に入った柄のセーターやマフラーを買うお金がないので、百均の毛糸で編むのが普通だったりする。

「あ、ありがとうございます。一生大事にします!」

「いや、別にそこまで大袈裟なものでもないから……」

というか、男が編んだ手編みのマフラーをもらってそんなに嬉しいものなのかな?

しばし並んで歩きながら、にこにこ笑っていた北村《ディブ》さんだけど、不意に真顔になるとボクを一歩追い越して、なにかに急き立てられるかのような表情で、立ち止まってボクの顔を見下ろした。

「緋雪さんは、これからどう過ごすつもりですか?」

「どうって、アパートに帰って」

「そうじゃなくて、生活とか仕事です」

いきなりヘビーな話題だねぇ。

「……ん～、正直そこまでは考えてないかな。とりあえず、大検の合格を目指して頑張るだけだね」

その答えに、しばし沈黙していた北村《ディブ》さんは、決意を込めた瞳でボクの手を取った。

「もし、もしよければ、俺と同じく『テクノス・クラウン』で働いてみませんか？　なんならバイトでもいいです。緋雪さんなら有名人ですから、俺が口を利けば確実に働けると思います」

『テクノス・クラウン』ねえ……。ボクの場合は、できれば趣味と仕事は分けて考えたいんだけど。

その思いが顔に出たのだろう、北村《ディブ》さんの眼差しに力が込められた。

「『エターナル・ホライゾン・オンライン』も五年です。基本、ＭＭＯＲＰＧは五年を目安に採算を見極める損益分岐点を設定します。幸い『Ｅ・Ｈ・Ｏ《エタホラ》』はいまのところ黒字ですが、それでも一時期に比べれば収益が下がっているのが現状です。いまは大丈夫でも、二年後、三年後はどうなるかわからない。――だけど、俺は『Ｅ・Ｈ・Ｏ《エタホラ》』にはまだまだ伸び代がある……ゲームを楽しんだ俺たちが知恵を絞れば、もっともっと繁栄すると思います。だから、一緒にもっともっとよりよい『Ｅ・Ｈ・Ｏ《エタホラ》』の黄金時代《ミレニアム》を築きませんか？」

情熱的な――なんとなく愛の告白でもされているような、妙な錯覚を覚える――申し出は、確かに魅力のある提案だけど、即答するにはちょっと難しい問題だった。

「……少し性急すぎて考えがまとまらないので、もうしばらく考えさせてくれないかな？」

困惑を含んだボクの返事に、北村《ディブ》さんが夢から醒めた顔で、ため息をついて肩の力を抜いた。

「そ…そうですよね……すみません。こんな大事なことを勢いに任せて……」

「いや、北村《ディブ》さんもボクのことを心配して言ってくれたんだろうし……その提案は魅力的で、今後の生活の選択肢に幅ができたので感謝してます」

「すみません。自分でもなんでか急に……さっきまで、あんまり幸せだったので、本当はこれは夢で、緋雪さんは本当はここにいなくて、相変わらずヒキコモっている俺の頭がいよいよおかしくなって、幻覚と会話してるんじゃないかって、不安になったもので……」

切ないような、遠い目をしてそんなことを言う北村《ディブ》さん。

「胡蝶の夢ですね。蝶になったのが夢か、これが蝶の見ている夢か……まあ、せいぜい幸せなほうを現実だと思ったらいいんじゃないですか？」

「……そうかも知れませんね。夢――俺にとってはさっき言ったのが夢ですけど。緋雪さんにとっての夢ってなんですか？」

真剣な目で問いかけられ、ボクはしばし考え込んだ。

「夢……ボクにとっての」

ふと、目の前に一片の雪が舞い降りた。

「……多分、そんなたくさんのものは必要ないと思います」

降り積もった雪に覆われ、銀世界と夕日に彩られた街から視線を上げ、風に飛ばされてきた小さな雪の結晶を見て、ボクは答えた。

「ボクが夢見る薔薇色の未来は――」

その瞬間、ボクの視界は真っ白に覆われた。

◆◆◆

はっと気が付くと、まるで〝青い扉〟から出てきたばかりのように、閉まった扉に背中を向けて、分岐のところまで戻っていた。

「いまのは……なんだろう？　えらく生々しい幻覚だったけれど」

念のために袖のあたりを抓んで匂いを嗅いでみたけれど、あの芳醇なコーヒーの残り香は付いていなかった。

「なんだろうねえ。幻覚というよりパラレルワールドにでも迷い込んだみたいな気分だねえ」

もしも……もしかして、ボクがあの日死ななかったら、ひょっとするとあんな未来もあったかも知れない。そう思えるほど臨場感たっぷりの世界だった。

さっきのが過去の記憶だったわけだから、今度は未来の映像とか、あるいは新しい世界の姿とか……かな？　まさかねえ。

とはいえ過去がやり直せるものなら、やり直したい気持ちがあるのも確かだった。

「――まあ、この流れだと赤いほうの扉も確認しないとならないんだろうねぇ」

蒼神の掌の上でいいように踊るのは業腹だけど、相手の手札を見ないことには勝負にならない。

ボクは覚悟を決めて、赤い扉に手をかけた。

❖❖❖

「……どうあっても、その子を生むおつもりですか？」

意を決して口を開いたオリアーナが一歩踏み出して、とがめるような——それ以上に相手を心配し、諌めるような口調で緋雪に詰め寄った。

「ええ。何度繰り返しても同じです、私の意思は変わりません」

窓際の椅子に腰を下ろした緋雪が、淡く微笑みながら、それでも断固とした態度でそれに答えた。

いまや帝国の女帝となったオリアーナに対して、いささか礼を欠いた態度とも思えるが、そうした姿勢を取っている理由は一目瞭然だった。

彼女が愛《いとお》しげに撫でる腹部は膨らみ、妊娠二十〜二十三週を示していた。

おそらくこの時期であれば、すでに胎動を感じているであろう。

産み月までにはまだ間がある——とはいえ、緋雪自身がもともと小さく、抱き締めれば折れてしまいそうなほど華奢なため、その存在はあまりにも大きく、明らかに負担にしか見えない。

事実、かつての輝くばかりの美貌はやつれ、拭いきれない色濃い疲労がその面相に浮かんでいる。

だが、それとは反比例して、母親特有の柔らかさと包容力が増している——その痛々しくも崇高な姿に、オリアーナは沈痛な面持ちで唇を噛み締めた。

どれほど言葉を重ねてもこの頑固で優しい友人は、おそらく我が子を犠牲にすることを是としないであろう。だがそれでも、オリアーナは親友として言わずにはいられなかった。

「わたしも女です。安易に子供を堕胎しろなどと、本来であれば口が裂けても言えません。ですが、その子供は別です。誰からも望まれず生まれ、世界から拒絶され、呪われた子と蔑まれ、苦しみを背負うことになる……そんな過酷な人生が待っているのですから」

真正面からその言葉を受け止める緋雪だが、その微笑みは変わることなく、逆に非難するオリアーナのほうが苦しげですらあった。

「いえ、それだけならばわたしもここまで反対いたしません。望まれない子供など、この世にはいくらでもおりますから。ですが、その子はあまりにも危険すぎます。――聞いているのですよ、あなたがそこまで衰弱している理由を。その子はまだ胎児の段階でありながら凄まじい力を秘めている。その力が暴走しないように、あなたは常にご自身に弱体化魔術を行使し、その力を抑え込んでいる……そんな危険な存在がこの世に生まれたらどうなることか。そして、己の出生を知ればどうなるか、火を見るより明らかです。自身の存在とこの世界を恨むことでしょう。そして、破壊を目論めば、もはや止めることができるものなど存在しないのですよ！」

そのときには、もうあなたはいないのだから！――と、言葉にならない視線で訴える。

妊娠が判明してから、緋雪は日に日にやつれていった。当初は精神的なものと思われていたが、どんな治癒魔法や霊薬を用いても衰弱は治まらず――ほぼ毎日つきっきりで治癒術を行使している命都と零璃が、「まるで底の抜けたバケツに水を汲んでいるかのよう」と口を揃える状態で――着実に生命力を磨り減らしていた。そして、その原因は一目瞭然だった。

お腹の子供に母体の生命力が奪われ続けている。

最初にそれを聞き、そして実際に緋雪の弱りきった姿を見たときから、オリアーナの目にはもはやそれは慈しむべき生命ではなく、おぞましい悪腫であり、寄生虫にしか見えなかった。

そんなオリアーナを、まるで慈母のような静かな澄んだ瞳で見詰める緋雪。

「どうしてこの子が世界を恨み、憎しみに囚われると思うのですか？　確かにこの子は生まれ落ちたその瞬間から、苦難を背負い込むことになるでしょう。ですが、およそこの世に生きる人……いえ、たとえ魔物や禽獣であろうと、苦しみ悲しみのない世界に生きるものはおりません。ですがそれに負けずに生きている。この子も同じです。私はそれを信じています」

きっぱり言いきる友人に一瞬気圧され、言葉を詰まらせたオリアーナだが、哀しげに首を横に振ってため息をついた。

「あなたからそんな楽観論が出るとは思いませんでした。この世界は、人間はもっと残酷で無慈悲です。世界を滅ぼしかねない異端のものを、普通の人間と同じように許容できるほど堅牢ではありません。生まれた子が成長し、己を取り巻く感情や運命から世界を呪ったそのときに、あなたは責任を取れますか？　生んだだけで放置して、それで他人任せにするのは、あまりにも無責任ではないですか」

「――できる限り、私はこの子の支えになるつもりですが？」

「できるわけないでしょう！　いまだってどれほどの負担がかかっているのか、この状態で出産などしたら耐えられるわけが……！　いまなら間に合います。お腹の子を処分してください！　もう十分でしょう、あなたばかりがこんな苦しい思いをする必要なんてないんです！」

身を切るような悲痛な叫びで懇願するオリアーナを、困ったように見詰める緋雪。

「オリアーナ。別に私は自分を不幸だと思ったことも、この子が重荷だと思ったこともありませんよ。それどころか、かけがえのない大切な宝物だと思っています」

納得できない顔で、ほとんど睨み付けるように自分を見詰めるオリアーナから、緋雪は視線を逸らせて、背後に並んだ見舞い客の一組――コラード国王夫妻の妻クロエが抱いている、この春生まれたばかりの赤ん坊を見た。

「思えば私はずっと中途半端でなにかに欠けていた気がします。ですがいまは本当に満ち足りた気持ちなのです。女として母として子を生すことで、本当の意味でこの世界の一員になれる。こんなに嬉しいことはありません。ありがとう、心配してくれて。本当に感謝しています」

まるで遺言のようなその言葉に、オリアーナは泣き怒りのような顔で、反射的に口を開いて反駁しかけた――その背に、クロエの落ち着いた声がかけられた。

「皇女様――いや、いまは女帝様だったかい。まあ言い慣れてるので『皇女様』って言わせてもらうよ――皇女様、子供を生むってことは、どんな女でも命がけなんだよ。だけどねえ、ひとつの命をこの世に送り出せるなら、母親はどんな苦難にも耐えられるもんさ」

実感を伴った揺るぎない言葉に、悔しげに俯いたオリアーナは、「やはりわたしは納得できません」と小さく呟いた。

そんな彼女に代わり、我が子を抱いたままクロエが前に出てきた。コラード国王もそれに続く。

「姫陛下、陛下にもしも迷いがあるようなら、あたしも皇女様と同じことを言ったんだけどね。……どうにもあたしから言うことはなさそうだね」

緋雪は苦笑するクロエに軽く感謝の礼を送り、それからふと、思いついた顔で夫妻の顔を見た。

「そうそう。おふたりに勝手なお願いがあるのですが、聞いていただけますか？」

「どのようなことでしょう？」

怪訝な表情でコラード国王が眉をひそめ、クロエはなにかを察したのか無言のまま頷いた。

「私に万が一のことがあれば、生まれた私の子を、おふたりにお預けしたいのです」

『！？！』

その場にいた全員に緊張が走った。

ただひとり、クロエは予期していたのか、驚いた様子はなかった。

「本当なら私ひとりで育てたいところですが。先ほどのお話ではありませんが、実際に子を生むとなれば、なにがあるかわかりませんから」

気負いもなく毅然とした態度も終始変わらないものの、この会見が始まった当初に比べ、明らかに消耗している緋雪の様子に気付いて、慌てて命都と零璃が治癒術をかけながら、「姫様、あまりご無理をされないほうが」と休憩を勧める。

「――ありがとう、随分と楽になりました。でも、もう少しだけ話をさせて」

ゆるゆると首を振って、当惑した顔のコラード国王を見詰める。

「ご迷惑なら無理にとは申しません。ただ、おふたりの人柄とアミティアという土地柄が、子供を育てるのに最適だと思われたものですから。空中庭園にいるだけでは、子供が世間知らずの籠の鳥になりかねませんので」

「それは……」

「任せておきな！　あたしらなんかをそれだけ信頼してくれるんなら、文句はないし、文句を言う奴は張り倒してやるよ。あんたもそうだろう？」

懸念を口に出しかけた亭主の背中を、片手でバンと叩いて、クロエは屈託なく笑った。

「――はいはい。わかりましたよ。まあ、そうなったらたとえ陛下の御子《みこ》様でも、分け隔てなく育てますよ？　よろしいですね？」

叩かれた背中を丸めて、涙目で確認してくるコラード国王に、緋雪は深々と頭を下げた。

「ありがとう。それこそが私の望みです」

それから周囲を見回して言い添える。

「我が国の力も衰えました。いまやほとんどの魔将も消え失せましたが、それでもアミティアを守る程度の力はあるでしょう。なにかあれば遠慮なく申し出てください」

その後、緋雪の体調を見かねた一同が自主的に退席をしたことで、自然と会見は終了となった。

命都たちに付き添われて寝室に移動した緋雪は、用意してあった鮮血をワイングラス一杯飲むと、大きくため息をつき、着替えもそこそこに崩れるようにベッドに横になった。

「さすがに少し……疲れました……」

「姫様……」

命都が先ほどのオリアーナと同じような顔で、悲しげに緋雪の顔を見た。

「命都、もしも私がこの子を残していなくなったら――」

「姫様っ‼」

「……もしもの話です」

そう横目で笑いかける緋雪。

「そのときにはこの子と空中庭園をお願いします。もう円卓の魔将で残っているのは、あなたと八朔《ほずみ》、それと零璃だけですからね。コントロール権は影郎さんに譲渡してあるので、私がいなくなっても消えることはないと思いますが……。多分、影郎さんはもう戻ってこないと思います」

このときばかりは、緋雪の瞳が哀しげに揺れた。

「彼には辛い役目を押し付けてしまいました。空中庭園を維持するために、死ぬことも許されず放浪する定めを背負って、ただひとり生きなければいけない。これだけが私の心残りです」

「姫様……」

「あなたはけして殉死しようなどと思わないでください。天涯を筆頭に主だった魔将や力のある列強たちはもういない。あなただけが頼りです」

あの日。『虚霧』が消えるのと引き換えに、意識をなくし無残な姿で戻ってきた緋雪を目の当たりにした、天涯をはじめとする魔将のほとんどと、らぽっく、タメゴローを含む賛同者――その総数一万騎に達する軍勢――が激情のまま、世界を滅ぼさんばかりの勢いで、大陸の中心に唯一残っていた【蒼き神の塔】へと襲撃を敢行した。

大地が震え、天が割れ、河川は血に染まった。

三日三晩続いたまさに最終戦争《ハルマゲドン》は唐突に収まり、そして、……誰ひとりとして帰ってこなかった。

のちの調査では、跡にはなにひとつ残らず――【蒼き神の塔】すらも消え失せていたことから、彼らは蒼神と相討ちになった、というのが大方の見解である。ただし、のちほど意識を取り戻した緋雪は、「彼は結局すべてに失望して、この世界に興味を失ったんだろう」と異なる感想を述べたが。

「それがご命令とあれば私は従いましょう。ですが、私の主人は未来永劫、姫様ただおひとりです」

苦しげに命都が答えた。

事実上、生まれてくる子供にはタッチしないという宣言に、緋雪は苦笑して首肯した。

「姫様、私はずっと姫様と一緒……だから、姫様がいなくなれば、私も消える」

隣にいた零璃が、選択の余地のない当然という口調で言いきった。

「別に、私に囚われずに自由になってもいいのですよ?」

「自由にしていいのなら、それが私の決めた自由」

「……ふう。仕方ないですね」

説得を諦めて、緋雪はため息をついて目を閉じた。

「しばらく眠ります。あなたたちもほかの者と交代をして、休んでください」

「――はい。姫様」

半分夢を見ながら緋雪は続けた。

「それと、この子の名前ですが。男女どちらであってもいいように、また私の名と初めてこの地の空を見上げた感動を込めて『――』と決めました」

「……わかりました」

夢うつつの中、緋雪は己の中にある命に呼びかけた。

「――。どうか、あなたの前に美しい世界がありますように……」


再び気が付くと、〝赤い扉〟を閉めたところだった。

「これはまた、面妖というか悪趣味というか……」

再びの白昼夢（？）の体験に、夢と現実の区別がしばらくつかなくなって、ボクは自分のぺったんこのお腹をさすった。

「……やっぱり夢かぁ」

安堵と……なぜか僅かに喪失感を覚えて、ボクは嘆息しながら分岐のところまで戻って、改めて左右二枚の扉を見比べた。

「扉はまだあるし、また閉まっている。つまりもう一度どちらかを開けろってことだろうけど……」

開けたらまた同じことの繰り返しなんだろうか？　それとも、また別な体験をすることになるのだろうか？

しばし悩んでいたが、ふと足元の光る小道の光量が落ちてきたような気がして、後ろを振り返ってみれば、延々と続いていた道が、向こうのほうから徐々に崩れて近付いてきた。

「さっさと選べってことか。まったく——」

とはいえ、どちらを選ぶかはとっくに決めてある。

「いい加減、ボス部屋に続いていてよ！」

ボクは選んだその扉を開くと同時に、崩れかけた小道から、その中へと駆け込んだ。

その瞬間、視界が暗転し、ふと誰かが耳元で「ありがとう」と囁いた気がしたけれど、確認する間もなく、ボクは蒼神の待ち構えるその地へと降り立ったのだった。

❋緋蒼神戦

闇の向こうに四角い出口のような光が見えた。

反射的にそこを抜けた瞬間、体の芯が――いや、魂すら震えるような痛みとも快感ともつかない衝撃が全身を駆け巡り、一瞬で体を構成する素粒子まで分解され、その場で再生されるのを、ボクの意識はどこか遠くからぼんやりと俯瞰し、そして新たに構成された肉体へと受肉を果たしたのだった。

再誕《リ・ボーンズ》。もしくは覚醒。

それを誰に教わらなくても本能的に理解したボクは、閉じていた瞼をゆっくりと上げて、いまいるその場所を確認した。

印象としては【蒼き神の塔】の螺旋階段を上りきった神殿に近いだろうか。

高い天井と並んだ柱、磨かれた石畳の床。ただし大きさはあれよりも一回り小さく、四方に窓が開いていて、夜なのだろうか、そこから暗黒の空が覗き見える。

がらんとした室内にはこれといった装飾品はないけれど、見覚えのある水晶球に似た球体《オーブ》――命珠が、丸い室内を囲む形で等間隔に配置されていた。ただし、そのほとんどはひび割れ、粉々に砕け、白濁して無残な姿を晒していたけれど。

そして部屋の一番奥、神殿では祭壇のあった場所に重厚な執務机があり、半人半龍のこの部屋の主である蒼神が瞑目して座っていた。

気配に気が付いたのだろう。爬虫類の目をゆっくり開いた彼は、ボクを一瞥すると安堵か失望か、あるいは両方なのか、深々とため息をついた。

「……そちらを選んだか」

「――?」

言われた意味がわからず瞬きをするボクの顔を、嘲笑と諦観交じりの表情で見詰める蒼神。

「自分の姿を確認してみろ」

なんのことやらと思いながら、鏡のように磨かれた床を覗き込んで自分の顔を見る。長い黒髪、緋色の瞳、小振りの顔、華奢な体に、黒色に赤薔薇のミニのドレス。パンツに付いたリボンの色も特に変わっていない。

「……? 別に普段と変わりないけど?」

なにかのハッタリかと思って、手にした《薔薇の罪人《ジル・ド・レエ》》を構える。

蒼神のほうは座ったまま、面倒臭そうに人差し指を突き出した。

「それだ。お前の言う『変わらない』というのが、すでに変わってしまったのだ」

「……別に禅問答しにきたわけじゃないんだけどねぇ」

「ふん。まあ付き合え。どうせもう結果は確定したんだ。なら、辻褄合わせを聞いておいたほうが、多少なりともお前も納得できるだろう。いや、別にどうでもいいのだが、俺も退屈なのでな、単なる暇潰しだが、まあ聞く気がないならやめるが?」

右手で頬杖をついた蒼神が、ランチの主食をパンにするかライスにするかレベルの気軽さで訊いてきた。

「…………」

こちらの無言を会話を続ける意思ありと取ったのか、あるいは額面通りどうでもいいと思っているのか、蒼神はその姿勢のまま無感動に続けた。

「この場所は本来、物質世界とは隔絶した半ば精神世界に属している。らぽっくたち人形は【蒼き神の塔】の最上階だと思っていたようだが、事実は若干違う。最上階のさらに上の次元に存在する隠し部屋のようなものだ」

そこで言葉を切った蒼神に、「外を見てみろ」と促されて、用心しながら窓際に近寄って見てみると、夜空だと思っていたのは、本当の意味でなにもない漆黒の宇宙──亜空間──で、その場にこの部屋がぽっかりと浮かんでいるだけだった。

「さすがに普段、連中が出入りする場合には、通常空間にある塔の最上階と入れ替えをしていたが、本来のこの状態であれば、いくら塔を上ったところで永遠にこの場にはたどり着けない。──仮にたどり着いたところで、連中の観測能力では自己を定義できず、その場で消滅するのがオチだ」

「言っている意味が不明なんだけど？」

「ふむ……そうだな、『シュレーディンガーの猫』というのを聞いたことがあるか？」

「え～と、確か箱の中に半殺しの猫を入れて蓋をして、次に開けたときに生きてるか死んでるか当てるゲームのことでしょう」

「……別なたとえにしよう」

ボクの答えになぜか話を変える蒼神。

「ここにパソコンがあるとする。ネットからゲームをＤＬ《ダウンロード》してプレイしようとしたが、データ量が多すぎてパソコン自体がフリーズしてしまう。仕方がないので、基本データだけで、グラフィックなどを大幅に削った廉価版どころかお試し以前のデータで動かしている、これがあの世界の住人の容量や処理能力の限界だ。俺たちとはスパコンとゲーム機ほどもレベルに差がある。俺は簡単にこれを『魂の差』『カルマ値の限界』と呼んでいる」

「魂ねぇ……」

いきなりオカルトな話になったねぇ。まあ、いまさらだけど。

「まあ信じようと信じまいとお前の勝手だが、この領域に来られる人間はそれだけのキャパと処理速度を持っているということだ。そして、そのうえで『自己』というキャラクターをエディットして、ゲームに参加することができる」

「………」

なにこの禅問答？

「この場での『自己』というのは、『自分がこうである』と認識した姿に準じる。つまりお前は自分を『綾瀬奏』としてではなく、『緋雪』として認識しているということだ」

蒼神の説明にボクは首を捻った。

「いや、別に自分のことを男だとか女だとか、人間だとか吸血姫だとか、いまさら明確に線引きしたことはないけど？　私は〝緋雪〟なんだし、〝緋雪〟は私なんだからさ。適当なレッテル貼られて理解した気になられても迷惑だねぇ」

現在のボクの正直な感想に、蒼神は意表を突かれたような顔になり、続いてなぜだか軽く肩を震わせ、含み笑いを漏らした。

一瞬、むっとしたけれど、その笑いに含まれた生の感情を感じて、ふと、いま初めてDIVE《ディブ》さん本人と話をしている気がした。

「その姿で現れた時点で、お前のことは見限ったつもりだったのだが。どうしてどうして、面白い」

なんでこう上から目線なんだろうねぇ、と思いながらいちおうツッコミを入れる。

「見た目がどうこういうなら、自分だって気持ち悪い爬虫類のままじゃない？」

「ああ、これか」

言われて気が付いたという風に、頬杖をついていた右手を離して、鱗の生えた腕を一振りする。

すると一瞬にして、それは滑らかな人間の腕に変わった。

「初心者のお前は無意識にその姿を保っているが、慣れれば意図してこのように変化させることも容易い。まあ、やりすぎると自他の境界線が曖昧になるが……俺がこの姿でいるのは趣味のようなモノだ。なにしろ人間を堕落させるのは『蛇』と決まっているからな。なかなかエスプリが効いているだろう？」

「へえ、自覚があったんだ。人間を堕落させる存在だって」

ボクの憎まれ口にも特に動じた様子もなく、蒼神は気だるげな態度のまま再びため息をついた。

「さて、俺が堕落させるのか、堕落するため俺が介在せねばならぬのか……。因果律などというが、原因と結果、果たしてどちらが先にあるのかは、俺にもわからん。だが、運命というものがあるのなら、俺はそれを構成する空虚な歯車にしか過ぎん」

そうこぼした彼の姿は、まるで疲れきった老人のようにも見えた。

「そして、それはお前にも当てはまる。——お前は選択した。俺とお前の戦いの結末を。ならば約束された結果へと、運命は収束される」

「生憎と運命論とか宿命論とかは嫌いなんだよ」

全身の無駄な力を抜いて、ボクは自然体で《薔薇の罪人《ジル・ド・レエ》》を構えた。

それに応じるかのように立ち上がった蒼神の手には、どこから取り出したのか小山のような、透明の刀身を持つ両刃の巨剣が握られていた。

「運命などではない、確定した未来だ。俺と戦うということは、お前は俺に打ち倒され、犯され、蹂躙される。すでに決定され、抗う術はない」

「いや、理屈つけてゴチャゴチャ言ってるけど、結局は君の意思なんじゃないの？　ここでそっちが悔い改めて剣を引けば、私も君を飽きるまでぶん殴るだけで、あとは問題なく終わるんだけど」

とりあえず地面に頭をつけて、ごめんなさいするまで殴るのは決定だけど。

「それが無駄な考えだというのだよ。この世界……いや、かつての地球世界を含め、すべての世界は〝大いなる意思《アルス・マグナ》〟が夢見る舞台にしか過ぎん。その舞台で踊る人形に過ぎぬ我々にできるのは、僅かばかりアドリブを入れる程度なのだ。——わかるか？」

「いや、さっぱり」

いきなり毒電波を受信されても反応に困るねぇ。

「だろうな。多くの人間は魂のない操り人形に過ぎず、移ろいゆく演目を機械的にこなすのみ。我々は台本に沿って演じる役者という違い程度だ。そして、すでに舞台の幕は上がり公演は始まっている。ゆえにどのような抵抗を行っても、結局はフィナーレに向け辻褄が合う……個人の意思とは無関係にな。ならば、確定された未来に即した行動を取るべきであり、それが舞台上の俳優の義務であり、なおかつ効率的だと思うのだが。それでも抵抗するのか？」

「なにがなんだかわからないけどさ。要するに確定された未来って、さっき私が『赤い扉』で見た幻覚のこと？　それなら安心していいよ。全っ然、信じていないから」

瞬間、ダッシュと同時にほぼ最高速に乗ったボクの突きが、蒼神の肩を掠めた。

「――ふん！」

追撃の刃が振るわれ、爆発的な衝撃波となって背後に迫るけど、壁と天井を使ってジグザグに走り、それを躱す。

「それといまの話を聞いて、なおさら腹が立ったからね！」

背後を取って袈裟懸け――着ているトーガは裂けたけれど、鱗には傷ひとつ付いていない。

「ほう。理由はなんだ？　俺が運命やら未来やらを語ったことかな？」

問いかけながら巨剣――《神威剣《バニッシャー》》とかいうチート武器――を振るう蒼神。

この剣、確かに威力は絶大だけど、バカみたいな大きさのせいで軌道がみえみえだし、そもそも蒼神の剣技そのものが力押しで一本調子なために、ある程度の広さと足場のあるこの場所では、逃げ回るには都合がよかった。

だから、縦横無尽に跳ね回りながら、ボクは攻撃の合間に答えた。

「それもあるけどね。一番頭にきたのは――」

剣聖スキル発動――と見せかけて、光術、それも極限まで圧縮した『光芒《ライト》』を、蒼神の目前で解放する。

刹那、眩い閃光が炸裂して、一瞬すべてが白に覆われた。

反射的に目をかばった蒼神の喉元目がけ、渾身の突きを放った。

「義務だの、効率だので、好きでもない相手を抱こうとするな――っ!!!」

スキルもなにもない（どうせ無効化されるんだから）、力任せの攻撃が蒼神の体を弾き飛ばした。

氷のリンクのような床を滑った蒼神の体が、後方にあった執務机と椅子を巻き込んで破壊する。

反撃を警戒して素早く位置を変えたところで、案の定というか……机の成れの果ての中から、無傷の蒼神が立ち上がった。

体はともかくとして、着ているものは普通の布製だったんだろう。蒼神は、ズタボロになって素肌にぶら下がるようになっていたトーガを、無造作に片手で破いて取り除く。

たちまちその場で全裸になった蒼神は、少しだけ感心した様子でこちらを見た。

「驚いたぞ。まさかここまで食い下がるとはな。事によるとらぽっくよりも戦闘力は上かも知れん」

「あー、はいはい。なんでもいいから、さっさと代わりの服を着てくれないかな」

露出狂と戦うのは嫌だなぁ……。

「――ふむ。どうせ俺にとっては服など飾りだ。ゆえにこのままでも問題はないが？」

「こっちが嫌なんだよっ！」

次の瞬間の行動は、自分でもまったく無意識のものだった。

ほとんど瞬間移動ともいえる速度で蒼神に肉薄したかと思うと、《薔薇の罪人《ジル・ド・レエ》》の切っ先を下にして床に突き刺し、代わってフルスイングのパンチでもって蒼神の頬骨を深く抉る。

残像を残しながら体ごと転がる勢いで仰け反った蒼神の顔が、瞬間、今度は反対側から殴られ、辛うじて原形を残していた机の部品を粉砕しながら、蒼神は床の上を二転三転した。

「いいから、さっさと服を着て！」

「……面倒な奴だ」

ブツブツ言いながら立ち上がると、蒼神はどこから取り出したのか軍服のような濃紺の衣装を手に取り、その場で着はじめた。

◆◆◆

ようやく裸族をやめた蒼神が、ボク同様に床に突き刺していた《神威剣《バニッシャー》》の柄に手をやって、仕切り直しの姿勢を取った。

合わせてボクも、《薔薇の罪人《ジル・ド・レエ》》を握る。

さて、どうしたものかな……。と、これまでの一当てでわかったことを頭の中で整理してみた。

ひとつは、『こちらの攻撃は相手の肉体にダメージを与えられない』点。

これは事前に予想できたことだけど、実際に斬って殴っての手応えから推測するに、肉体そのものが『不可侵』というわけではなくて、『ダメージを瞬時に回復する』というのが真相に近い気がする。

事実、相手は仰け反ったり吹っ飛んだりしているので、瞬間的には攻撃は徹《とお》っている手応えがある。らぽっくさんも九剣での『メテオ・バニッシャー』の手応えはあったけど、服に穴が開いただけで、平気で反撃してきたって言っていたし。要するに、こちらの攻撃によって生じるダメージ以上の回復力で、瞬時に再生しているのだろう。

たとえて言えばもの凄く大きな川から、バケツで水を汲み出そうとしているけど、それ以上に上流から流れ込む水量が多いので、川全体では見た目に変化がないように感じる……というところか。

そうなると対策としては、川ごと蒸発させるような攻撃か、さらに上流にある源流を潰すしかないんだけど……『メテオ・バニッシャー』でも斃せなかった以上、ボクの最大奥義の『絶唱鳴翼《ぜっしょうめいよく》刃《じん》』でも、多分通用しないだろう――というか、スキルがキャンセルされるので、現状では打つ手がないんだよねぇ。

そして、もうひとつは、少しだけ有利な情報として、『《神威剣《バニッシャー》》の脅威度が予想よりも低い』ということ。

おそらくは最初に宣言した通り、蒼神はボクを殺すのではなく、死なない程度のダメージを与えて、肉体的に従えるのが目的なのだろう。そのため、《神威剣《バニッシャー》》では、もともと紙装甲のボク相手ではオーバーキルになるから、どうしても手加減せざるを得ないのだろう。

本気で《神威剣《バニッシャー》》を振るわれれば、この程度の限定された空間では、逃げる場所などなく〝面〟で制圧される可能性が高い。だが、いまのところ〝線〟での攻撃に終始しているために、ボクとしては、相手の反応速度を上回る速度と、体の小ささ、柔軟性を駆使することで、互角の勝負を演じている――ように見せかけているけれど、実質的には時間稼ぎ以上の意味は持っていない、ということだ。

「……さて、どうしたもんかな」

以上を踏まえて、どーにも勝てる手がないというのが、現在の状況だった。

「どうした、無駄な抵抗は諦めたのか？　結果は同じなのだからな。さっさと剣を置いて、素っ裸で降参したほうが傷も浅いと思うのだが」

どうにも感情の籠もらない態度と口調で、手にした《神威剣《バニッシャー》》を肩にかける蒼神。

「冗談じゃないねぇ。生憎とここから清い体で戻って、将来的に好きな相手と所帯を持つつもりなので、ご期待には応えられないよ」

と軽口で返してみたけれど、相手を出し抜く手立ては――実はふたつばかり思いついた。けれど、どちらも自分の安全を度外視しているうえに、完全な賭けなので――かなり分が悪い。

いっそのこと、蒼神はこちらを生かしたまま辱めを与えるのを目的にしているのだから、この場で自害でもしたほうが、相手の思惑を外すことになるんじゃないか――と、一瞬捨て鉢な考えもちらりとよぎった。

――そんなことはできないねぇ。皆が待っているのだから。

けど、そんなことは論外だ。

勝って帰らないと。

その意思を込めて蒼神を睨み付ける。

「愚かだ。お前がそこまで愚かだとは思わなかったぞ。――いや、青の扉を選択しなかった時点で、わかっていたことではあるが」

「どーにも拘《こだわ》るねぇ。あんなものは幻想だろう？　現実には私はあの日事故で死んだし、そもそも君に会う予定もなかったんだから。――そういえば、あれのバックボーンってどの程度正確なわけ？」

どうにも先ほどの『虚霧』内での最後の選択で、ボクが赤い扉を選んだことを再三に渡ってなじられている気がして、ダメモトで聞いてみた。

「すでに確定したことだが……まあいい。いまの俺の感情を表せば『怨み』……そうだな、俺の望まぬ選択をしたお前に対する失望からくる怨みの念が、確かに俺の中にはある。いや、事によると単なる愛情の裏返しなのかも知れんが、やはり怨み節のひとつくらいは言っておこう」

失望だの怨みだの言うわりに、相変わらず淡々とした口調で続ける蒼神。

こちらを甘く見ているのか、自信過剰なのかは知らないけれど、ここで時間稼ぎができるのはありがたかった。時間が経てば経つほど思い付いた奥の手のひとつを使える可能性が増えるのだから。

ボクは見た目だけは涼しげに、蒼神の話に耳を傾けるフリをして、その実、じりじりと増大してくる体内の感覚に身を委ねていた。

「まず、最後に現れた扉は『俺が望んだ過去』と『お前がたどる未来』の象徴だ。俺が望んだ世界をひっくり返されたんだ、腹を立てる権利はあるだろう？」

「――いや、そこで私の責任にされてもねぇ。自分のことなら自分でなんとかしようよ。男でしょう？　いや、仮にも神を名乗ってるんでしょう？」

「生憎と神とはいえ俺もこの世界に包括されている以上、万能というわけにはいかん。言っただろう。世界はすべて〝大いなる意思《アルス・マグナ》〟が夢見る舞台にしか過ぎぬと。俺という存在も、舞台上の『神』という記号《アイコン》にしか過ぎんさ。……そうだな、さしずめ古代ギリシア歌劇において、舞台上がグダグダになった際に現れ、強引にその場で舞台を終わらせる『機械仕かけの神《デウス・エクス・マキナ》』のようなものだ」

「？？？」

「……要するに、どんな世界にもイレギュラーな事態があり、その調整をするために『神』だの『魔』だのが定められているということだ」

「へえ、それは……よかったねぇ。完璧なんてつまらないよ」

　ボクの感想を聞いて、苦笑じみた表情を浮かべる蒼神。

「そこでそう思えるお前だからこそ、俺には眩しくて憧れたのだろうな。だが、いまでは――心底うとましい」

「そこでこちらに矛先を向けられてもねぇ……単なる八つ当たりにしか思えないけど」

「確かにそうだな。これは俺の八つ当たりだ……だが、その引き金を引いたのも、トドメを刺したのもお前なんだ、多少理不尽でも共犯者として責任は取ってもらおうじゃないか」

「？」

「ふん、さっきの話の続きだが――」


かつての俺はヒキコモリのニートだった。これはもう話したな。

そしてお前の言葉と姿に触発されて、『テクノス・クラウン』で働きはじめた。その一年間で体重も五十キロほど痩せたのも確かだ。

ああ、激務だったのもあるが、人間関係が最悪だったな。

『親切で温和な人格者』というネット上での仮面《ペルソナ》とは違い、ろくに社会にも出ずまともな人間関係を構築できなかった俺には、毎日が地獄だった。また、会社の奴らもゲーマー上がりの俺のことを、とことん馬鹿にして社会不適合者扱いしていた。

せめて親不孝をした両親への罪滅ぼしと、歯を食いしばって耐えていたが……両親にとっても、ゲーム会社などで働くのは「遊びの延長」でしかなく、「なにをやっても駄目な奴」「死んだほうがマシなクズ」とも言われたな。――ふん、そんな顔をするな、もはや俺の心には怨みも悲しみもない、ただただ空虚なだけだ。

だからかな、当時の俺に残された最後の拠り所は、あの日のお前との思い出だけに思えた。

俺よりもよほど辛い人生を送ってきたはずなのに、いつも前向きだったお前に負けまい。もう一度お前に会ったときに、胸を張って自慢できる人間になりたいと……ただただ、それだけを心の支えにしていた。

だが、その願いも容易く崩壊した——そうだ、お前の死によってな。

事故のニュースを知って、お前の名前を見た瞬間、俺の頭は真っ白になった。おそらく感覚が麻痺して、感情が追いつかなかったのだろう。朝になり、普段のようにコンビニで買った朝食を食べ、会社に出勤していた。

そこで俺は気が付いた。お前は死んでもここにはお前が遺したデータがあるではないか、と。

それに気が付いた俺がやったのは、寝食も忘れ、数日かけて『緋雪』に関する会話ログ、画像などを、管理者権限ですべて複製《コピー》し——ついでに目くらましのため、爵位持ちのデータを何人分か同じように複製《コピー》しておいたな——そして、時限式の仕かけでサーバ内のゲームデータはすべて破棄して、俺の知っている限りのバックアップも破壊しておいた。

おそらく、復旧はできなかったろうが……まあ、実際どうだったのかは知らんし、いまさらどうでもいいことだ。

なぜ？　当然だろう。データとはいえ同じものがあっては唯一無二の存在ではなくなるからな。

それになにより、お前のいなくなった『E《エ》・H《タ》・O《ホラ》』などには意味がないし、お前の死後、万が一にも同じ容姿のキャラクターが存在することになれば、耐えがたい冒涜に思えたからな。

そうして、気が付いたときにはお前が死んだ現場へとたどり着いていた。

雪が降っていた。

道路の脇に赤い薔薇の花束が置いてあるのを見て、俺は初めてお前が死んだことに実感が持てたのだろう。

気が付けば後生大事に持っていたデータとともに、ふらふらと車道へと飛び出し大型トラックにはね飛ばされ――。

❖❖❖

「……気が付いたらゲーム内の『DIVE《ディブ》』として転生していたってわけ？」

蒼神の独白を引き受けて、ボクはどうにも複雑な心境で相槌を打った。

努力を認めてもらえなかったり、家族にも人格を否定されたりと、同情の余地はそりゃあるけれど、だからといって、『エターナル・ホライゾン・オンライン』を破壊したり、自殺したりするのはやりすぎだよ。

ため息をついた。

だいたい、「なんで勝手に死んだんだ⁉　そのせいで人生が狂ったぞ！」――って文句言われてもねぇ。ボクだって好きで死んだわけじゃないし……。

と、ボクの問いかけに対して、意外なことに蒼神は頭を振った。

「いや違う。俺の魂は死後、〝大いなる意思《アルス・マグナ》〟によってサルベージされ、その末端としてこの世界を創世・管理する権限を与えられたのだ」

「えーと……日本語でおk?」

こちらの困惑を無視してマイペースに独白を続ける蒼神。

「〝大いなる意思《アルス・マグナ》〟とはなんなのか、それは俺にも全容は掴めん。文字通り全知全能の存在なのか、あるいは意識なきシステムのようなものなのか。……いや、意思のようなものは確かに存在するとは思うのだが、それはあまりにも巨大で異質すぎて俺の理解が及ばん。少なくとも祈ったり捧げものをしたりして奇跡を起こしてもらうような通俗的なシロモノでないのは確かだ」

全体的に倦怠感を感じさせる口調で、蒼神が自嘲とも皮肉とも取れる言葉を連ねる。

「あるいはアレは全知全能とは対極の存在なのかも知れんな。万能無限の力を持ちながらも、無知であり無能の存在。ただし人体にたとえるならば、体内の免疫機構は自覚なしに活動を行っているし、ごく僅かに外界の刺激に対して反射行動を起こすこともある。——それを称して神の奇跡だの預言だのとご大層にありがたがるのは勝手だが、おそらくアレは個人の感情など斟酌せんぞ」

「ん〜〜っ。なんかピンとこないけど、そのよくわからないシロモノが、なんで君にコンタクトを取ったわけ?」

「さて……な。単なる偶然か、なんらかの意識が介在しているのかは不明だが、そもそもアレの目的は一貫して『数多の世界を構築し、多様性を求める』というところだ。先ほど俺はこの世界を舞台にたとえたが、実際のところはもっと単純に収穫場であり、そこにあるすべては〝大いなる意思《アルス・マグナ》〟の糧であり、遊戯の駒に過ぎん。より味のよいもの、面白いものを求めるのは当然だろう?」

えらく通俗的な神様だなぁ、というのがボクの感想だった。

そんなボクの胸の内を読み取ったのか、蒼神は微妙に苦笑を浮かべた。

「文字通りの意味ではないがな。だが世界は数多存在するが、そこには必ず似たような知的生物、文化文明が栄え、俺のような存在――舞台を管理する裏方であり、放牧の羊を管理する牧羊犬といったところか――も配置されているところから、どうにもバカらしいが、先ほどのたとえが真相に近いのではないかと思える。要するにより収穫量を上げ、味をよくせよというところだろう。そのために世界は新たに創造され、あるいは既存のものから分化される聞けば聞くほど理解不能になるねえ。そもそも前提である〝大いなる意思《アルス・マグナ》〟とやらが説明不足なので、どうにも話が胡散臭くて、実感が湧かないんだけど。

「ふざけた話だが、俺とこの世界とは不可分と化している。俺は己の役目を理解して、手元にあった『エターナル・ホライゾン・オンライン』のデータをもとに、この世界を作り上げた」

突拍子もない話にボクは思わず唸った。

この話が本当だと仮定したら、この世界は……いやそれどころか、もとの世界そのものすら、〝大いなる意思《アルス・マグナ》〟が介在して、似たような『神様役』が作り上げた舞台装置ということになる。

「だが当初の俺は無邪気だった。喜び勇んで、まず最初にお前のデータをもとに複製を作り出そうとした。俺の考えた理想郷はただひとつ、俺とお前がアダムとイブとなった新世界しかなかったからな」

「……………」

エデンの園。この蒼神とふたりで素っ裸のまま、キャッキャウフフしている姿を想像して全身に鳥肌が立った。

「だが、どうしたわけか⁉　お前に関するデータがすべて消えていたのだ！」

蒼神の目が、この部屋の隅に原形を留めて唯一残っていた命珠――中にはなにもない、本物の水晶球のように透明なそれ――を見据えた。

「わかるか、その絶望を⁉　ほかの者のデータで再現してみれば、問題なく作れたというのに、またもや肝心なものが手に入らない、その虚しさが！　くだらんっ。無意味だっ。なにが理想郷だっ。なにが新たな世界だっ。こんな世界、俺にとっては地獄に過ぎん！　すべてが出来損ないだ‼」

血反吐を吐くような口調で言い放った蒼神の、虚ろな瞳がボクの顔を改めて見据えた。

「そんな絶望の中、お前は現れた。俺が作ろうとした代替品ではない、本物のお前が！　俺が管理できる世界はひとつ。だから、俺はこの世界を消去して、新たにあの日からやり直そうとした――だが、なぜ選んでくれなかったんだ緋雪？　この世界にとって異物であるお前の意思を無視して、やり直しを行うことはできなかった。だから、苦しみ悲しみのない、理想の現実を選んでくれると信じていたのに、なぜこんなくだらん世界に固執したんだ⁉⁉」

考えるまでもなく、ボクの口は答えを紡いでいた。

「この世界が、人々が好きだからだよ」

理解不能という顔で呆然とする蒼神に向かって、ボクは猛然と走った。

同時に、これまで我慢していた衝動を解放する――『狂化』発動！

このためにここ一週間近く吸血を控えていたんだ。そのため理性が飛びそうになるのを、辛うじて制御して、爆発的に上昇したステータスに物を言わせて一気に蒼神へと肉薄し、

「はあああっ‼」

全力の回し蹴りを、速度差で棒立ちになっているように見える蒼神へと叩き付け、一撃でその体を窓の外――なにも存在しない亜空間の彼方――へと蹴り飛ばした。

❋死中求活

蒼神の体が窓の外――星すらない亜空間へと投げ出され、そのまま自由落下するように軌道を離れて遠ざかっていった。

「――くっ！」

なおも抑えきれない吸血の衝動に意識が呑まれる寸前に、ボクは剥き出しの自分の右手に噛み付いた。

あとコンマ何秒かでも放置すれば、完全に理性が吹き飛ぶ。

とにかく、喉の渇きを潤さなければ――処女の血？　目の前にあるじゃない！　――半ば本能的に、窮余の策として自分の動脈に噛み付いた……のだけれど、結果、一気に理性が吹き飛んだ！

――なにこれッ⁉

「お……美味しいっ‼　絶品じゃない！」

あまりの美味に恍惚として、全身に震えが走った。

空腹のせいもあったけれど、これまで飲んだどんな血よりも遥かに芳醇で濃厚な血潮に、我を忘れて舌鼓を打つ。うまーっうまうま！……あ、でも、これってある意味自給自足というか、下世話な言い方をすれば、自慰行為に近いのかも知れないなぁ、とか理性が囁いたけど、無我夢中でちゅーちゅー飲んだ。

そんな感じで飲みすぎて、逆に貧血を起こしてフラフラになったので、さすがにそこで理性を取り戻し、後ろ髪を引かれる思いで中断して、代わりに収納スペース《インベントリ》からワインボトルに入った鮮血を数本取り出して、はしたないけどラッパ飲みした。

「……う～～ん。まずくはないけど……なんか薄い」

収納スペース《インベントリ》に入っているものは時間の経過による劣化がないはずなので、これも搾りたての健康ピチピチな乙女や栄えあるＤＴ君の血のはずなんだけど、いま飲んだ自分の血と比べるとなんか味気なく感じる。

まさか、こんだけ自分の血が美味しいとは思わなかったわ。

たまに稀人や影郎さんが、妙にギラギラと熱い視線を向けているなぁ――とか思うときがあったけど、いま初めてわかった。あれは食欲を我慢している目だったんだねぇ。超納得。

飲み干した瓶を無造作に床に放置した。

「さて、とりあえずこの部屋を破壊すれば、もう蒼神も戻りようがないだろうから、さくっと壊しておかないと。――もっとも脱出口がないと、私も永久にこの場所に放置されることになるんだけどね」

攻撃が効かない蒼神相手の対応として咄嗟に思いついた策がこれ。斃すんじゃなくて、相手の自由を奪う方法。

この場だと亜空間に放り出すのが手っ取り早いと思ったんだけど、もともとＳＴＲ（腕力）値が低いボクとしては、一か八か大幅に全ステータスを増幅させる『狂化』を使うしかなかった。

とはいえ完全に理性をなくしていたら、なにも考えずに真正面から立ち向かっていって、

《神威剣《バニッシャー》》相手に力負けしていたことだろう。ギリギリ理性が吹き飛ぶ寸前で踏み止まれたので、どうにか思惑通りに進むことができたけれど。

それと問題なのは、この場所――蒼神がいうところの上の次元の隠し部屋（多分、空中庭園が普段待機している漆黒の空間と似たようなものなんだろう）から帰る術があるかどうか、そこらへんが不明なところなんだよねぇ。

「『転移門《テレポーター》』か、同じ亜空間なら空中庭園に連絡が付かないかなぁ。できれば、迎えにきてもらうところなんだけどさ」

ひとりごちた声に背後から返事があった。

「ほう。どこへ行くつもりだ？」

反射的に床を蹴ったけれど半歩間に合わず、一直線に放たれた衝撃波によって、ボクの体は独楽《こま》みたいに回転しながら壁に叩き付けられ、さらに追撃の一撃を受けて崩れた壁と一緒に、虚空に投げ出された。

――落ち……っ⁉

覚悟した真空の息苦しさも絶対零度の極限状態もなく、ふと気が付くと最初にこの部屋に入ってきた場所に立っていた。

「……へっ⁈」

困惑するボクに向かって、五メルトほどの距離を挟んで対面していた蒼神が、気だるげな眼差しを向けていた。

「この空間は閉鎖されている。たとえるなら川の流れに発生した渦巻のようなものだ。囚われた木の葉がそこでクルクルと留まるように、この場を維持している俺を斃さない限り逃れることはできない。それと外部からの進入も不可能だ。俺とお前以外の因子は、自動的にフィルタリングされるようになっているからな。……そうだな、機能的にはデュエルスペースと、まあ似たようなものだ」

デュエルスペース――。あれなら簡単に解除できるけど、これはそう簡単にいかないんだろうなと思いつつ、自分にヒールをかけ《薔薇の罪人《ジル・ド・レエ》》を構えた。

「――まあ、確かに。あの程度で終わるのは、ちょっと虫がいいかな、とは思ってたんだけどね」

とは言ったものの参ったね。内からも外からも脱出不能で、手持ちの札だけで相手をするのは、かなりキツイね。

「いい加減に痩せ我慢をするのはやめたらどうだ？　勝てもしない勝負を挑み、逃げ出したい恐怖に震えながら立ち向かう意味はないと思うがな」

「……だから？」

「最初から言っているだろう、俺のオンナになれ。そうすればこの世界の半分をくれてやろう」

どこのラスボスだ⁉　というベタな提案をしてくる蒼神。

「返答はどうだ？」

「勿論『ノー』に決まっているよ」

「ふん、まあ予想通りか。とはいえ、いちおう理由を聞いておこう。なぜだ？」

いや……半分、ゲーマーのノリで反射的に言っただけなんだけどさ。

「理由はふたつあるよ」

《薔薇の罪人《ジル・ド・レェ》》を握ったままの右手を前に突き出し、そこで指を一本立てた。

「ひとつは、そもそもこの世界は君のものではないからね。取っかかりはそうかも知れないけれど、いまはここに生きる人々や命あるもののものだからね」

続いてもう一本指を立てる。

「ふたつ目……それは、私は君に腹を立てているからだよ。君は理不尽に踏みにじられる辛さ、苦しさを知っている、それなのにそれを他人にも強いている。そんな相手の言うことなんて絶対に聞けないからだよ！」

言うだけ言ってすっきりしたボクは、八方塞がりの状況だけど腹をくくって、もうひとつ――いや、やることを考えたらふたつある――先ほどの『狂化』よりもさらにリスキーな思い付きを実行することに決めた。

――確かにこの世界が『エターナル・ホライゾン・オンライン』に準拠したものなら、元ＧＭだった蒼神には、システム上勝つことはできないだろう。けど、彼は知らないことがある。ゲームではなくリアルになったために、本来あり得ない変質を遂げたシステムがあることを。

「ご立派なことだ。だがどのような綺麗事を唱えようとも、実現できねば空論に過ぎん。仕方ない、当初の予定通り話し合い以外の方法を取ることにしよう。とはいえ下手にダメージを与えると、『狂化』や『狂乱《バーサーク》』する恐れがあるので、とりあえず手足を切り取って達磨にしてからだな」

そう言うと、蒼神は無造作に踏み込みながら、《神威剣《バニッシャー》》を振るってきた。

らぽっくさんの《絶《ぜつ》》でさえ一撃で砕けた一閃だ、これを受けたらボクの《薔薇の罪人《ジル・ド・レエ》》も同じ運命をたどるだろう。

剣同士で打ち合わないようにして、とにかく距離を置いて一撃離脱を繰り返す——ここまでは先ほどと同じだった。

「ふむ。姫君は追いかけっこがお好みか。なら」

瞬間、蒼神の姿がブレた。——いや、あまりの速度に目が追い付かずに残像だけを捉えたのだ。

「なっ——?!」

たった一歩でこちらとの距離を詰めた蒼神が、いきなり目の前に現れた。

「どうした、こんな程度か?」

反応もままならずに、閃光のような速度で突き出された蒼神の一撃を、左手の長手袋——盾装備《薔薇なる鋼鉄《アイゼンネ・ユングフラウ》》で、咄嗟に受けるのが精一杯だった。

飾り付けられた薔薇の花と蔦とが、一撃でズタズタに切り裂かれて散る。

さらに力負けしたボクの体が、紙風船のように弾かれて空中へと飛んだ。

「遅い」

そのまま後方の壁に叩き付けられるよりも先に、突進の運動ベクトルを殺さず——ボクの十八番の三角跳びを行って——即座に進行方向を変えた蒼神が、さらに弾丸のような速度で追撃してくる。

頭上に振り上げた巨剣が、なんの駆け引きもてらいもなく一直線に振り抜かれた。

「くっ!」

空中で身を捻り、錐揉《きりも》みする形で《薔薇の罪人《ジル・ド・レエ》》を床に突き立て、急制動をかける。

瞬間、空間すら断つような斬撃線が、ボクの背中にある漆黒の翼《薔薇色の幸運《ラ・ヴィ・アン・ローズ》》を寸断し、勢いあまって床と壁をスパッと豆腐みたいに斬った。

あ、危なかった～～っ。もうちょっとで、体ごと真っ二つになるところだったよっ！　手足どころか、正中線狙いじゃないのいまのって⁉　手加減抜きで殺す気⁉

と思って蒼神を睨み付けると、平然と嘯かれた。

「まあ、殺す気でないと戦闘力を奪えそうにないからな。それにしても、GM専用のハイスピードモードを使っても、完全に捉えられんとは、つくづくたいしたものだ」

どうやらいまの超速度はGMの専用スキルみたいなものらしい。そういえばゲーム中でもイベントとかでGMが突然現れて、もの凄い速度で走っていくのを見たことがあるけど、スキルとして存在するとは思わなかったよ。どこまでチートなんだか。

舌打ちする間もなく、蒼神が距離を縮めてきた。

同時にこちらも床を蹴って、相手に詰め寄る。一瞬、蒼神の顔に意外そうな表情が浮かんだけれど、無言のままお互いの距離がほぼゼロの状態で、《神威剣《バニッシャー》》を横薙ぎに振るう。同時に閃光がいくつも生まれた。

相手の速度とリーチがこちらを上回る以上、距離を置いてのこれまで通りの戦いは逆に危険。ならば、懐に入って両方を封じるしかない。

そう判断して選択した超接近戦だったけれど、これまたどう考えても自分のほうが一方的に不利な戦いだった。

なにしろ相手は攻撃のみに専念して、防御を捨て、身の安全を顧みないで破壊することだけを考えて容赦なく攻めればいいのに対して、こちらは一撃でもクリーンヒットを受ければ即終了。ひたすら躱すしかない。

「どうしたどうした、攻めてこないのか？　無駄とわかって諦めたか？」

薄氷を履《ふ》むような緊張を強いられる膠着状態が何合続いただろうか。密着しての攻防はすでに五分を超え、その間に繰り出された攻撃は百を超えるだろう。

見た目は一進一退に見える均衡状態だけれど、その間ずっと受身にならざるを得なかったボクの体は、細かい傷が付き、補給したばかりの血潮を流しながら後退を強いられていた。

と、勢いに押されて下がった足が、思いがけず硬いものに当たって止まった。

いつの間にか壁際まで下がっていたらしい。逃げ場がない状態で無理に攻撃を躱そうとして、体勢が崩れる。

「終わりだ」

蒼神の手にした《神威剣《バニッシャー》》が真っ直ぐに振り落とされる。この体勢からでは完全には躱しきれない——そう思った蒼神の自信にあふれた一撃だった。

刹那、ボクの手から《薔薇の罪人《ジル・ド・レエ》》が転がり落ちた。同時に、崩れたフリをして曲げた膝から爪先までのバネを総動員して、爆発的な推進力を作って一気に解放した。

「——このォ！」

《神威剣《バニッシャー》》の刀身が届くよりも早く、蒼神の懐へと飛び込んだボクの掌打が、その心臓部分へと打ち込まれると同時に、さらに全身のバネと関節を総動員して、ありったけの〝勁《けい》〟を放った。

「ふん、この程度なにほどの――なにィ⁉」

インパクトの瞬間こそ仰け反ったものの、その後は蚊にでも刺された表情で、軽く一歩踏み出そうとした蒼神の足が、継続する〝勁〟のダメージの影響で、本人の意思を無視してガクリと落ちた。

勝機はいま！　この瞬間しかない！

再び腕が届く間合いに飛び込んだボクは、反射的に左手で心臓を押さえ、右手一本で振り下ろす、蒼神の《神威剣《バニッシャー》》の柄頭を弾いて頭上に飛ばした。

同時に跳躍して、空中で《神威剣《バニッシャー》》を掴んだ。

そのまま柄を握って振り回す――見た目STR極振り《ストレングスきょくふ》装備だけど、取り回しの感触は通常の長剣程度に軽い――思った通りだ。GM用の装備ってレベル制限なしで、普通にボクでも使うことができる！

ゲーム内では制限がかかっていて、多分プレーヤーでは使えなかった武器。だけれど、この世界ではその手の制限が撤廃されて使えるんじゃないかと推測してたけれど――案の定だ。

思い起こせば、以前に兄丸さんに襲われたとき、ボクの専用装備としてゲーム内では他人が持つことができなかったはずの《薔薇の罪人《ジル・ド・レエ》》をジョーイが握って振り回した話を聞いていたので、そのあたりの制限がなくなっているんじゃないかと、前々からアタリをつけていたけれど、どうやら正解《ビンゴ》だったらしい。

ズブリ――という骨肉が断たれる音と鈍い手応えがして、蒼神が驚愕に見開かれた目でボクを仰ぎ見た。

《神威剣《バニッシャー》》の巨大な刀身が蒼神の背中から右肺を貫通して、切っ先が床へと突き刺さっている。

絶対の防御を誇るGMの肉体も、同じく絶対の攻撃力を誇るGM専用武器には、アドバンテージにならなかったらしい。

数瞬の間を置いて、蒼神の背中の傷から噴水のように血が流れた。

飛沫がボクの顔や体にかかって、自分自身の流した血と混じり合って床へと流れ落ち、鏡のように磨き抜かれた床が緋色に染められる。

❖❖❖

蒼神は自分の胸元から生えた剣先と、半ば分断された己の上半身を確認して薄く笑った。

「……運命をひっくり返したか。さすがは緋雪だな……そう、未来は常に流動的だ。いかに確率が高かろうと、そこに人の意思が介在する限り、いかようにも流転する。お前は自分の望んだ未来をその手にできた。過去を振り返ってばかりの俺とは違う。……見事だ」

穏やかな表情と口調でそう言われ、《神威剣《バニッシャー》》を押し込む手が一瞬止まった。

「――だが、まだまだ温いな」

蒼神は笑ったまま床に落ちているものを掴むと、串刺しになったまま片手で無造作にそれを放り投げてきた。

それはボクが手放した愛剣《薔薇の罪人《ジル・ド・レエ》》だった。

顔面目がけて飛んできたそれを躱すため、咄嗟に《神威剣《バニッシャー》》から手を放す。

間一髪、顔の脇を通過した《薔薇の罪人《ジル・ド・レエ》》が、澄んだ硬い音を立てて天井へ突き刺さった。

その瞬間、こめかみのあたりに強い衝撃を受け、ボクの意識が、二呼吸ほどの間刈り取られる。

さっきとは逆だ。わざと追い込まれたフリをして隙を作り、動きを単調にして誘い込み、相手の武器を利用して反撃する。ボクが使ったのと同じフェイントをかけられて殴り飛ばされたのだ。

「甘い。さっさとトドメを刺せばよいものを、どこかで手心を加えようとするから、こうなる」

胸元を貫通させたままの刀身を掴んで床から抜き出し、立ち上がった蒼神がさらに力を込めて、剣を抜こうとする。

「させないっ！」

痛みを無視して叫びながら突進したボクは、抜き取られようとする《神威剣《バニッシャー》》の刀身を正面から素手で鷲掴みにして、掌が切れて血が流れるのも構わず、そのまま力任せに真横へと——蒼神の心臓を両断する手応えを感じながら——一息に押し込んだ。

僅かな抵抗のあと、蒼神の体をほぼ胸の部分で分断し、自由になった手の感触でようやく一時の興奮状態が治まったボクは、《神威剣《バニッシャー》》の刀身から手を離した。

甲高い音を立てて《神威剣《バニッシャー》》が床へ落ちる。

蒼神の傷からとめどなく流出する血潮が床にこぼれ、黒のローファーを履いたボクの足元を真紅に染めていった。

「くははは っ！　まったく……手間取らせてくれたものだ」

途端、瀕死の蒼神の口から吐血と哄笑が放たれる。

その余裕の声に、ボクの中の警戒感が再び高まった。

バックステップで距離を置くボクを、いまだ立ったままの蒼神が目で追いかけながら、軽く苦笑を漏らした。

「安心しろ。俺の命脈は断たれた。俺の負けだ。あとは従容と滅びを受け入れるのみ――いまさら、再戦など挑まん」

ほっと肩の力が抜けたけれど、ボクの安堵は次の一言で吹き飛んだ。

「多少不安な面もあるが、まあとにかくお前は『神殺し』を成し遂げた、古い神を殺してより強く若い神が成り代わる、『金枝篇』でもお馴染みの通過儀礼《イニシエーション》だが、これでお前が俺のいた座に即かざるを得ない……おめでとうというか、ご愁傷様というべきか……まあ、あとのことは任せるぞ」

「ちょっ、どういうこと!?　神に成り代わるとか、そんなの望んじゃいないし、お断りだよ!!」

慌てて詰め寄るも、蒼神は安らいだ表情で、相好を崩して答えた。

「そう言われても、な。先に言ったろう『この場を維持している俺を斃さない限り逃れることはできない』と。維持する者がいなくなれば俺の世界は崩壊する。地球世界のように、個々人のカルマ値が高く意識・無意識の領域で世界を定義し、確固たる法則を築いている揺るぎない完成された世界と違い、まだまだ幼く脆弱なこの世界には『神』が必要なのだ。そのため先代の神――まあ、魔王でも呼び名はどちらでもいいが――が斃されれば、自動でそれを斃した勇者が、その座を受け継ぐようになる。受け継がねば、世界は早晩崩壊するだろう」

なにその、いきなり死んだ親の莫大な借金を背負わされるような理不尽な展開は⁉

しかもキャンセルしようにも、怖いお兄さんたちがバックにいて、思いっきり詰んでる状態とか。

肝心の借金の元凶は投げっ放しで息を引き取ろうとしているし‼

『この場』って言うから、てっきりこのメンタルとタイムの部屋みたいな空間だけを指しているんだとばかり思っていたら、『世界』そのものなんて詐欺だ――っ‼

「永かった……」

心臓を両断された状態で相当苦しいはずだけど、朗らかに笑いながら蒼神は続けた。

「〝大いなる意思《アルス・マグナ》〟によって、世界構築の一要因としてこの世界に組み込まれた俺は死ぬこともできず、その定めに従い繰り返し生命を生み出し、文明を発展させ……そして、戦争、疫病、飢饉、常になんらかの要因で自滅するのを何度も目の当たりにしてきた。『神』などと謳われてもこのざまだ。一度として理想世界が生まれたことなどなかった」

ここまで彼が歪んだのはなぜかとずっと不思議だったけれど、きっとここまでくる間に何度も悩んで苦しんで嘆いて、そして擦り切れてしまったのだろう。

人間の悲願のひとつである永遠の命だけれど、たったひとりで生きていく孤独はきっといまのボクには想像もつかないと思う。だからといって蒼神の身勝手さを許容できるかといえば、それは別だけど……それでも、いまこの場で糾弾するタイミングではないと思えて、ボクは黙って話を聞いた。

それにしても、いまさらだけどここにいるボクって何者なんだろうねぇ？　蒼神が作った複製じゃないとは思うけど（まあ、自分が本物だと信じている偽者の可能性もあるんだけど）、この場にいるということは、誰かの明らかな作為を感じるねえ。

「……いっそ滅ぶのなら滅んだままで……とも思えたが、それもかなわなかった。まあ、主観時間で五千年ほどは人間の存在しない世界にいたのだが、それを良しとしない〝大いなる意思《アルス・マグナ》〟の干渉により、一部の動物が勝手に進化し獣の特徴を持った人類に酷似した種族が生まれたため、やむなく俺は人間の存在する世界を構築した。せめて醜い争いと無縁でいられるように、他種族と競合しないよう手厚く保護し、惜しみない助力を与えた。だが、そうした場合必ずと言っていいほど、人間は堕落するか無気力となって衰退していく……」

蒼神は大きくため息をついた。

「ならばと規範や道徳を宗教という形で浸透させ、さらに目に見える数値として『カルマ値』を設定したが、これまた時間の経過とともに個人・民族間の差別を助長する温床となった。人間同士がわだかまりを捨て手を取り合う方法はないのか？　俺は人間以外の外敵を作ることで協力体制を構築できるのではないかと、『エターナル・ホライゾン・オンライン』のＭＯＢ《モブ》データをもとに、ある程度の調整を施した魔物を作り出し、これと敵対するよう仕向けた……だが、いつも同じだ。その場しのぎの対処療法にしかならず、人間は必ず堕落し、相争う。何度壊し、やり直したことか……まるで波打ち際で砂の城を作るかのような、変わらぬ毎日の繰り返し」

なるほど。この世界の魔物って弱いなー――ま、うちの従魔が天元突破しているのを差し引いても――と思っていたら、わざと弱体化させていたわけね。

「そしていつの間にか、理想の世界を作るという目的を見失い、あとは惰性で日々を過ごしていた。死にたくても俺という存在は世界のシステムに組み込まれ、不可分と化しているためにそれすらできない。可能性としては『神殺し』が存在するのであれば、俺は解放される……だが、脆弱なこの世界からそうした者が生まれる可能性は、ほぼゼロに等しかった」

「――って、ちょっと待った！　なんか妙に君の言動と感情がチグハグ……『俺のモノ』とか『オンナになれ』とか言うわりに、どーにもやる気がないというか、ぶっちゃけ欲情してる様子がなかったけど、詰まるところは私のことなんてなんとも思ってなくて、ただ単に怒らせて自分を殺させ、嫌な役目をバトンタッチするのが目的だった――ってことだよね、それって⁉」

いや、勿論この馬鹿者のことなんて一ミリたりとも好きじゃないけど、好きでもないのに「好きだ」と連呼されて最後の最後に、「嘘ぴょーん」って、なんかそれはそれでムカつくねえっ！

ボクの不本意そうな顔を見て、蒼神――いや、北村《ディブ》さんはほろ苦く笑った。

「いまさらだが、俺にとって君は特別な人だ。だから……変わらぬ君がこの世界に現れたとき、思ったた。君にこの世界を託そうと。君は俺が間違っていると言ったが、その通り……俺は間違っていたのだろう。だが、間違いを正していまさら善人面をするには、俺の手は汚れすぎている。……だから、最後にすべての過ちと、すべての罪を背負って俺は逝く。迷惑をかけることになるが、どうかこの世界の行く末を頼む」

蒼神は力尽きたのか、その場に頽れた。

「………」

だんだんと命の火が消えかけているのだろう。俯いて肩を震わせているボクを見て、苦しい息の下、蒼神が満足げに微笑んだ。

「……泣いてくれるのか。だが悲しむことはない。また、君に罪はない。ただ神の名を騙る罪人が消え去り、この世界の不幸が終わるのだから」

穏やかなその言葉に、とうとう我慢できなくなったボクは顔を上げて、倒れ伏す蒼神の胸元を引っ掴んで、無理やり上半身を引き上げた。

「だから君は駄目なんだよっ‼」

怒りに震えるボクの剣幕に、棺桶に体の九割方突っ込みかけていた蒼神が、戸惑った顔で続く言葉を呑み込んだ。

「なんでそう安易に諦めるわけ！　自己完結で全部決めるの⁉　この世界に生きる人をどうして信じないの‼　だいたいねぇ、皆が皆、自分にできることを精一杯頑張っているっていうのに、狭い世界に属して、なに満足してるわけ⁉　なにが『この世界の不幸が終わる』だ！　知った口を利いて！　自分で前に進まず、他人任せにして……怖いから目をつぶっていただけじゃない！　最後は死に逃げ？　それも面倒事は人に任せて！」

ボクは右手に完全蘇生《リザレクション》の魔法の光を灯した。

「このまま状況に流されて、おちおち死ねると思わないことだね！　死ぬなんて許さない——君には生きて償ってもらうよ！」

宣言するなり有無を言わさず右手を瀕死の蒼神に向ける。

ボクの本気を感じたのだろう、唖然とした彼の顔が、困惑、苦悩、煩悶……と次々に変化して、最後に諦めに変わった。

「まあ、それほど難しく考えることはないさ。さっきの話じゃないけど、半分くらいは私が肩代わりしてあげるから。——あ、オンナになるとかいうのはナシでね」

ボクの言葉に苦笑して、蒼神は目を閉じて僅かに頷いた。

安心して完全蘇生《リザレクション》を彼にかけようとした——瞬間、ゾブッという鈍い音が自分の体内から響いてきて、同時に猛烈な熱さを下腹部あたりに感じた。

「……え……？」

見れば、蒼神の半ば断ち切られた傷口から、細い男の右手が蛇のように伸び、一撃でレベル九十九装備の戦闘ドレス《戦火の薔薇《アン・オブ・ガイアスタン》》を貫き、さらには貫いた手の先端がボクの細い胴体を貫通して、背中に鋭い爪の先端が現れていた。

「が——はあっ⁉」

これらを認識した途端、カッと燃えるような猛烈な痛みとともに、口から大量の血が流れた。

ブン！　と、まるでゴミでも掃うかのように一振りされた腕によって、軽々と放り投げられたボクの体が、近くにあった石柱に叩き付けられて、ずるずると血の跡を残しながら床へと落ちた。

「ぐ……く……う………」

通常のヒールでは足りないので、上位呪文の連発プラス自動回復《リジェネート》スキルの重ねがけをして、一息に危険領域《レッドゾーン》に突入しかけていたHPを通常に戻し、風穴を開けられたお腹の傷も消した（まあ、穴の開いた《戦火の薔薇《アン・オブ・ガイアスタン》》は直せないけど）。

それから、投げられた衝撃でふらふらしながらも立ち上がったボクの目の前で、いつの間にか左右両方に増えていた白い手が、蒼神の肉体の殻を破って、さながら昆虫が脱皮するが如くメキメキと傷口を上下に軋ませながら、筋肉繊維や血管を引き千切りはじめる。

あまりのグロテスクさに目を背けたくなるのを我慢して見詰める間に、すでに意識のない――死んでいる？――蒼神の抜け殻を破り、ひとりの男が上半身を持ち上げた。

現れたその男は、青い髪に右手を添えて一振りして、ボクの顔を見るとにやりと嗤い、軽やかな仕草で全身を引き抜いて床の上へと舞い降りた。

見た目は二十歳前後の人間族の青年に見える。

身長は百八十五セルメルト前後ってところだろうか。手足が長く、無駄な筋肉や、まして贅肉など一切ない彫像のようなプロポーションだ。

彫りの深い顔立ちは中性的で、青い瞳には冷たい光が宿っている。

「まったく、どこまでも使い物にならない出来損ないだ。――お陰で、この俺が表に出ないとならんとは」

面倒臭そうに言う蒼神の中から出てきた男。

「――くッ、間に合え！」

わけがわからないけれど、とりあえずこの謎の男は無視して、ボクは事切れている蒼神の亡骸へ向けて、中断していた完全蘇生《リザレクション》を改めてかけようとした。その瞬間、魔法のように（ま、実際魔法なんだろうけど）、男の掌の上に、部屋の隅に一個だけ残っていた無色透明の『命珠』が現れた。

「おっと。俺がいる状況で、この馬鹿を復活させるのは二重存在の矛盾を生じさせる。そいつは御免こうむらせてもらう」

意味不明な戯言を無視して、ボクは蒼神へ向け完全蘇生《リザレクション》を放つ。

それと同時に、パキン！　と軽い音を立てて、男の手の中にあった命珠が粉砕され、その残響を耳にしながら、ボクが放った完全蘇生《リザレクション》の光が蒼神の体を包んだ。

けれど――。

「効かない⁉　そんな……なんで⁈」

「命珠を破壊したからな。存在自体が消え去ったんだ、完全蘇生《リザレクション》は効果がない」

手の中に残った命珠の残骸を、蒼神の死骸の上に投げ捨てながら、男は軽い口調で答えた。

「命珠って……なんで、それって……？」

疑問が多すぎて言葉にならないボクを見て、男はサメのように尖った歯を見せて嗤った。

「奴はこれをお前――いや、『エターナル・ホライゾン・オンライン』の『緋雪』のデータが入っていた抜け殻だと思っていたようだが事実は違う。奴は何度も自分のことを『空虚』と言っていたが、まさにその通り、この『透明の命珠』こそが奴自身の命珠だったのさ」

足元に落ちている蒼神だった遺体を見下ろし、哄笑を放つ謎の男。

彼の言葉を無視して何度か完全蘇生《リザレクション》をかけたけれど、宣言通り効果がないのを実感して、ボクは諦めて意識の矛先をこの謎の男へと向けた。

「――で、そういう君はいったい誰なのかな？」

ボクの問いかけに青年はニマニマ笑いながら、おどけた調子で肩をすくめた。

「見ての通り、この無能なデブの『中の人』って奴だ。いまさらだが、ハジメマシテと言うべきかな緋雪ちゃん？　俺が真の蒼神であり、当初の目的を遅々として果たせない不良品である蒼神――かつて人間であった奴の不純物を漉し取り、〝大いなる意思《アルス・マグナ》〟に従って世界創造を委託された、この世界の完全なる創造主さ」

大仰に両手を広げてそう堂々と宣言する自称・真の蒼神。

確かに見た目は神々しくはあるんだけれど……なんでこいつも素っ裸のまま、恥ずかしげもなく見せびらかすんだろうねぇ!?

ボクはなんかいろいろ、いっぱいいっぱいのせいか、どうでもいいことを考えて、ため息をついた。

❁夢薔薇色

「状況はいかがですか？」

いつでも退避できるよう（とはいえ、どんな不測の事態が起きるか不明な以上、あくまで気休めにしかならないのだが）、全長十五メルトを超える翼のある虎――七禍星獣ナンバー四《翼虎《クーガ》》蔵肆《くらし》――の背中に乗ったままのオリアーナ皇女が、大陸の七割方を呑み込んだ『虚霧』を前に気遣わしげな表情で、左右に控える護衛役の魔将たちに訊ねた。

ちなみにその少し後方に、レヴァンとアスミナがそれぞれ七禍星獣ナンバー五《麒麟《きりん》》の五運《ごうん》（雄）と五雲《ごうん》（雌）に跨って、同じく真剣な面持ちで『虚霧』を見詰めている。

問いかけられた面々も困惑して顔を見合わせる。

と、白い貘――夢を操る瑞獣である《白澤《はくたく》》にして、同じく七禍星獣ナンバー六・陸奥《むつ》――の背中に乗った赤い着物を着た十歳ほどの黒髪の少女――七禍星獣ナンバー八《雲外鏡《うんがいきょう》》八朔――が、手にした鏡のキューブを恥ずかしげにカチャカチャと動かした。

ちなみに彼女の場合は、緋雪と陸奥以外の誰に対してもこんな調子である。

途端、彼らの周囲の空中に四角い鏡が大量に現れた。

「これは……？」

緋雪救出の機会を窺うべく、『虚霧』の周囲や上空に控える魔将たち。

避難民を叱咤激励している獣王たち獣人族。

冒険者や兵士たちに指示を出し、混乱や暴動、略奪を抑えようと必死に努力するコラード国王やガルテギルド長。

限界ギリギリまで人々を乗せて大陸を離れる帝国海軍魔導帆船——「ベルーガ号!」見覚えのある船体にオリアーナが短く歓声を上げた——などの様子が、あたかも窓越しに覗いているような鮮明さで、次々と目前に表示された。

「ふむぅ。『虚霧』の拡大は姫様が突入してから、ピタリと止まっているんだな。あれから三日経っているけど、小康状態のままだから、避難もかなり進んでいるようだね」

半分寝ぼけたような口調で陸奥が解説する。

「姫陛下がなにか……いえ、姫陛下は、ご無事なのでしょうか?」

「いまのところ確認は取れてないけど、均衡状態になっているってことは、大丈夫じゃないかってのが、周参たちの分析だねぇ」

「……そう、ですか。きっと姫陛下があそこで戦ってらっしゃるのですね。……きっと勝利をして、この未曾有の事態を収束させてくださるでしょう。——とはいえ、黙ってここで見ているだけというのも歯がゆく思われます。もっとほかにできることがあるのではないかと……」

同感とばかり強く頷くレヴァンたち。

「ふーん。でもさぁ。いまのところ動いてないって言うけど、それって単に嵐の前の静けさってゆーかさ、ずっとバネみたいに力溜めていて、いきなり、ポン!——て弾ける前兆だったりしないかな?なーんてね」

と、並んで飛んでいた、見た目は花の女神としか形容できない楚々とした美貌の美女が、やたら軽い笑顔と口調で、周囲の空気を読まない発言をした。

十三魔将軍の一柱《ひとり》、《守護精霊《フェイ》》泉水《いずみ》。

おそらくは空中庭園でも五本の指に入る容姿と、息を呑むほど優美な曲線を誇示する佳人である――が、見た目とは裏腹に底抜けに軽くて明るい性格のため、イロイロと台無しな女性である。

『……………』

その場にいた全員が聞かなかったフリをして、八朔の作り出したライブ映像へと視線を戻す。

「それはそうと、レヴァン義兄様。こうして雌雄一対の麒麟様のお背中に乗せていただけるなんて、これはもうお互いに比翼の鳥、連理の枝と認められたようなものだと思うんですけど？」

「錯覚だ」

一方、アスミナはアスミナで相変わらず、ブレない発言でここだけ異次元空間を構築していた。

「天涯様たちが『虚霧』の上空に集結されていらっしゃるようですが、なにが始まりますの？」

「おおぅ、なんかあたしの発言が華麗にスルーされて、自然な流れで展開を変えられた⁉」

大げさに仰け反る泉水を当然の如く無視して会話が進む。

「ああ、なんか影郎さんの提案で、どうにかして『虚霧』の一番弱そうな場所を探して、そこに風穴を開けようって話になってねぇ。それで全員で攻撃する手はずになっているんだよ」

その言葉に併せて、八朔が気を利かせたのか、天涯をはじめとする四凶天王全員と残りの十三魔将軍、七禍星獣、さらには空中要塞とでも呼ぶべき超重装備の親衛隊長《メタトロン》榊などの実力者たちが、『虚霧』の真ん中――元凶ともいえる【蒼き神の塔】が真下にあったあたり――へと集結している映像が映った鏡が、一番手前に寄せられた。

「効果が期待できるのですか？」

「どうかな、周参たちの計測では……那由他《なゆた》分の一程度の確率で、内部まで影響を及ぼせる可能性がある、といったほどらしいねぇ。それもどんな結果が出るか不明らしいし」

とはいえ、緋雪が消えて三日。座視できずなにかしらの行動を起こさずにはいられないという彼らの気持ちは、痛いほどよくわかった。

「刺激した結果、ポンッ！　とトドメを刺しちゃったりして～、あははっ」

ほんの冗談のつもりで言っているのだろう、泉水の合いの手に嫌ぁ～～～な顔を見合わせる、その場に居合わせたほかの面子たち。

「まあ、その可能性も無きにしも非ずであるな。念のため、攻撃が始まった際には、各々方は安全圏まで退避するよう指示を受けておる」

麒の五運がため息交じりにそう告げた。

「……始まった」

と、その言葉が終わらないうちに、鏡を操作していた八朔がポツリと呟いた。

　警戒するボクを宥めるように、蒼神の中から出てきた真の『蒼神』を名乗る青年が、にこやかに微笑みながら、口を開いた。

「ああ、初めましてとご挨拶しましたけれど、俺はずっとこいつの中にいて情報を共有してましたので、まったくの別人というわけではありませんよ。そもそもこの場は緋雪さんと俺以外の因子は入れないようフィルタリングされてますので、外部から進入したわけでもありません。もともと内包されていたものです」

　おわかりですか？　と首を傾げる蒼神。

「この男は実にくだらん人間でしてね」

　それから胸元で分断されたDIVE《ディブ》さんの遺骸を顎で指した。

「社会が成熟し、この世界の人間が一定の文化・文明を持ち、明瞭な自我に目覚めるようになり、自分が原始的な宗教における崇拝の対象から——一方的に畏れ敬われた対象から、神学における体系化された神と見なされ、教義に縛られ、不完全ながらも対話による交渉相手と見なされ、頻繁に人間と対峙するようになると、すっかり引きこもりになりましてね」

　ほら、とばかりに両手を広げて周囲の隔離されたこの空間を指す。

「まあ、もともと底の浅いくだらん人間でしたから、メッキが剥がれるのを危惧したのと、被造物であるこの世界の人間が、創造主である自分より高尚な思想を持つようになったことを認められないコンプレックスもあったのでしょうが、その結果、生み出したのが自分の代わりに面倒事に対応する、自分の理想とする私、『蒼神』ですよ。ほら、学校の授業に出るのが億劫なときに思いませんでしたか、『自分の代わりに学校に行ったり、面倒事を解決してくれるコピーロボットがいればいいな』って？　あれですよ。――まったく。救いようがない」

　思い出して肩を震わせる蒼神。

「そのあたりはまったくの同感だけどさ。その作られたはずの君が、どういうわけで主客転倒しているわけ？」

　ボクの質問に、蒼神がよくぞ聞いてくれましたとばかりに微笑む。

「もともと彼とは記憶の共有ができる仕様になっていたのですが、いつしか〝俺〟という自我が確立するに従い、彼と無意識領域で主導権争いが起こりまして。――ご存知ですか。解離性同一性障害の場合、主観的体験をすべて包括した主人格と、部分的に切り離された交代人格があることを？本来であれば後発で人工的に生み出された俺が、もともとの人格に対して優位に立つことは、まずあり得ないのですが……この馬鹿の精神的なモロさといったら。いや、本当にあっという間に逆転することができましたよ。本当に笑うしかない愚かさですね」

　軽く肩をすくめる蒼神だけれど、その話を聞いてボクは首を捻った。

「主人格と交代人格の立場が逆転したのはわかったけど、『創世神』としての権能を与えられたのは、もともとのDIVE《ディブ》さんだったわけじゃないの？　彼がいなくなったのに、どうしてこの場が維持されているわけ？」

「ああ、オリジナルも触れていましたが、〝大いなる意思《アルス・マグナ》〟にとっては『個人』などというものは計上するほどの価値がないのですよ。ですから、彼＝俺という形で権能は使用できる。ただし、同じパスワードで二重ログインできないようなもので、どちらか片方しか使用できませんので、用済みの彼にはさっさと退席していただきました」

　そこで不意に笑みの形をそれまでの人畜無害なものから、獲物を前にした猛獣のそれに変えた。

「それともうひとつ。緋雪さんが俺に勝って、無事にここから出られるなんて未来はあり得ないんですよ。その辻褄合わせのために、俺という存在が顕在化した……いや、ひょっとするとこの日のために、俺が配置されていたのかも知れませんね。鶏が先か卵が先か――まあ、パラドックスですけど、さっさと歴史を修正させていただきます」

　その瞬間、ぞく、と悪寒がして、ボクは反射的に身を屈めた。

　同時に、空気どころか光すら分断する勢いで、いつの間に手にしていたのか、《神威剣《パニッシャー》》――だろう。水晶のような透明の刀身を外し、黄金に輝く諸刃の長剣と化したそれ――が、横薙ぎに疾っていた。

「ちなみにこいつは《真神威剣《ヴァーサスパニッシャー》》。鞘を外した本来の姿です」

　耳元で涼やかな声がする――いつの間にか背後を取られていた⁉

「――くっ！」

　咄嗟に体を捻ってその場から距離を置こうとする。その瞬間を狙って、横腹を裸足で思いきり蹴り上げられた‼

「――‼――」

　呼吸が止まると同時に、肋骨の何本かが圧《へ》し折れる音を聞いた。

成す術なく空中に体が浮き、喜悦を放つ蒼神の顔が見えた。

同時に顔を殴られ、首が捻じ切れそうになる。ツンとした鉄の臭いが鼻の奥に広がり、目を見開いているのに、目前の光景がチカチカとフラッシュに包まれてわからない。

「が……は……」

気が付けば冷たい石畳の床の上に仰向けに倒れていた。先ほどのHP・MP自動回復《リジェネート》スキルのお陰で、じわじわとダメージは回復しているけれど、痛みと衝撃はなかなか収まらない。

知らない間に、ポタポタと涙が流れていた。

そこへ軽い足音が近付いてくる。

「このォ――――ッ‼」

ボクは勘だけで見当をつけて、相手の顔目がけてホーリーライトを放った。

瞬間、蒼神の姿が消えて、まったくの逆方向から蹴り飛ばされた。床の上を二転三転して、うつ伏せになる。

――ハイスピードモード！

DIVE《ディブ》さんが使っていたときには、あくまで直線的な動きでボクの速度を凌駕しているに過ぎず、どこか持てあまし気味で、こちらの瞬間的な反応や曲線的な動きには対応できなかったのが、この蒼神は完全にその能力を使いこなしていた。

「手癖が悪いな。悪い子にはお仕置きが必要だな」

蒼神の声が聞こえたかと思うと、右肩のあたりを片脚で押さえられ、右腕を掴まれた――と思った瞬間、そのまま一気に背中向けで捩じ上げられた。ボキッ、と嫌な音がして、骨が折れたのがはっきりとわかった。

「――っっっ‼」

声にならない悲鳴が口から漏れ、とめどなく涙が流れる。

意識が遠くなる寸前に、また蹴り飛ばされ、仰向けにさせられた。左手でなんとか起き上がろうとしたけれど、頭を殴られ、胸の中心を踏みつけられ息が止まった。

「さて、そろそろいただくとするか」

どこか粘着質な響きのあるその言葉に、本能的にゾクリと全身に震えが走り、必死にその拘束から逃れようとしたが、

「なかなか往生際が悪い。いや、これはこれで躾け甲斐があるというものかな。――とはいえ、まだ立場がわかっていないらしいな」

嘲笑を放ちながら、蒼神はボクの左手を取ると、無造作に人差し指を捻り折った。

「あああーっ！」

腕の骨を折られたときよりも、さらに凄まじい痛みに、全身が痙攣を起こした。自動回復《リジェネート》スキルは効いているはずだけど、継続して与えられるダメージが大きすぎるのか、いつまで経っても痛みはなくならない。

続いて中指も折られ、凄まじい痛みに意識がふっと遠くなった。

「こんなものか」

ひゅうひゅうと口元から漏れる自分の呼吸の音だけが、やけに耳につく。

スカートの下から冷たいものが胸元まで差し込まれた。それが抜き身の《真神威剣《ヴァーサスバニッシャー》》だと気付く間もなく、下着ごと《戦火の薔薇《アン・オブ・ガイアスタン》》が一気に切り裂かれ、最後に残ったショーツも無造作に剥ぎ取られた。

「ああああ……」

自分の身になにが起きようとしているのか。理解した途端、自分の口から出たとは思えない弱々しい子供みたいな悲鳴が、ほかに誰もいない室内に響いた。

❖❖❖

広大な『虚霧』を遥かな高度から見下ろす位置に存在する巨大な浮遊島——空中庭園。

その中心部たる【虚空紅玉城】の玉座の間《コントロールルーム》に、いま現在は不在である本来の主に代わり、かりそめの代行者が座していた。

「……つーか、これ玉座でなくてパイプ椅子に見えるんですけど～」

玉座の前に急遽設置された、いかにも安っぽい椅子に腰を下ろした影郎が、周囲の面々を見回して愚痴っぽくぼやく。

視線が合った侍女や侍従、近衛騎士たちは無感動な目で見返し、壁際に腕組みして佇んでいた稀人は、組んでいた腕を解いて軽く肩をすくめてみせた。

「申し訳ございません、影郎様。取り急ぎ準備させましたので、そのようなものしか見当たらず、ご不便をおかけいたします。とはいえ火急の事態ですので、ご理解いただければ幸いかと。――あとは丸太椅子くらいでしょうか、いま用意できるのは」

一見して上半身は美女である十三魔将軍《蜘蛛女神《コクヤングティ》》始織が、代表して慇懃な物腰で腰を折った。もっとも殊勝な口調に反して、雰囲気と眼光は『この扱いに文句あるのか、ゴラ⁉』という、とことん剣呑なものであるが……。

本来の主である緋雪以外の人物――いかにかつてのギルドメンバーとはいえ、コロコロと立場を変えた相手――に払う敬意は、限りなく底辺に近いのだろう。

なにげに部屋の隅にある、手拭が被せてある逆さに立てられた箒や、有無を言わせず出された昼食のぶぶ漬けを思い出して、影郎は頬を伝う汗を拭った。

「んで、おっさん。これでヒユキを助けられるのか⁉」

部屋の中央をうろうろと行ったり来たりしていたジョーイが苛立たしげに、目の前で漫才をしている影郎へ噛み付いた。

「おっさんって……こんなキュートでプリティなお兄さんに向かって、ちょいと口が悪いんでないかい？　いい加減泣くで」

「いい年こいて泣くなよ、おっさん！　それよか、さっさとどーにかしろよッ‼」

再度急かされて、泣き真似をしていた影郎は、けろりとした顔を上げる。

「それじゃあ、まあ、リクエストにお応えして、なんとかするとしますか」

「なんとかするって……そもそもどーにかできるわけ、影やん？」

玉座の間《コントロールルーム》に展開される、半透明な巨大スクリーンに映された『虚霧』のライブ映像や、円卓の魔将たちの配置状況を指差し、半信半疑の表情でタメゴローが問いかける。

同じく隣に付き従うらぽっくも疑わしげな表情であった。

ちなみにふたりともそこそこ上等なソファをあてがわれているところは、人徳の差というものだろう。

「まあ、かなり分の悪い賭けだとは思いますけど。もともとの【蒼き神の塔】って、どう考えてもギルド『デアボリック騎士団』のギルドホームだったと思うんですわ。そこから発生した『虚霧』ってものは、おそらくはこの空中庭園が普段隠蔽のために漂っている漆黒の空間と同質なもんじゃないかと思えます。なら同じモンをぶつければ破壊できるか、最低でも相手側に負荷をかけて、弱い部分を露呈させられるんじゃないかと。そこに一斉攻撃をかませばどうにかなる……ってゆーのが、自分の考えですわ」

説明を聞いて余計に不安になったのか、タメゴローは額のあたりに人差し指を当てて渋い顔になった。

「チキンレースってわけ？　なんか大雑把な作戦ねえ。一方的にこっちが消し飛ぶような気がするけど……」

「その可能性は高いですけど、ほかにお嬢さんを助ける方法はありません」

「だったら――」

「やるしかねーだろう！」

サバサバとした態度で言いきる影郎のあとを引き取って、無言で佇んでいた稀人が力強く頷き、ジョーイが握り拳を振り上げた。

「「「(お嬢さん)(姫様)(ヒユキ)のために!!!」」」

一瞬の遅滞なく決意を固める男三人だが――

「「「……………」」」

次の瞬間、お互いを胡散臭そうな目で値踏みする。

「ねえねえ、あれってどう見ても恋のライバル同士よね！　緋雪ちゃんモテモテだねー。誰が本命なのかねえ」

「お前なぁ……」

目を輝かせて自分の袖を引っ張るタメゴローと、スクリーンに映る『虚霧』を見比べ、らぽっくは言い知れぬ虚脱感を覚えて嘆息するのだった。

◆◆◆

『虚霧』の天頂付近に浮遊しながら、数多の分身体《アバター》を配置していた七禍星獣ナンバー三にして筆頭たる《観察者《ゲイザー》》周参は、刻々と変化する『虚霧』の流れを観察しながら、その場所を探し出すため、かつてない集中を強いられていた。

一見、単なる雲か霧にしか見えない『虚霧』であるが、これが閉鎖された虚数空間であるのは判明している。

あらゆる攻撃を受け付けないこの『虚霧』だが、発生した以上、基点となる場所は存在するはず。そしてその場所が唯一のウイークポイントとなる可能性は高い。

だが、常に『虚霧』の表面は変動していて、それに併せて基点自体も移動している。ゆえに砂漠に落ちた針を探すのに等しい作業だが、周参はその場所を特定し最大限の攻撃を加えるべく、魔将のほとんど全員をこの場へと招集していた。

まあ、その際に鳴り物入りで魔将たちが集結したため、一部関係ない連中も参加して、総数五千名あまりの大所帯になってしまったが……とりあえず、手が多いに越したことはないだろう。

――稚拙なたとえだが、金剛石《ダイヤモンド》に特定の角度から適切な力を加えれば、金槌で壊すことができるのと同じことだ。場所がわからないことには金槌のほうが砕けるのが道理……むっ、来たか⁉

遅々として進まぬ作業に全精力を傾けていた周参だが、頭上から落ちてくる巨大な質量を感じて、僅かばかり注意力を割いた。

見れば天を覆わんばかりの巨大な黒雲――空中庭園を隠蔽する闇の結界――がゆっくりと、しかし着実に降下してきて、地上にわだかまる白い『虚霧』へと接触する。

刹那、双方の間に凄まじい数の紫電が奔り、お互いがお互いを呑み込まんと、黒と白とが目まぐるしい対流を乱舞させる。

一見、互角に一進一退を繰り返しているように見える攻防だが、周参の鋭敏な感覚と観測能力とは、徐々に削られていく空中庭園の結界を感じ取り、常にない憔悴を覚えていた。

——現状のままであれば、残り三分二十九秒で結界が消滅する。くそっ、どこだ。これだけの負荷がかかってもまだ余裕があるというのか⁉

さらにありったけの分身体《アバター》を放出して、全感覚を『虚霧』に集中させた——その瞬間、周参本体と分身体《アバター》の視線が、大地を覆い尽くす『虚霧』の一点へと集中した。

「見つけたぞ！　ここだっ！」

裂帛の叫びとともに、周参の単眼から赤い光線が延び、基点たる『虚霧』のその部分に当たった。攻撃力はまったくない、合図のためだけの光線である。

「綺羅殿っ‼」

「承知！」

打てば響く調子で、『虚霧』の上を浮遊していた巨大な人魚《マーメイド》——いや、そんなありふれた存在ではない。上半身に白い鎧を纏った優美かつ猛々しい海神——が、空中を泳ぐように移動して、周参が示した場所に向け、手にした三叉槍《トライデント》を投擲した。

通常の武器であれ、緋雪の持つレベル九十九の装備であれ、一瞬で消滅するはずの『虚霧』であるが、彼女が投擲した三叉槍《トライデント》は、その表面でピタリと止まり、呑み込まんとする『虚霧』相手に雷光を発し、ギリギリの抵抗を見せていた。

「各々方、お急ぎくだされ。某《それがし》の鍛えし対『虚霧』用の槍でござるが、不本意ながらさほど抗えるものでもございませぬ！　急ぎ攻撃なされよ！」

《鍛冶王《テルキーネス》》の異名にかけて、このときのために作り上げた標識たる己の三叉槍《トライデント》を指差す綺羅の声に応えて、その場に集結していた円卓の魔将をはじめとする従魔たち全員が、自分の持つ最大の攻撃を、その場所目がけて撃ち込んだ。

「崩滅放電咆哮三重連撃《トリプル・ラグナ・スプライト・ブレス》‼」

「次元断層斬《ディメンジョン・スラッシュ》‼」

「重力加速消滅波《グラビティ・アクチュエータ》‼」

「喰らうがよい、大極《たいきょく》無限演舞《むげんえんぶ》‼」

「うおーっ！　日輪落としーっ‼」

「獅子《しし》聖光瀑咆《せいこうばくほう》‼」

離れていても大地が震え、閃光が乱舞するその光景の凄まじさに、鏡越しとはいえ、さすがに肉眼では直視できなくなり、オリアーナたちは目を逸らせた。

ハッとして八朔が慌てて鏡を消す。

しょんぼりして下を向いた彼女だが、ふと自分を乗せている陸奥の様子がおかしいのに気付いて、慌ててその背中をさすった。

「……どなたかな……夢経由で、僕に話しかけてくるのは……懐かしいような……知らないような……」

宙に浮かんだまま、夢うつつで誰かと話し続ける陸奥。本来が夢をつかさどる瑞獣である彼が、半分寝ぼけているのはいつものことであったが、このときはそこに切羽詰まった真剣な響きが交じっていた。

「姫様が危ない……？　それでは……どうすれば……」

「おい！　どうした、陸奥？」

異常を察して近寄ってきた蔵肆を眠たげに見て、陸奥は力なく答える。

「……僕はこれから眠りに入らないといけない。夢は時間や場所に囚われない……姫様を助けるには……夢を経由するしか……ない。だから、僕を……もっと攻撃の近くに……運んで……」

そう言うと完全に眠りに落ちて、そのまま地面に崩れ落ちそうになるところを、蔵肆は慌てて前脚と口で咥えた。

「――連れていけって言われても、お客さんもいることだしなぁ」

ちらりと背中のオリアーナを見る。

「わたしのことはお気になさらないでください！　姫陛下の危機とあらば、即刻向かうべきです！」

即座にレヴァンとアスミナも同調する。

「勿論、オレたちも行きます！　なにかの役に立つかも知れませんから」

「役に立たなくたって応援くらいはします！　とにかく、急いだほうがいい――そんな気がします！」

三人の熱意と巫女であるアスミナの言葉。なによりも緋雪の危機と聞いて、その場にいた者たちはじっとしていられるわけもない。

無言のうちに魔将たちは頷き合った。

「わかりました。なにがあろうと、わたくしたちが命の限りお守りいたします」

決意を込めた五雲の言葉に、オリアーナたちは力強く頷いた。


余人を介さない閉鎖された神殿。

この世界の創世神にして、この神殿の主である青い髪の青年——蒼神は、己の体の下で小さく震える乙女——緋雪の姿を見下ろし、喜悦の表情を浮かべた。

柔肌に引っかかるようにして残る衣装の残骸を押さえて、まるで生まれたての小鹿のように震え、それでも必死に束縛から逃れようとしているが、体格、体重、腕力、すべてが大人と幼児ほども差があり、到底逃れられるわけがない。

薔薇のコサージュが床に散乱する中、ほっそりと白くて瑞々しい細腕と、褐色の肌に筋肉が浮き出た自分の腕が絡みつく対比に、青年は征服感と加虐心を満足させながら、手にした長剣《真神威剣《ヴァーサスバニッシャー》》を傍らに突き立て、無造作な仕草で少女の指を折った。

「かあああ——っ‼」

とめどなく涙を流しながら、痛みに背筋を反らせる緋雪の抵抗を片手で封じる。

「そろそろ自動回復《リジェネート》スキルの効果も切れてきた頃合でしょうかね？　折れる指があるうちに大人しくしてもらいたいものですが」

優しげに言い含めるように喋りながら、さらにもう一本指を折る。

緋雪の口からはもう悲鳴は出ず、ひゅうひゅうと荒い息が漏れるだけで、虚ろに見開かれた瞳に映っているのは、白々とした光を放つ石の天井と、その一カ所に突き刺さったままの愛剣《薔薇の罪人》《ジル・ド・レエ》の輝きだけだった。

「そう、それでいい」

満面の笑みで囁きながら、蒼神は改めて緋雪の華奢な肢体を間近で眺め、あますところなく視線を行き来させる。

完成された成人女性の官能的な体つきとは違うが、まさにこれから大輪の花を開かせる寸前の蕾を連想させる、未完成ゆえの儚さと、凛と張り詰めた処女雪の静寂がここにはあった。

ひとしきり鑑賞した蒼神が淫猥に嗤う。

「元男性でゲームデータをもとに作られた肉体というバックボーンを知ってはいても、魅せられるものですね。まあ、もともと北村秀樹という男自体が、生身のあなたに恋慕に似た感情を持ってましたので、女性と化した以上、誰はばかることなく想いを遂げられるというものです」

僅かに興奮で荒い息になりながら、蒼神は緋雪の肌に手を伸ばし、そのまま無理やり事に及ぼうとしたが、この神殿を震わせる微震のような僅かな揺れを感じて、不快げに顔を上げた。

「……なんだ？　時空間から隔絶された特異点であるこの場に影響を及ぼす攻撃だと？」

パチリと指を鳴らすと、天井が全面スクリーンのように変化して、いままさに渾身の力で『虚霧』に攻撃を加えている真紅帝国《インペリアル・クリムゾン》旗下の従魔や協力者たちの姿が映し出された。

「ふん。ゴミどもが……。主同様、往生際が悪い」

鼻を鳴らしてその必死の様子を嘲笑う。

「マグレでこの閉鎖空間を揺らす程度はできるだろうが、『虚霧』を散らすには到底足りん。虚しいあがき……いや、見上げた忠誠と言うべきかな？　なあ緋ゆ——くっ?!」

その自信に満ちた態度が、思いがけない衝撃で中断される。

背中に突き立ったそれ——僅かな衝撃によって天井から落ちてきた、緋雪の《薔薇の罪人《ジル・ド・レエ》》——を見て、蒼神のイラつきが頂点に達した。

「《薔薇の罪人《ジル・ド・レエ》》。こんなナマクラ！」

刹那、一連の出来事を受けて瞬間的に生気を取り戻した緋雪は、体を捻った蒼神の背中に向けて、指の折れた手を伸ばした。

「ぐっ——貴様っ！」

慣れ親しんだ愛剣の柄を握ると同時に、蒼神に蹴りを入れて半ば這うようにして距離を取る。それから一回の回復量はＨＰの一割程度であるものの、クールタイムの短いヒールを連発して、折れた体中の骨を繋ぐ。

「ふん、そんな玩具で俺の《真神威剣《ヴァーサスバニッシャー》》と勝負になると思っているのか？　おめでたいな！」

輝く黄金の長剣を構えて哄笑を放ちながら、無造作に緋雪との距離を詰める蒼神。

ようやく回復した緋雪は立ち上がると、踵を返してその場所目がけて半裸のまま走り出した。

「はははは。尻を振りまくって、誘ってるのか？」

瞬間、蒼神の姿が消えた——瞬間移動にも等しい、ハイスピードモードである。

あっという間に追いつくと、緋雪の足首目がけて《真神威剣《ヴァーサスバニッシャー》》を薙ぐ。

「まずはその癖の悪い足だな！」

風を切る音がして、ぎらり、とした閃光が緋雪の足元をすくう。

ぎりぎり一歩早く、床に両手をつけた前転の形でそれを躱した緋雪は、近くにあった柱を足場にして、弾丸のような速度で蒼神目がけ空中を直進しながら突きを放った。

だが、プレーヤーの持つ武器などでは神たるこの肉体にダメージを与えられるわけもない。余裕の表情でその場に立ち、真正面から受け止めようとした蒼神の目が、緋雪の手にした武器を見て愕然と見開かれた。

緋雪が手にしているのは《薔薇の罪人《ジル・ド・レエ》》である。それは間違いない。確かにプレーヤーメイドの武器としては最高レベルに達している剣ではあるが、GM特権としてレベル対象外、さらには『Indestructible（破壊不能）』属性を帯びているこの体に通用するわけがない。

だがしかし、いま緋雪が手にしている《薔薇の罪人《ジル・ド・レエ》》には、本来の刀身の上に巨大な水晶塊のような刀身が被せられていた。——いうまでもない、それはもともとこの本体である《真神威剣《ヴァーサスバニッシャー》》に被せられていた鞘にして、《神威剣《バニッシャー》》の刀身であった。

ハッと気が付いて見れば、傍らにはＤＩＶＥ《ディブ》の遺体が転がり落ちている。

無闇に逃げていたわけではない。緋雪は最初からここを目指していたのだ。そして、いまさら確認するまでもなく《神威剣《バニッシャー》》はＧＭの肉体であろうと斬り裂くことができる。

「──この、クソアマーッ‼」

この距離と体勢ではハイスピードモードでも避けることは難しい。下手に無防備な姿を晒せば致命傷になる。そう瞬時に判断した蒼神は、《真神威剣《ヴァーサスバニッシャー》》での迎撃を選択した。

「はあああ────っ‼」

「殺《シャア》ーっ‼」

ふたつの影が交差し、キーン！　と澄んだ音と、ザシュッ！　という鈍い音が同時に奏でられた。

「あ……」

軽い音を立てて、肩甲骨のあたりから斜め一文字に切り裂かれた緋雪の小さな体が、血に塗れた床の上に崩れ落ち、《薔薇の罪人《ジル・ド・レエ》》ごと両断された《神威剣《バニッシャー》》が、DIVE《ディブ》の遺体の上に転がる。

「……つくづく、とんでもない奴だ」

血の気を失い──それでも満足げに微笑んでいる緋雪の顔を見て、蒼神は憎々しげにひとりごちた。

その視線が、自分の鳩尾あたりに刺さったままの《神威剣《バニッシャー》》の両断された先端部分に移る。

「この場所、この瞬間でなければ俺が負けていたかも知れないな」

ため息をついた口から、鮮血がこぼれ落ちる。

「やはりお前の存在はイレギュラーだ。……やはり腑抜けたDIVE《ディブ》の代わりに、〝大いなる意思《アルス・マグナ》〟が……いや、運命が用意した後釜なのだろうな。さしずめ既存のシステムをバージョンアップするためのアップデートファイル、おそらくはそれがお前の役割だろう」

納得した顔で頷きながら、胸元から《神威剣《バニッシャー》》の刀身を引き抜き、両手で挟んで粉々に砕いた。

「だが、最後の最後で幸運の女神は俺に味方した。決定された未来へと収束される……」

半分熱に浮かされたように呟きながら、倒れたままの緋雪のもとに歩みを進める蒼神。

ふと、足元でなにかを踏んだ感じがして見てみると、砕けたDIVE《ディブ》の命珠の破片だった。

血で赤黒く染まったそれを一瞥して、そのまま歩みを進めようとする蒼神。だが、その瞬間、散らばった命珠の破片が、赤と青の輝きを同時に放ち――やがて混じり合い、紫色の光を発しながら、倒れ伏す緋雪の、その下腹部――子宮のあたりへと一斉に飛び込むと、緋雪の全身から眩い紫色の光が放たれた。

「なっ、なんだ、これはっ⁉⁉」

あまりの光量に思わず足を止め、蒼神は両手で目をガードする。

◆◆◆

同時刻、同僚の蔵肆をはじめとする面々に連れられて（というか口に咥えられて運ばれ）、『虚霧』の真上へと来ていた陸奥が、眠りの中、夢うつつに通り過ぎる人影へと向かって、静かに語りかけた。

「……道は作りましたぞ、御子様。姫様をお願いいたします……」

それに応えて、しっかりと頷く〝彼〟の頼もしい後ろ姿に、陸奥はこのうえない満足げな笑みを浮かべた。

❖❖❖

泥のように深い眠りの中、誰かに声をかけられたような気がして、軽く身動《みじろ》ぎをする。

「……誰？　なんだかいま私は凄く疲れて眠いんだけど」

（それは悪かったね。せっかくの機会だからきちんと挨拶をしたかったんだけど……）

「むぅ……、できればあとにしてもらえるかな。今日はいろいろあって休みたいんだ」

（そっか、まあ仕方ないね。……とはいえ、いまを逃がすと今度はいつになるか）

「――うん？　遠くに行く予定でもあるのかい？　よければ予定を組んでおくけど」

（それはありがたいけど、ボクもいつになるかわからないからねぇ）

「そうかい。それじゃあ仕方ないね。じゃあいつか予定が空いたら会おう」

（……ああ、いつか会いたいね）

「それじゃあ、私はもう眠るよ。またあとでね、誰かさん」

（そうだね、またいつか会おう『緋雪』。ボクの名は――）

❖❖❖

ようやく光が収まり蒼神は瞼を開いた。

変化がないはずなのに、どこか色褪せて見える周囲の光景に鼻白みながら、視線を戻したその目が驚愕で見開かれた。

「貴様、何者だ⁉　どこから入ってきた⁉」

そこにいたのは十六～十七歳ほどと思える背の高い少年であった。

髪の色は黒で、一房だけ前髪に色違いの銀髪が交じっている。瞳の色は右が緋色で左が黒色の金銀妖瞳《ヘテロクロミア》。しなやかに鍛えられた肉体に、黒の軍服のような衣装にコートを身に着け、顔立ちは一目見て忘れられないような完成された美貌だが、現在のどこか不機嫌そうな目つきが、僅かなマイナスポイントとなっていた。

「ここに入れるのは俺か緋雪のみ！　それ以外の因子はフィルタリングされて拒絶されるはず。どうやって入った⁉　いや、緋雪はどこへ消えた？」

「……どこにも行かない。ボクはここにいるさ」

自分の胸を指しながら、少年は背中に背負った鞘から、身長ほどもある黄金に輝く長剣を抜いた。

「《真神威剣《ヴァーサスバニッシャー》》だと⁉　馬鹿な！」

自分が手にしている剣と寸分違わぬそれを確認して、蒼神が狼狽する。

「貴様、まさかＧＭか⁉」

「違う」

手にした《真神威剣《ヴァーサスバニッシャー》》を正眼に構えて、少年は言下に否定した。

ただ立っているだけでも、自分を圧倒するエネルギーを少年に感じて、対峙する蒼神の額に汗が浮かんだ。

「貴様は言ったな。この場はフィルタリングされ、自分と緋雪の因子以外は侵入できないと。なら逆を言えばその因子を持つ存在ならば、この場にあってもおかしくはないということ。……まだボクが誰だかわからないのかい？　自称この世界の創造主さん」

その口調と少年の面影になにか感じるところがあったのか、怪訝な表情を浮かべた蒼神ではあったが、やがてその表情に理解の色が浮かんできた。

「……まさか。まさかお前は緋雪……？」

喘ぐように問いかける。

「……そうとも言えるし、違うとも言える。『ボク』はずっと『緋雪』と一緒にいた。あの日、『ボク』は望んだ。『緋雪』が消えないことを……それに同調するかのように、同じゲームを楽しんでいた仲間たちが、DIVE《ディブ》さんを含めた友が願ってくれた。いつか『緋雪』に再会できることを。そのたくさんの想いによって彼女は生まれた」

目に見えない誰かに感謝するかのように少年が静かに黙祷した。

再び開かれた特徴的な金銀妖瞳《ヘテロクロミア》が、混乱する蒼神を真正面から見てたじろがせる。

「あるいはお前の言う〝大いなる意思《アルス・マグナ》〟が関与しているのかも知れないが、そんなものは些細な問題だ。そしてそんな彼女が今度は『ボク』を望んでくれた。だからいつの日か、『ボク』の魂は『緋雪』ではない『僕』自身として……母の願いの結晶として現れる」

「ッッッ！　母だと⁉　ならば貴様は未来の俺と緋雪の……馬鹿な！　矛盾している。そもそも貴様は否定されたはずだ。なぜここにいる⁉」

狂乱ともいうべき蒼神の取り乱しようをつぶさに観察しながら、少年はどこか誇らしげに答える。

「母の愛がボクを生んでくれた。養父母たちの慈しみが……たくさんの人々の思いやりがボクを育ててくれた。そして、いまを生きるすべての存在が道を切り拓いてくれた。——この場は時空間から隔絶された特異点なんだろう？　ならばその想いに形作られたボクが存在してもおかしくはないさ」

「あり得ん！　だが、それが……それが仮に事実だとして、貴様が俺に剣を向ける理由はなんだ⁉　俺はお前の父だぞ！」

うろたえながらも蒼神は同じく、少年に向けて《真神威剣《ヴァーサスバニッシャー》》を構える。

「いいや。お前は父などではないさ。確かにボクという存在を生み出す契機にはなったかも知れない。けれどボクはお前とは無関係だ」

少年の揺るぎのない言葉に、蒼神の顔に困惑と恐怖の波紋が広がった。

「馬鹿な！　そもそも『いま』に生きていないお前が俺と敵対することになんの意味がある⁉　仮に貴様が俺を斃した場合、下手をすれば創造神としての権能が譲渡されず、最悪この世界は神不在となるぞ！　世界を滅ぼすつもりか⁉」

「滅ぼすんじゃない。世界の権利を世界に返すだけだ。それが母の……ボクの願い。薔薇色の未来は誰かが作るんじゃない、自分たちで茨《いばら》を切り拓きながら作るんだ」

「この脆弱な世界にそんな力などない！」

絶叫しながら蒼神がハイスピードモード全開で、少年に向けて《真神威剣《ヴァーサスバニッシャー》》を振り下ろした。

だが迎え撃つ少年の踏み込みと剣閃は、それを遥かに上回った。

「……人の力を信じられない。それが君の限界だ。人間は強く逞しい。そして世界は広く美しい。どこでだって生きていけるさ」

その言葉が聞こえていたのかいないのか。一瞬の交差ののち、存在核のすべてを破壊された蒼神の姿が、素粒子レベルで破壊され拡散した。あとには《真神威剣《ヴァーサスバニッシャー》》だけが墓標のように突き立っているばかりだった。

同時にこの部屋——いや、空間自体が地震のような、猛烈な震動に包まれる。

「奴が死んだことで空間が不安定になったか」

呟く少年の体にもノイズのような歪みが走った。

「どうやらボクがこの時間軸にいられるのも僅かなようだ。とはいえ、いまなら創造神としての権能が使えるはず。最後にひとつ……いや、ふたつばかり『奇跡』を起こしておかないと」

半眼になった少年の手から《真神威剣《ヴァーサスバニッシャー》》が消え、代わりに光り輝く赤い球が生まれ、少年の両掌で抱えられるような形で徐々に成長し、一定の大きさになったところで弾け飛んだ。

「これで『虚霧』は消えたはず。あとは……」

その少年の姿は随分と薄れ、いまにも消えそうな蝋燭の炎のように存在が揺らいでいる。

再度、広げた両手の間に、今度は柔らかな光の塊が発生した。

「これをどうするのかは緋雪、君に任せるよ。だけど君がボクを信じてくれたように、ボクも君を信じるよ。だって君はボクの半身で、もうひとりのボクだからね。――だから、いつかボクは僕自身として、ともにこの大地を歩ける日が来ると、そう信じているよ……」

その言葉を最後に少年の姿は消え、入れ替わるように緋雪がこの部屋に入ってきたときと変わらぬ姿と衣装を纏って現れ、目を閉じたまま、ゆっくりと崩壊していく神殿とともに、真っ白な空間へと落ちていった。

緩やかに胸の前で組み合わされたその腕の中には、黄金色に輝く長剣《真神威剣《ヴァーサスバニッシャー》》が握られている。

完全に神殿が虚空へ消える寸前、眠る緋雪の胸へと少年が最後に生み出した光が溶け込み、

「――紫苑《しおん》」

緋雪は愛しげにその名を呟いた。

◆◆◆

『虚霧』の突然の変化に、その場に集結していた真紅帝国《インペリアル・クリムゾン》の精鋭たちが、最大限の警戒態勢で一斉に距離を置いた。

ギリギリまで鍔迫り合いをしていた空中庭園も、慌てた様子でその場から離れる。

「何事だ⁉」

「不明です。これまでにないエネルギーの変動を感知。いや、これはまた別の正体不明のエネルギーが？」

集団の最前線に立って力を振るっていた天涯の問いかけに、夥しい数の分身体《アバター》とリンクしていた周参が答えたが、その口調にはありありと困惑がにじんでいた。

見れば、『虚霧』の表面に真紅の輝きが斑点のように現れ、見る間にその面積を拡大していく様が窺える。

「赤――これは、もしや姫陛下がなにかなされているのでは?!」

急上昇で上空に待機した蔵肆の背中に乗ったままのオリアーナ皇女が、咄嗟に浮かんだ想像を口に出した。

「……だとしたら、どっちが勝ったんだ」

同じく上空に逃れていたレヴァンが、奥歯を噛み締めながら誰にともなく問いかける。

『…………』

無論、誰も答える者はいない。

やがて全員が見守る中、『虚霧』全体へと広がった赤い光が一瞬、強い輝きを放ったかと思うと、あっけなくシャボン玉が割れる感じで『虚霧』が消え去った。

「「「「「「「「「「……消えた？」」」」」」」」」」

一目瞭然の事実だが、思わず……という感じで、全員が力の抜けた呟きを漏らした。

「――姫っ！　姫はご無事か!?!」

はっと我に返った天涯が、血相を変えて周囲を見回す。

『虚霧』が消えた大陸中央部――かつてのイーオン聖王国を中心とした周辺国――は見渡す限りの鬱蒼とした大森林と化していた。

地平線の彼方まで続く緑の樹海と、広大な大河、群れ集う鳥や獣たち。

かつての文明の痕跡すらない、手付かずの自然を前に呆然としていた一同だが、天涯の叫びで正気を取り戻すと、次々と地上へと飛び降りて緋雪の捜査を始めた。

「姫様、見つけた」

「発見しました。この真下です」

探査系の能力の持ち主である、八朔、周参が、同時に歓声を上げた。

その言葉に緊張していた場の空気が緩み、続いて、その意味するところ――緋雪が勝利を収めたこと――を理解した彼らが、一斉に喝采と勝利の雄叫びを上げた。

『うおおおおおおおおおおおおっ――――っ!!!! 姫様万歳っ!!』

『インペリアル・クリムゾンよ、永遠なれ――っっっ!!!』

『勝利は常に姫様とともに!!!』

『姫様！ 我らが姫様!! 我らが光!!!』

その勢いの凄まじさに、周囲数十キルメルト圏内の魔物や動物たちは、一斉に逃げ出し一時騒乱状態になった。

仮に近くに人里があれば、おそらく『暴走《スタンピート》』に巻き込まれて、ひとたまりもなかったことだろう。

地鳴りのような聞き覚えのある騒音に、ボクはまどろみから無理やり意識を覚醒させられた。

――眠い。疲れた。今日くらいゆっくり眠らせてよ……。

なんとなく、横になっている場所がベッドではなくもっと固いような気がしたけれど、眠気が先に立って自堕落に、ごろりと姿勢を変えて横になる。

と、なにか柔らかい生き物がボクの周囲をもぞもぞと動き回り、顔のほうへと近付いてきたかと思うと、頬をぷにぷにと軽く触ったり、つんつん髪の毛を引っ張ったりしはじめた。

ちょっと鬱陶しいかなぁ……と思ったところで、

――ちゅっ。

唇に甘い感触を感じて、ボクは慌てて目を見開いた。

「なっ――誰っ⁉」

目を開けてみれば、生後八カ月くらいに思える赤ん坊が、慌てふためくボクの顔を不思議そうに見ていた。

「……って、本当に誰？」

勿論、赤ん坊が答えるわけもないけれど、なぜか上機嫌にニコニコ笑っている。

どうやら男の子のようだけど、まだ赤ん坊だっていうのに、将来が楽しみな整った顔立ちをしていた。黒髪に前髪のところに一部銀髪が交じり、右が緋色で左が黒色の特徴的な色違いの瞳を見てボクは思わず首を捻った。

「なんか中二病満載な特徴の子だねぇ。親はどこかなぁ」

途方に暮れるボクの困惑など知ったことじゃないとばかり、なぜか安心しきった顔で寄り添う赤ん坊。

思わず振り仰いだ空は晴れて、どこまでも澄んだ青が広がっていた。

改めて周囲を見回してみれば、ジャングルの中にぽっかりと円形に空いた更地——まるで、なにかの建物があったのが消え去ったかのよう——のど真ん中の地面に座り込んでいた。

はっとして自分の格好を確認してみたけれど、『虚霧』に乗り込む前の装備とステータスのままで、特に変化がなかった。

まるで狐にでもつままれたような気持ちで、寝起きの目をこすったけれど、夢じゃない証拠にボクの傍らには、黄金の剣《真神威剣》《ヴァーサスバニッシャー》が転がっている。

「結局、どーなったのかなぁ?」

最後は、蒼神相手に相討ち狙いで剣を振るった覚えがあるけれど、その先は記憶にない。『虚霧』が消えているってことは、撃退できたってことなんだろうけれど、そうであるなら今度はボクが『創造神』となっているはず。

だけど、そんな実感はまるでない。わけのわからない状況に、ボクは首を捻った。

やがて、ボクを呼ぶ大勢の声が天空や四方八方から聞こえてきた。どうやら空中庭園の皆もこの場に集まっているらしい。

最悪、また別世界にでも来たんじゃないかと懸念したのだけれど、どうやらそういうこともないようで、ボクは安心してその場から赤ん坊ともども立ち上がろうとして、その子がいつの間にか煙のように消えているのに気が付いた。

「——へっ⁈ なんで……？」

慌てて周囲を見回してみても赤ん坊の影も形もない。そもそもこれだけ見通しのいい場所で乳幼児を見失うはずはないんだけれど、最初から幻覚だったかのように痕跡すらなかった。

「——夢でも見たのかなぁ」

そのわりには随分とリアルで、存在感のあった幻だったけれど……。

ため息をついて、それからもう一度青空を眺めて目を細めた。

「まあいいか。今日もいい天気らしいねぇ」

とりあえず変わらぬ今日があって、明日を夢見られるだけで幸せだと、自然と頬に微笑が浮かんでいた。

終章

【鈴蘭女帝オリアーナの備忘録】


『あの日、世界は一変しました。

大陸を覆う『虚霧』が消えた跡には、手付かずの広大な森林が広がり、多くの命が育まれていました。

ですが失われた人命は戻らず、概算ですが大陸の人口は全盛期の六割程度に落ち込んだものと見られています。

大陸中央部から発生した『虚霧』の規模と拡大速度を考えれば、この程度の被害で済んだのはまだしも幸運と言えるでしょう。これもひとえに人命救助のために奔走した各国の冒険者たちと、草の根で活動をした有志の方々、そして民族・種族・社会の垣根を越えて、惜しみない援助を施してくれた真紅帝国《インペリアル・クリムゾン》の力添えがあればこそと言えます。

とはいえ国家と個人が受けた損失は計り知れなく、その後、数年間にわたり領土問題に関する国家間の諍いや、民間人の衣食住問題、有事の際に国民を見捨てて逸早《いち》く逃れた各国首脳部に対する怨嗟の声に後押しされた革命、諸島連合による大陸への侵略など、一日として休む暇なくさまざまな問題が発生し、忙殺されてきました。

「こうしたやり方は好かないんだけどねぇ」

渋い顔をしながらも配下の魔将たちを率いて、姫陛下がその都度介入されなかったら、おそらく人間社会に深刻な影響が出て、復興には数百年規模の時間がかかっていたことでしょう。

姫陛下としては、完全に自立した社会の構築のためには、ある程度の犠牲と時間もやむなし――と思っていた節もありましたが、生憎とわたしは人間……それも自他ともに認める現実的な俗物ですので、そのような悠長なことは考えられません。使えるモノは猫の手でもハナクソでも使うのがわたしの流儀ですので、当然、彼女のような便利で使い減りのしない相手を放置しておくわけがありません。

時には舌鋒鋭く、時には情に訴え、時には人に言えない取引を行い、彼女を説き伏せることで、十数年あまりで、なんとか形のうえでは世界を安定に導くことに成功した、と自負しております。

とにもかくにも大陸全土が挙国一致し、わたしが正式にグラウィオール帝国の皇帝として戴冠するのに先立って、正式に大陸を統一した『真紅超帝国《カーディナル・ローゼ》』が発足することになりました。

まあ、その名称を用いているのは大陸諸国のみで、いまだに本国では『真紅帝国《インペリアル・クリムゾン》』を正式名称としているようですが、こういうものは様式美ですので問題ありません。

ちなみに現在大陸では北部を保護領とし、基本的に我が東部グラウィオール帝国と西部アミティア連合王国とが委託統治を行う形とし、南部はクレス自由連合に統治させた形で、基本的に超帝国は『君臨すれども統治せず』を基本方針として、不干渉を標榜し（まあ、面倒事を丸投げともいいますが）よほどのことがない限り社会に介入することはありません……まあ、たまに無聊を託った姫陛下や魔将の皆様が騒動を起こすこともございますが、現在は未踏大陸と大陸中央部を占める大樹海——通称【闇の森《テネブラエ・ネムス》】——の探索を冒険者と競合したり、ときには協力したりして行っているようで、まずは平和だと言えるでしょう。

個人的な近況としましては、わたしは五年前に結婚しまして、すでに二児の母親となっております。お相手は元ヴィンダウス王国の王族でもあったエルマー卿です。

立場上、恋愛結婚とはいえませんが、お互いに人間として尊敬できる相手であり、結婚後も情を深めることで、ゆっくりと家庭を築き上げられた良縁だと思っています。

そういえばアミティアのコラード国王夫妻にはすでに七人のお子様方がいらっしゃるそうで、こちらは誰もが認める子煩悩ぶりを発揮しているとか。

そうそう国王夫妻繋がりですと、クレスの正式盟主に就任されたレヴァン代表と、義妹のアスミナ様ですが、大方の予想通りアスミナ様の怒涛の攻勢が功を奏し、もう十年も前に正式なご夫婦となられましたが、いまだにレヴァン代表はちょくちょく失踪されては、先代獣王様と武者修行と称して雲隠れされるそうで、その際に敷かれる『アスミナ捜査網』は、クレスの風物詩と化しています。

とはいえ、そんな無茶が実ったせいでしょうか、昔姫陛下から下賜された武具の発動に成功されたとかで、その際に正式に『獣王』を名乗ることを許可されたそうですが、その報を耳にされた姫陛下が、「どのくらい強くなったか試してみよう」と嬉々として即位式に参加され、結果、レヴァン代表の足腰が立つようになるまで式が延期されたのは、なんと言えばいいのか……』

と、そこまで書いたところで、私室の扉をノックする音がして、オリアーナはペンを持つ手を休めて顔を上げた。

「入りなさい」

「失礼いたします」

侍従のひとりが恭しく一礼して入室する。

「先ほど超帝国より使者の方が来訪されました。定期御前会議の連絡のほか、こちらから使者を遣わすことはあっても、あちらから予定外の使者が来ることはほとんどない。あるとすれば、よほどの緊急事態だろう。

オリアーナの顔に緊張が走った。定期御前会議の連絡のほか、こちらから使者を遣わすことはあっても、あちらから予定外の使者が来ることはほとんどない。あるとすれば、よほどの緊急事態だろう。

「本国からですか？　使者の方はなにか言っておられましたか」

侍従の顔に困惑が広がった。

「はあ……その……『姫陛下が知人らとともに未踏大陸に向かう、という書置きを残して連絡がつかなくなったので、至急協力を依頼する』とのことです」

その言葉の意味を理解したオリアーナの全身から血の気が引き、続いて一度引いた血が一気に沸騰した。

「な――っ!?　い、一大事なんてものではありません!!　すぐに全軍……いえ、関係閣僚も招集して対応策を検討します！　可及的速やかに準備なさい！」

その勢いに押されて、侍従は返事もそこそこに踵を返した。

オリアーナは侍女に命じて本国の使者に会う身支度を整えながら、イライラと唇を噛み締めた。

「まったく、なにを考えているのよ、あの方は！」

「――むう。なぜか私の悪口が言われているような気がする」

夕飯用に取ってきた野草・山菜のサラダにつけるマヨネーズを掻き回す手を止めて、誰にともなく不満を口に出す緋雪。

その隣で火の番をしていたジョーイが呆れたように振り返った。

「そりゃそうだろう。超帝国の神帝様が、書置きひとつでのこのこと出歩いてたら、誰だって文句のひとつも言いたくなるんじゃないか？」

「……君、最近は妙に分別臭いことを言うようになったねぇ。なんか生意気だよ」

栗鼠《りす》のように頬を膨らませる緋雪を一瞥して、石を組み合わせただけの簡単な竈に枯れ枝をくべながらため息をもらすジョーイ。

「あのなぁ、いつまでも俺を子供扱いするなよな。もう十年以上冒険者をしているベテランで、Bランク冒険者グループ『疾風の光刃』のリーダーだぞ」

胸を張る、とっくに少年を過ぎて青年と化した古馴染みの冒険者の言葉に、十年以上やってBランクって一般的に凄いのか、たいしたことないのか判断に迷うねぇ……と内心首を傾げながら、緋雪は掻き混ぜたマヨネーズを置いて、続いてジョーイが仕留めてきた一角兎《ホーンラビット》を手に取り、てきぱきと処理をしながら訊ねた。

「てゅーかさ、人のことより、そのリーダーが『未踏大陸に渡って一旗揚げるぜ！』と怪気炎を上げて、単独で突っ走るのもどうかと思うよ。フィオレとかに許可を取らなくていいわけ？」

「うっ……」

痛いところを突かれたジョーイが、冷や汗を流しながら視線を逸らす。

「いや、まあ……言ったら反対されるのは目に見えてるし。だけど、ほら、冒険者たるもの未知の世界に憧れるもんだろう？」

「別にそれはいいんだけどさ。それがなんで港にも行かないで、こんな内陸部にいるわけ？」

鬱蒼とした周囲の森――【闇の森《テネブラエ・ネムス》】と呼ばれる、いまだ全貌が明らかにされていない大陸中央部に位置する、どの国にも属さない（あえていうなら真紅《カーディナル・ローゼ》超帝国の直轄領）空白地帯――を指し示しながら、緋雪が当然の疑問を口に出した。

「ふふん。お前でも知らないのか。なんでも噂では、この森のどこかに未踏大陸へ直接渡ることのできる『転移門《テレポーター》』がある遺跡が存在するっていうんだ。実際、港に行っても未踏大陸へ渡ろうっていう酔狂な船があるとも思えないからな。こっちを探したほうがまだしも確率が高いだろう」

「えっ?!　そんなものあるの？　聞いたこともないけど……」

「まあ噂だからなぁ……。てゅーか、そういうお前はなんでついてきたんだ？　――あ、もしかして」

微妙に期待を込めた問いかけに、ナイナイとばかり手を振る緋雪。

「私はずっと人を探しているんだよ」

「人探しか？　そんなもん、役所かギルドで探してもらえば一発なんじゃないのか？」

「いや、なんとなくだけど、そういう方法では見付からない気がしてねぇ」

血抜きして皮を剝いで塩胡椒をつけた一角兎《ホーンラビット》を火にかけながら、緋雪は遠い目をしてそうひとりごちた。

「ふーん、よっぽど遠いところにいるのか、それって？」

「どう……だろうね。遠いような、いつでもすぐ傍にいるような、そんな気がするけど……」

胸のあたりを押さえて、ほろ苦い笑みを浮かべる緋雪の横顔が、まるで恋する乙女のように見えて、ジョーイはなんとなく落ち着かない気分になった。

「――ま。単なる気のせいで、そんな人いないかも知れないけどね。でもなんとなくいつか出会えそうな気もするんだ。仲間がいて友達がいて、いつでもワクワクできるこの世界のどこかで」

一転して苦笑いになる緋雪を前に、『それって好きな相手か？』と言いかけた言葉を吞み込んだジョーイは、気が付かなかったフリをして美味しそうな匂いを出しはじめた一角兎《ホーンラビット》に視線をやる。

気恥ずかしさを逸らすために、ぶっきらぼうな口調で言い添えた。

「とりあえず、明日はマッピングしながら森の奥を目指そうぜ。ひょっとすると、その相手ってのも、ここじゃなくて未踏大陸にいるかも知れないしな」

なるほど、と相槌を打った緋雪は夜の帳《とばり》が下りかけた空を見上げて、誰にともなく呟いた。

「そうだね。こんなに世界は広くて、まだまだ私の旅は始まったばかりだから。もっともっとたくさんのものを見たいね」

つられて空を見上げたジョーイの胸も、まだ見ぬ世界を思って高鳴った。

――そうだな。空も大地も海も繫がってるんだから、俺たちはどこへだって行けるはずだよな。

瞬く星々の下、青年と少女は小さな明かりを囲んでまだ見ぬ明日を夢見た。

そこに薔薇色の未来を信じて。


（完）

【DATA】
種族：天女《アプサラス》
所有：緋雪《ひゆき》
HP：14,938,320
MP：20,930,000

七夕

たなばた

七禍星獣のNo.7。得意技は『幻力結界《マーヤー・シーマ》』。

七禍星獣《しちかせいじゅう》

No.0　零璃《あまり》：水の最上位精霊（番号外）
No.1　壱岐《いき》：魔剣犬《ソードドック》（欠番）
No.2　双樹《そうじゅ》：緑葉人《グリーンマン》（欠番）
No.3　周参《すさ》：観察者《ゲイザー》
No.4　蔵肆《くらし》：翼虎《クーガ》
No.5　五運《ごうん》・五雲《ごうん》：麒麟《きりん》の麒（雄）・麟（雌）
No.6　陸奥《むつ》：白澤《はくたく》
No.7　七夕《たなばた》：天女《アプサラス》
No.8　八朔《ほずみ》：雲外鏡《うんがいきょう》
No.9　九重《ここのえ》：鬼眼大僧正《きがんだいそうじょう》

キャラクターデザイン：まりも

八朔《ほずみ》

七禍星獣の№８。４×４マスの小さな鏡でできたキューブを抱えている。

【DATA】
種族：雲外鏡《うんがいきょう》
所有：緋雪《ひゆき》
ＨＰ：　9,660,500
ＭＰ：27,887,000

「……始まった」
「……どなたかな……夢経由で、僕に話しかけてくるのは……」

陸奥《むつ》

七禍星獣の№６。夢を操る瑞獣。いつも眠たげな口調。

【DATA】
種族：白澤《はくたく》
所有：緋雪《ひゆき》
ＨＰ：11,355,500
ＭＰ：23,600,100

フェルナンド・イザイア・ゾフ・エストラダ

グラウィオール帝国皇帝の弟で大公にして帝国海軍元帥。

「いかがですかな、我が帝国の誇る魔導帆船〈ベルーガ号〉の乗り心地は？」

【DATA】
種族：人間
職業：グラウィオール帝国海軍元帥
HP：3,660
MP：3,080

ももんがい

超越者《プレーヤー》のひとり。称号【意機堅甲《いきけんこう》】。

「お互いに五分と五分、知恵と勇気と根性で渡り合ってこそ、海の男ってもんじゃねえか！」

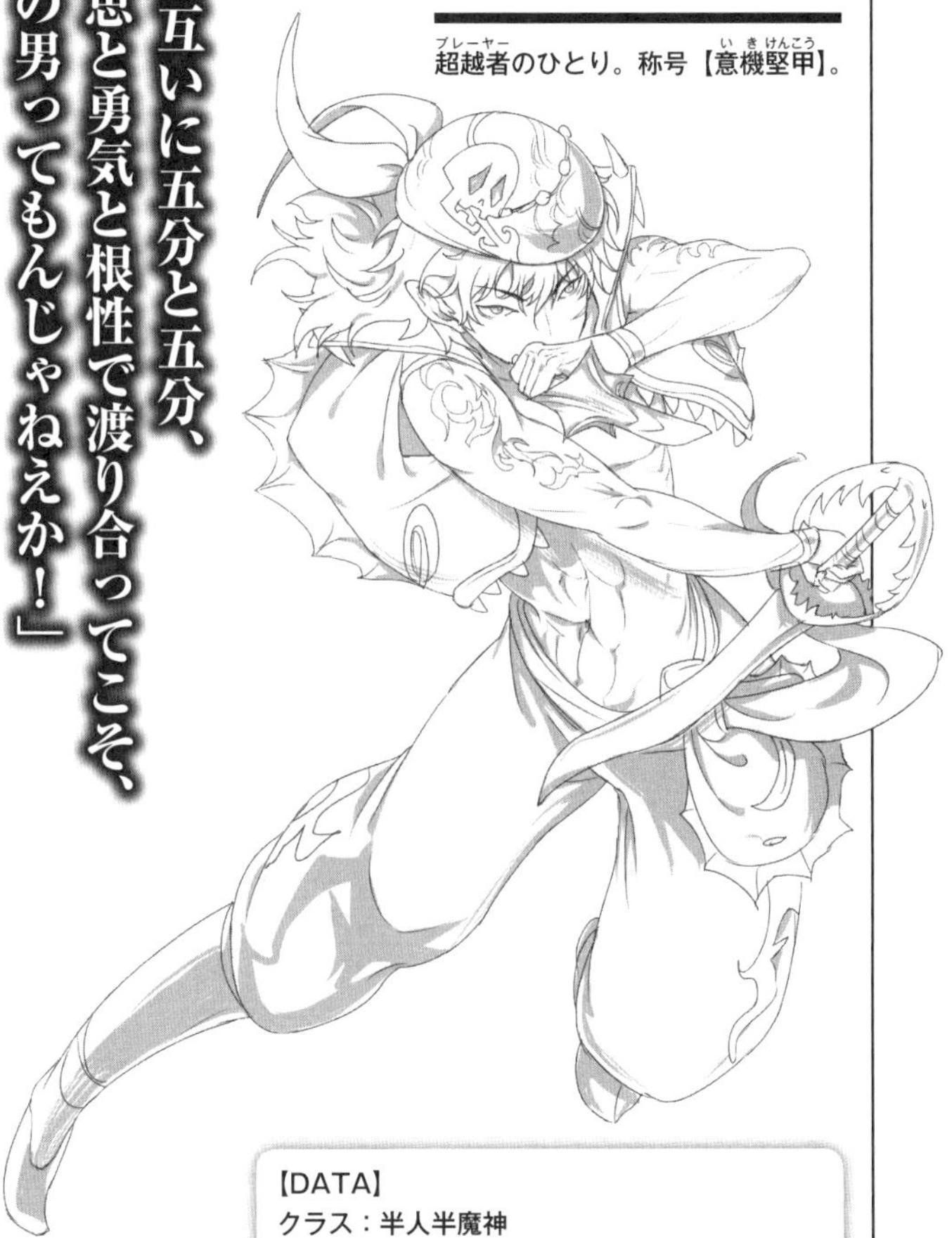

【DATA】
クラス：半人半魔神
職業：船乗り（船長、漁師）、ビーストテイマー
HP：100,150
MP：　79,880

神を名乗る男

青い髪、青い瞳の男。

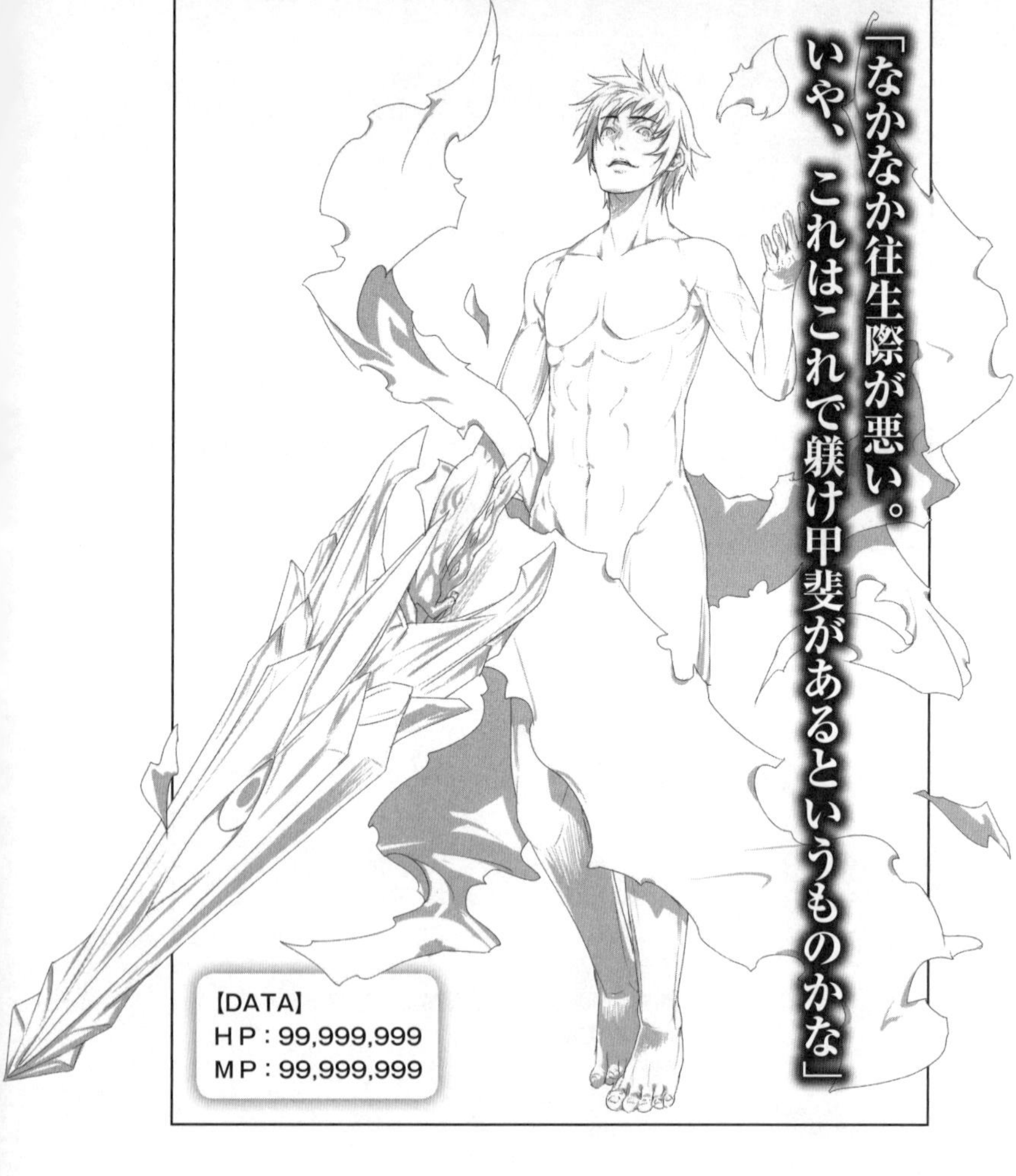
「なかなか往生際が悪い。
いや、これはこれで躾け甲斐があるというものかな」
【DATA】
HP：99,999,999
MP：99,999,999

御子

みこ

中性的な顔立ち、金銀妖瞳《ヘテロクロミア》、前髪が一房だけ銀髪の黒髪を持つ。

「薔薇色の未来は誰かが作るんじゃない、
自分たちで茨《いばら》を切り拓きながら作るんだ」

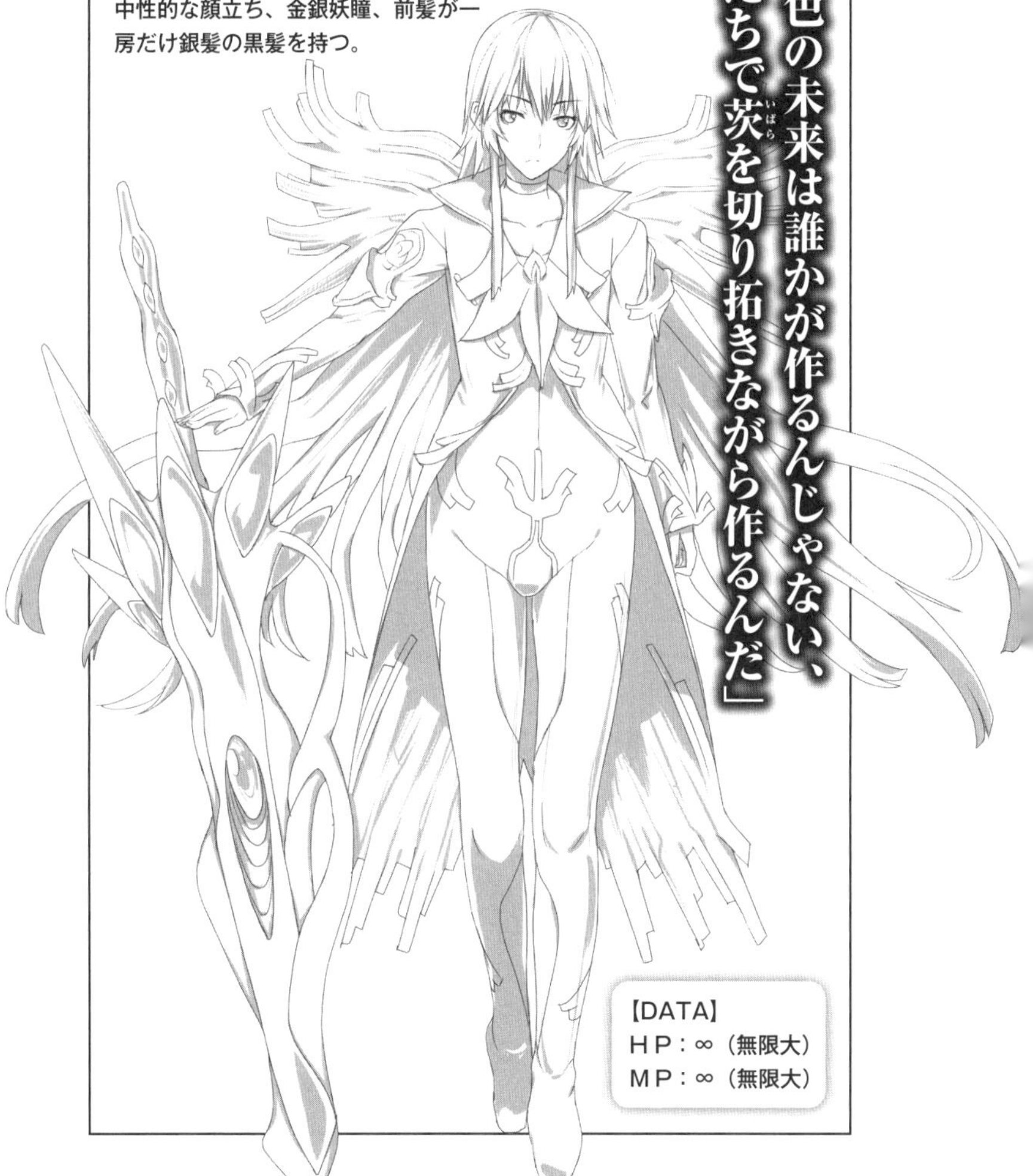

【DATA】
HP：∞（無限大）
MP：∞（無限大）

あとがき

終わりました。

そんなこんなで『吸血姫は薔薇色の夢をみる』はこれにて完結です。

二〇一四年八月から刊行されたこの物語も、二〇一五年二月に全四巻が終了ということで、隔月半年のお付き合いとなりました。

佐崎一路の初の出版作品で、初のシリーズ完結となります。

最後にならないといいなぁ……。

それはさておき、長いような短いような半年でしたが、どうにか当初の予定通りにスケジュールを進めることができました。途中で編集様から、「無理なようなら発売日を延ばしますか？」と心配されたりもしましたが、どうにか終着点へと到達することができました。よかったよかった。

現在は一安心とともにまだなにか手抜かりがあるのでは？　と微妙な不安に苛まれています。まだだ、まだ終わらんよ……本になるまでは。そして、本になったら燃え尽きます。

さて、この物語はファンタジーと異世界転生、そしてネットゲームという、わりとありがちな素材を詰め込んだものです。

もともとWEB小説だったということで、どうせなら思いきって好きな素材で書いてみよう、というわりと安易な発想で執筆したものです。で、どうせならヒロインは黒髪美少女お姫様キャラ

――いや、主人公兼ヒロインでいいんじゃね？　ということで、まあネトゲをやっている方ならわかるかと思いますが、異性のアバターを作成するのはプレーヤーの業のようなものですから、転生して「うちの娘になっちゃった」という感じで、そこからトントン拍子に物語の構想が膨らんで、そのあとはわりと一気に書き上げてしまいました。

ええ、書き溜めなしの一発勝負で。……あのときのエネルギーはどこから出ていたんでしょうね？

それが紆余曲折を経て、こうして書籍として刊行されたのは本当に幸運なことと、全方位に向けて感謝感激の土下座しまくりです。

ＷＥＢ小説と違って商業作品ということで、多数の方に力を貸していただいて形にすることができました。本当にありがとうございます。

毎回秀逸なイラストで四巻までお付き合いいただきましたまりも様、最初に緋雪の立ち絵のラフを見た瞬間、これで勝つる！　と舞い上がったものです。毎回、どんな絵がくるのか楽しみでした。

この作品を世に送り出すきっかけとなり、また見守ってくださった『なろうコン大賞』企画のＫ様、新紀元社の担当者様方、そして編集者のＴ様にも、重ねて感謝したいと思います。

そして、ここまでお付き合いいただきました読者の皆さんに最大の感謝を。

できれば、このご縁がこれからも続くことを期待しつつ、いったんこの物語は終了とさせていただきます。

では、また次回作でお会いしましょう。

佐崎一路

【あとがき】まりも ……………………………………………………

吸血姫完結！！
おめでとうございます
作画中にふと豚骨大王のラーメンが食べたくなってしまいました
ギョーザもつけてー
ま

吸血姫《プリンセス》は薔薇色の夢をみる 4
ラグナロク・ワールド

2015年3月13日 初版発行

【著　者】佐崎一路

【イラスト】まりも
【編　集】株式会社 桜雲社
【デザイン・DTP】野澤由香

【発行者】宮田一登志
【発行所】株式会社新紀元社
〒101-0054　東京都千代田区神田錦町1-7　錦町一丁目ビル2F
TEL 03-3219-0921 ／ FAX 03-3219-0922
http://www.shinkigensha.co.jp/
郵便振替　00110-4-27618

【印刷・製本】株式会社リーブルテック

ISBN978-4-7753-1313-8

※本書は、「小説家になろう」(http://syosetu.com/)に掲載されていたものを、改稿のうえ書籍化したものです。